宝鸡文理学院重点科研项目（ZK11058）

宝鸡文理学院重点学科建设专项经费资助

Walden

瓦尔登湖畔的自由之帆

梭罗散文诗学研究

孙　霄◎著

中国社会科学出版社

图书在版编目(CIP)数据

瓦尔登湖畔的自由之帆：梭罗散文诗学研究/孙霄著—北京：中国社会科学出版社，2014.9

ISBN 978 – 7 – 5161 – 4788 – 7

Ⅰ.①瓦… Ⅱ.①孙… Ⅲ.①梭罗,H.D.(1817~1862)—散文诗—诗歌研究 Ⅳ.①I712.072

中国版本图书馆 CIP 数据核字(2014)第 211276 号

出 版 人	赵剑英
责任编辑	李炳青
责任校对	董晓月
责任印制	李寡寡

出　　版	中国社会科学出版社
社　　址	北京鼓楼西大街甲 158 号（邮编 100720）
网　　址	http://www.csspw.cn
	中文域名：中国社科网　　010 – 64070619
发 行 部	010 – 84083685
门 市 部	010 – 84029450
经　　销	新华书店及其他书店

印　　刷	北京君升印刷有限公司
装　　订	廊坊市广阳区广增装订厂
版　　次	2014 年 9 月第 1 版
印　　次	2014 年 9 月第 1 次印刷

开　　本	710×1000　1/16
印　　张	12.25
插　　页	2
字　　数	210 千字
定　　价	39.00 元

凡购买中国社会科学出版社图书,如有质量问题请与本社联系调换

电话:010 – 64009791

目　　录

前　言

　　梭罗是19世纪美国文艺复兴时期的文学家和思想家，对美国文学的影响极为深远。20世纪以来其声誉与日俱增，甚至演变成为世界性的文化现象。但关于梭罗研究，从取得的研究成果来看，还有较大的商榷空间，如当代的梭罗研究主要是从文学生态学与环境伦理学的角度着眼，传统的梭罗研究则多以自然文学批评和政治批判的角度为切入点，二者均属于外部研究，对梭罗文学思想形成的内在机制和诗学风格缺少系统而深入的探讨。本书立足于当代学术批评的理论平台，将文化诗学与形式主义诗学的理论相结合，融合哲学、宗教学、思想史和文学史等多种理论资源，对梭罗的自由思想及其诗学的表现特征进行了较为全面的剖析和阐释。希望能打破日趋僵化的研究模式与理论惯性，为梭罗研究注入新鲜的血液与活力，从这个意义上说，本书有着重要的现实意义与理论价值。

　　梭罗终生都在探求生命与精神的自由境界，由荒野世界中的自由到道德社会中的自由，再到宗教性体验中的自由，其自由观已自成体系。虽然梭罗的自由观博大精深，但他毕竟是一个文学家，因此他的思想主要用文学作品来表述，这就涉及诗学问题。梭罗的诗学思想，是基于其个体体验的生命诗学，梭罗所理解的生命既是自由的，又是能够自觉承担使命的。因此，作为表达梭罗自由观修辞手段的诗学，也必然要兼容多种诗学，具体而言，梭罗的自由观诗学是浪漫主义诗学、现实主义诗学和超验主义诗学的有机融合。

　　梭罗的自由观诗学，在面对荒野世界、道德社会和宗教性体验时表现为不同的诗学风格。面对荒野世界时，其多呈现出浪漫主义的诗学特征，即通过丰富的想象和多彩的语言来描述大自然，重视其主观感受和瞬间情绪，并通过象征与神话来凸显叙事的隐喻性和表现性。诗性智慧的播撒和神话思维的运用，都是梭罗对浪漫主义诗学的承继与延展。面对道德社会时，其多呈现现实主义的诗学特征，它与作家对道德社会生活的整体把握和探究一致，服务于作家对社会现象本质的探究，反映社会生存的本真样态，强化了道德批判意识和人道主义精神。面对宗教性体验时，其多呈现为超验主义的诗学特征，它重视个体的内在体验及反省、重塑精神，否定宗教神学的权威性与唯一性，强调人在宗教性体验中的主体性，倡导从偶像式的宗教崇拜走向自由的神性存在。浪漫主义诗学、现实主义诗学、超验主义诗学在梭罗身上融会贯通，共同构成一个有机的整体，使他的自由观得到了最恰切的表达。

梭罗的自由观诗学既是浪漫时代的产物，也是其不断追求真理、对生命的自由观照及其诗化哲学思考的结果，带有强烈的乌托邦色彩，梭罗用诗性智慧为人类构建了一个永恒的精神家园，从而使这个"荒诞"的世界成为人可以栖居诗意之所。

第一章　梭罗:一个不断引起反响的阅读现象

> 万物不变;是我们在变。你的衣服可以卖掉,但要保留你的思想。上帝将保证你不需要社会。如果我得整天躲在阁楼的一角,像一只蜘蛛一样,只要我还能思想,世界对于我还是一样地大。①
>
> ——梭罗

亨利·戴维·梭罗(Henry David Thoreau, 1817—1862)是近年来影响日益显著的"美国19世纪文学家、哲学家和思想家"②。美国评论家斯蒂芬·哈恩(Stephen Hahn)认为,"梭罗是19世纪最广为人知的美国作家之一,也许只有埃德加·爱伦·坡(Edgar Allan Poe)才能与之相比。后人把他们当作那个时代反主流文化的代表人物"③。梭罗一生著述颇丰,除各种论文、散文、游记外,还有200万字的日记存世。他生前发表的作品不多,在报刊上发表的论文有《论公民的不服从》(Civil Disobedience, 1849)等,出版的著作有《康科德和梅里马科河上的一周》(A Week on the Concord and Merrimac Rivers, 1849)和《瓦尔登湖》(Walden, 1854)。④梭罗去世后,陆续经人整理出版的作品有《缅因森林》(The Maine Woods, 1864)、《科德角》(Cape Cod,

---

① [美]梭罗:《瓦尔登湖》,徐迟译,上海译文出版社2004年版,第304页。
② Stephen Hahn. On Thoreau, Wadsworth Thomson Learning, Inc. , 2000, p. 2.
③ Ibid. , p. 3.
④ 吴富恒、王誉公主编:《美国作家论》,山东教育出版社1999年版,第96页。

1865）①、《野果》（*Wild Fruits*，1999）、《种子的信仰》（*The Dispersion of Seeds*，1993）等。

一　梭罗的体验之路与创作之路

1817 年 7 月 12 日，梭罗出生于马萨诸塞州的康科德城，其祖先有法国和苏格兰血统。② 父母都是当地的平民，梭罗从小就在田野中劳动，对康科德的一草一木都有着深厚的感情。父亲靠制造铅笔为生，省吃俭用供孩子们上学。梭罗 16 岁时考入哈佛大学，大学期间阅读了大量的哲学和古典文学名著，为后来从事写作奠定了基础。1837 年 8 月 30 日，梭罗大学毕业，获得文学学士学位。1838—1841 年，他和他的哥哥共同任教于一所私立学校，但不久他便愤然辞职，因为他不愿体罚学生。因为父亲是一位铅笔制造商，梭罗相信自己制作出的铅笔比当时通用的更好，因此有段时间曾专注于铅笔制造并获得了成功。然而，梭罗并无意通过制造铅笔发财致富，而是想去做更有意义的事情。1838 年，梭罗和兄长约翰在家乡开办了一所私立学校，由于办学方法灵活且能够因材施教所以很受欢迎。在此期间，梭罗结识了康科德最有名望的居民——19 世纪的美国文坛巨匠爱默生。早在哈佛大学读书时，梭罗就受爱默生的影响，可以说，在同时代的作品之中，对他最具影响力的就是爱默生的《自然》（*Nature*）。《自然》的开篇就深深地吸引了他："一个人若欲独处，他不仅需远离社会，亦应远离他的家，我在读书或写作时，虽无人与我同在，但我并不算孤独。一个人若欲真正独处，他应眺望天上的星辰。"③《自然》可以称得上是梭罗的启蒙之书，书中的超验主义哲学思想在梭罗内心引起了强烈共鸣。在爱默生的影响下，梭罗也开始坚持写日记，这使他的文学修养不断提升，日记的内容也为他后来的文学创作提供了素材。

1839 年，梭罗和哥哥约翰出门旅行了两周，从康考特河和梅里马科河泛舟而下，饱览湖光山色。这趟旅程宛如一首田园诗，令梭罗永生

---

① 虞建华主编：《美国文学辞典·作家与作品》，复旦大学出版社 2005 年版，第420 页。
② ［美］德利斯：《梭罗》，曾永莉译，台北名人出版事业公司 1982 年版，第 5 页。
③ 同上书，第 12 页。

难忘。他沿途做了不少笔记,后来据此写就了他的处女作《康科德和梅里马科河上的一周》。1841年,由于哥哥约翰的意外去世,梭罗不再教书办学,而是搬到爱默生家里。当时,爱默生正在创办超验主义刊物《日晷》(*The Dial*),梭罗帮助爱默生编刊并为《日晷》撰稿,爱默生也对这个年轻朋友寄予厚望。1845年3月,梭罗在爱默生买的林地上建起了一间小屋,并于同年的7月4日也就是美国独立日那天正式搬进了瓦尔登湖畔的林中小屋,在那开始了为期两年两个月零两天的隐居生活。这期间他观察林中春夏秋冬的自然现象,思考问题,阅读写作。1846年梭罗开始写《瓦尔登湖》,在书中梭罗尽情地书写瓦尔登湖边林中静谧旖旎、清新迷人的自然风光,践行他主张的物质简单、精神丰富的生活。1847年,离开瓦尔登湖回到康科德时,他根据自己的林中感悟和写好的部分文稿,发表了一系列的演讲。正如他在《瓦尔登湖》扉页题词所说:"我无意写一首沮丧之歌,只是想象一只报晓的雄鸡,栖息在窝棚上,引吭高歌,哪怕唤醒我的邻居。"[1] 他的演讲很受欢迎,这促使他不断修改和完善自己的书稿,直到1853年自费出版了此书。只是,当时的美国正处于经济大开发之时,人们都忙于各种经济活动,对这本倡导淡泊名利、简朴生活的书反应并不强烈。梭罗去世后,《瓦尔登湖》再版时才引起人们的重视,"至今它已再版两百多次,被认为是美国文学史上一部风格独特、声誉与日俱增的散文经典"[2]。

梭罗在瓦尔登湖居住期间,曾经因为拒交人头税,被捕入狱一夜。出狱后,梭罗作了题为《论公民的不服从》的演说,反对美国的黑奴制。当时,美国正发动墨西哥战争,梭罗不仅厌恶战争,也一贯反对美国政府的黑奴制,认为黑奴制的存在是号称民主自由美国的耻辱。这次入狱促使梭罗对美国政治发表了自己的看法,在《论公民的不服

---

① [美] 梭罗:《瓦尔登湖》,王光林译,长江文艺出版社2005年版,第1页。注:原文为 "I do not propose to write an ode to dejection, but to brag as lustily as chanticleer in the morning, standing on his roost, if only to wake my neighbors up." 原文见 Henry David Thoreau, *Walden: A fully Annotated Edition*, edited by Jeffrey S. Cramer, Yale University Press, 2004, p. 1。

② 虞建华主编:《美国文学辞典·作家与作品》,复旦大学出版社2005年版,第421页。

从》（*Civil Disobedience*）一文中，他明确主张"消极抵抗"。1856 年，梭罗和废奴主义者布朗结识，从此便成为布朗最重要的辩护人和支持者之一。当人们指责布朗不该诉诸残酷的武力来实现废奴理想时，梭罗却发表《为约翰·布朗上校请愿》（*A Plea for Captain John Brown*）一文赞同布朗的举措，"那些不断被奴隶制震惊的人们也应该被暴力所致的奴隶主的死所震惊，舍此没有别的办法……我并不认为一个想尽快解放奴隶的人在他的方法上有什么错误。当我说的时候，我是向着奴隶们的，我更喜欢布朗队长的博爱，而不喜欢那种既不摧毁我也不让我自由的博爱"①。梭罗认为布朗改变生之困境的行动使他自己成了一个"不自由的国家的自由人"②。

梭罗长期住在康科德，其间只有几次短暂的旅行，去过缅因森林和科德角等地，这些经历为他后来写作《科德角》和《缅因森林》等作品积累了素材。1862 年，梭罗因为肺结核不治而终，在他的家乡康科德与世长辞，结束了他短暂而不平凡的一生。

梭罗一生非常喜欢亲近自然，在自然中如鱼得水，自得其乐。爱默生说："他体格结实，五官敏锐，能吃苦耐劳，他的手使用起工具来，强壮敏捷。他的身体和精神配合得非常好，能用脚步测量距离，比别人用尺子丈量还准确……他能够像牲畜贩子一样地估出一头牛或一只猪的重量……他能够计划一个花园或是房屋或是马厩，他能领导一个太平洋探险队，在最严重的私人或大家的事件上都能给人贤明的忠告。"③ 另一方面，梭罗也是一个反对传统习俗、特立独行、追求自由的人。正如爱默生所说："他的心灵自由而独立，是我见过的最优秀的人。"④ 梭罗的确是个与世俗格格不入的人，"学无职业，孑然一身，终身未娶，他从来不进教堂，他从来不参加选举，他拒绝向国家缴纳税款，他不吃肉，他不饮酒，他从不抽烟，虽然他是一个博物学家，但他既不用猎枪

---

① Thoreau. *A Plea for Captain John Brown, Civil Disobedience and other Essays.* Dover Publications Inc. , 1993, p. 47 .

② Stephen Hahn. *On Thoreau.* Wadsworth Thomson Learning, Inc. , 2000, p. 83.

③ ［美］爱默生：《梭罗》，《爱默生文选》，Mark Van Doren 编选，张爱玲译，生活·读书·新知三联书店 1986 年版，第 193 页。

④ ［美］德利斯：《梭罗》，曾永莉译，台北名人出版事业公司 1982 年版，第 18 页。

也不用钓竿"①。梭罗过世之后，爱默生非常痛惜，他认为美利坚合众国失去了一个伟大的国民，在他看来梭罗在美国所做的工作是没有人可以替代的，同时也认为梭罗在世的时候并没有得到他应该得到的荣誉。但是爱默生觉得梭罗的一生是了无遗憾的，因为他按照他自己的心愿度过了一生。他的灵魂是高贵的灵魂，也只有最高贵的灵魂才能与他相伴。爱默生认为梭罗的文学才华还没有被世人发现，并断言："无论在什么地方，只要有学问，有道德，爱美的人，一定都是他（梭罗）的忠实读者。"②

梭罗生前没有得到应有的承认，他的著作销路并不理想，正如他在日记中所说："现在，我的图书室拥有将近九百本藏书，而其中七百多本是我自己的作品。"③ 同代人对他的评价也是众说纷纭，评论家布里格斯（Briggs）称赞梭罗是"美国的第欧根尼（Diogenes），一个伟大的愤世嫉俗者"④；美国作家洛厄尔（James R. Lowell）认为梭罗是爱默生的模仿者，并无多大建树⑤；超验主义学者布朗森·阿尔科特（Bronson Alcott）则肯定梭罗是一个自然主义者⑥；约翰·厄普代克（John Updike）则说："对我们所有人来说，梭罗都是一个谜。"⑦ 直到 20 世纪 40 年代以后，美国人才开始越来越重视梭罗的《瓦尔登湖》和他所倡导的思想，对他的评价也越来越高，他的"简单生活哲学"在处于经济萧条时期的美国人中间广为流传。

20 世纪 60 年代以后，梭罗成了世界上许多人耳熟能详的生态运动

---

① ［美］拉塞尔·布兰肯史普：《美国文学》，纽约亨利·霍尔特公司 1945 年版，第 304 页。

② ［美］爱默生：《梭罗》，Mark Van Doren 编选《爱默生文选》，张爱玲译，生活·读书·新知三联书店 1986 年版，第 199 页。

③ ［美］德利斯：《梭罗》，曾永莉译，台北名人出版事业公司 1982 年版，第 121 页。

④ 第欧根尼为古希腊犬儒学派哲学家。尽管因为各种著作失传使得第欧根尼的生平难以考据，但古代留下大量有关他的传闻逸事。据说他曾大白天在雅典街头打着灯笼寻觅诚实的人，看到有农民用手掬水喝便抛掉仅存的生活用具——杯子。当亚历山大大帝问他能为他做点什么时，他的回答是："走开，别挡了我晒太阳"。参见 Stephen Hahn. *On Thoreau*. Wadsworth Thomson Learning, Inc. , 2000, p. 4。

⑤ Henry David Thoreau. *Walden Resistance to Civil Government*. Second edition Ed. William Rossi, W. W. Norton & Company, 1992.

⑥ *Walter Harding A Thoreau Handbook*, New York University Press, 1959, p. 180.

⑦ *Henry Thoreau as Seen by His Contemporaries*. edited by Walter Harding, 1989, p. 202.

的先驱。今天，梭罗被诸多美国人所推崇，他的《瓦尔登湖》成了经典。阿诺德在《诗歌研究》中说，"所谓经典作品是指这些作品属于最优秀的著作之列"；罗吉·福勒在《现代批评术语词典》中说，"在现代，'经典'一词往往标志着某部作品的地位已获得广泛的承认"。B. H. 史密斯在《价值的或然性》中说，经典是指"特别出色的、为某一主体群体发挥某些可望和被指望功能的事物或人工制品。在那些条件下也许不仅是'恰当的、而且是典范的'——即'其种类中的极品'，于是就具有一种生存的直接有利的条件。因为，在与那时可能有的其他可以比较的事物或人工制品的关联（或竞争）中，它不仅受到更好的保护以免于物质的退化，而且还被更为经常地使用或更为广泛地显示；如果是一篇文本或语言制品的话，那么则是更为经常地被阅读、背诵。抄写、重印、翻译。模仿、引用、评论——简言之，在文化方面被再生产——这样就易于用来为其他主体发挥这些或另一些功能"①。《瓦尔登湖》正是如此。

　　生态批评兴起之后，梭罗不仅被视为一个伟大的作家，而且在生态运动领域被尊为"圣人"（saint），劳伦斯·布伊尔（Lawrence Buell）在比较爱默生与梭罗时写道："我们提到爱默生的形象就会想到一连串值得纪念的宣言、哲学的辨析以及系列的演说活动……而梭罗，比较而言，已经更大程度上被视为一位伟大的美国人物，像丹尼尔·布恩②、本杰明·富兰克林和亚伯拉罕·林肯一样富有传奇色彩与历史性地位。"③

　　1941 年，"梭罗研究会"（Thoreau Society）成立，从此美国出现了

---

　　① 王先霈、王又平主编：《文学理论批评术语汇释》，高等教育出版社 2006 年版，第212 页。有的批评家更侧重于从文本的内在特性来阐述经典。汉斯-格奥尔格·伽达默尔《真理与方法》中说："经典是被正确地保存下来的东西，因为它指示和解释它自己，即它以这样的方式说话，其所言不是关于过去的叙述，不是仅仅作为需要阐释的事物的证明，而是对现在说话，似乎它是特别为我们而说的……这正是'经典'一词的意味，即一件作品直接说话的持久力量基本上是无止境的。"

　　② 丹尼尔·布恩（Daniel Boone, 1734—1820），美国开发边疆的传奇式人物。1775 年他作为一家大殖民公司的先遣人员在荒野中开出一条小路，建立了布恩自治区。参见 ［美］H. S. 康马杰《美国精神》，南木等译，光明日报出版社 1988 年版，第 44 页。

　　③ *Lawrence Buell The Environmental Imagination*: *Thoreau*, *Nature Writing*, *and the Formation of American Culture.* The Belknap Press of Harvard University Press, 1995, p. 373.

专门研究梭罗的学术团体；1969 年，梭罗的塑像被正式安放在纽约的
"名人馆"；1985 年，《美国遗产》（America Heritage）公开评选出"塑
造美国民族性格的 10 本书"，梭罗的《瓦尔登湖》得票最多，成为塑
造美国精神的最佳著作。当代社会，随着环境的恶化，人们的生态保护
意识逐渐增强，人们在《瓦尔登湖》中看到了热爱自然和弥足珍贵的
生态保护意识，于是《瓦尔登湖》又被人们誉为"绿色圣经"。在最新
出版的普林斯顿版《瓦尔登湖》的序言中，作家约翰·厄普代克
（John Updike）提出，就 19 世纪美国经典作家霍桑、惠特曼、爱默生、
麦尔维尔而言，梭罗对美国的思想与文学贡献最大。①

　　如今，梭罗成为一个不断引起阅读反响的作家，关于他的各种研究
机构和学术杂志也越来越多，著名的有 1975 年成立的"梭罗研究所"
（Thoreau Institute），学术杂志有《康科德漫步者》（Concord Saunterer），
《梭罗季刊》（Thoreau Journal Quarterly），《梭罗研究会报告》（Thoreau
Society Bulletin），《文学与环境跨学科研究》（ISLE：Interdisciplinar-
y Studies in Literature and Environment）等。弗兰克·克默德在《经典：
永久的和变更的文学形象》中说："事实上，被我们看重的称之为经
典的作品只是这样一些作品，它们就像它们的流传所证明的那样，复
杂和不确定到了足以给我们留出必要的多元性的地步。"② 从这个意
义上说，梭罗的《瓦尔登湖》也是一部不断被研究、被阐释的经典
之作。

二　国内外梭罗研究的历史与现状

　　第一，国外研究状况。③

---

　　① John Updike. "Preface". In Walden. Ed. J. Lyndan Shanley. Princeton University
Press, 2004, p. ix.

　　② 王先霈、王又平主编：《文学理论批评术语汇释》，高等教育出版社 2006 年版，第
212 页。

　　③ 国外研究现状参考了"梭罗研究会"美国官方网站所公布的梭罗研究重要书籍和资
料。http://www.vcu.edu/engweb/transcendentalism/resources/hdtbib.html；以及［美］萨
克文·伯科维奇的《剑桥美国文学史》，史志康等译，中央编译出版社 2008 年版；［美］埃
默里·埃利奥特：《哥伦比亚版美国文学史》，朱通伯等译，四川辞书出版社 1994 年版；王光
林的《美国的梭罗研究》，《华东师范大学学报》2006 年第 6 期，第 99—103 页。

一个半世纪以来的国外梭罗研究可以分为三个阶段，早期的梭罗研究主要集中在关于梭罗生平和文献整理方面。1873 年，梭罗的好友钱宁曾写过一本传记《梭罗：诗人——自然主义者》，其中记载了梭罗的生平。后来，还有人写过梭罗的评传，美国学者沃尔特·哈丁用毕生精力对梭罗的传记材料和作品文献进行整理，其代表作品为《梭罗手册》①。在文中，他力图书写还原生活中真实的梭罗形象，而不是人云亦云地评价梭罗，在他看来，梭罗并非一个消极避世的怪人，而是坚持自我、热爱生命的人。与哈丁相反，有人对梭罗提出了批评，如早期的美国学者洛厄尔和英国作家史蒂文森等就对梭罗持否定态度，他们认为梭罗不过是个懒汉。②

中期的美国梭罗研究者更关注梭罗的文学作品和哲学思想。如马西森的《美国的文艺复兴：爱默生和惠特曼时代的艺术和表现》③，将梭罗作为美国文学的经典作家之一来研究。谢尔曼·保罗的《美国的海岸线：梭罗的内心探索》④，认为梭罗书写的文字正是自我生活的写照。麦金托什的《作为浪漫主义自然主义者的梭罗：他对自然态度的变化》⑤，提出梭罗属于浪漫主义的自然主义者，与自然心心相印。弗雷德里克·加伯的《梭罗的救赎性想象》⑥ 一书也认为，梭罗具有浪漫主义风格。亚当斯和罗斯在《正在修订的神话：梭罗主要作品的创作》⑦一书中认为，梭罗从《瓦尔登湖》形成了浪漫主义创作风格。

佩克的《梭罗的清晨工作：〈河上一周〉、〈日记〉和〈瓦尔登湖〉

---

① *Walter Harding A Thoreau Handbook*. New York：New York University Press，1959.

② Henry David Thoreau. *Walden Resistance to Civil Government*. Second edition Ed. William Rossi，W. W. Noton & Company，1992.

③ F. O. Mathiessen . *American Renaissance：Artand Expression in the Age of Emerson and Whitman*. Oxford UP，1941.

④ Paul Sherman. *The Shores of America ：Thoreau 's Inward Exploration* . Urbana，The University of Illinois Press，1958.

⑤ James Mclntosh. *Thoreau as Romantic Naturalist：His Shifting Stance toward Nature*. Comell University Press，1974.

⑥ Frederick Carber. *Thoreau's Redemptive Imagination*. New York University Press，1977.

⑦ Stephen Adams and Donald Ross，Jr. *Revising Mythologies：The Composition of Thoreau's Major Works* . University Press of virginia，1988.

中的记忆和感知》① 和沙伦·卡梅伦的《书写自然》②,从哲学思想方面解读了梭罗作品。罗伯特·米尔德的《重塑梭罗》,提出了梭罗的《瓦尔登湖》是上升的修辞,他用精神分析和文本细读的方法研究梭罗如何在作品中重新塑造自我形象。③ 学者们还从文化比较的角度出发,探讨梭罗对东方文化的浓厚兴趣。莱曼·卡迪在《美国文学》中撰文罗列了《瓦尔登湖》对中国儒家经典的引用情况。④ 艾伦·霍德的《美国超验主义和亚洲宗教》也描绘了亚洲思想对梭罗的影响。⑤

当前的梭罗研究以生态视角为主。可以说生态批评作为 20 世纪后半叶梭罗评论的主流,研究数量很大。利奥·马克斯在《闯进花园的机器》一书中提出,现代工业是跑进花园中的机器,他认为梭罗作品"具备美国田园主义的很多特质"⑥,生态批评教父布伊尔在 1995 年发表了《超验主义文学:风格和视野中的美国文艺复兴》一书,认为梭罗是"田园想象"的绿色文明的倡导者。⑦

第二,国内研究状况。⑧

国内学界对梭罗的研究,最早是翻译和介绍梭罗的作品。梭罗的代表作 Walden,最早是经徐迟翻译为《瓦而腾》,1949 年 10 月由上海晨光出版公司出版。20 世纪 50 年代香港今日出版社出版了署名为吴明实翻译的《湖滨散记》。在初版 33 年之后的 1982 年,年近古稀的徐迟先生对初版重新进行校译,并补写了一篇译后记,交付上海译文出版社出

---

①　H. Daniel Peck. *Thoreau's Morning Work*: *Memory and Perception in A Week on the Concord and Merrimack Rivers*, *the "Journal"*, *and Walden*. Yale Univereity Press, 1990.

②　Sharon Cameron. *Writing Nature*: *Henry Thoreau's Journal*, Oxford University Press, 1985.

③　Robert Milder. *Re-imagining Thoreau*. Cambridge University Press, 1995.

④　Lyman V. Cady. *Thoreau's Quotations from The Confucian Books in Walden in American Literature*. 33. 1, Mar., 1961.

⑤　Arthur Versluis. *American Transoendentalism and Asian Religions*. Oxford University Press, 1993.

⑥　Leo Marx. *The Machine in the Carden*: *Technology and the Pastoral Ideal in America*. Oxford University Press, 1964.

⑦　Iawrence Buell. *Literary Transcenderualism*: *Style and Vision in the American Renaissance*. Comell University Press, 1973.

⑧　国内研究现状参阅曹亚军的《特立独行:在中国的现代语境中接受梭罗》(《深圳大学学报》2003 年第 5 期);舒奇志的《20 年来中国的爱默生和梭罗研究述评》(《求索》2007 年第 4 期);陈爱华的《梭罗在中国 1949 至 2005》(《四川外语学院学报》2007 年第 3 期)。

版，书名正式定为《瓦尔登湖》。目前国内翻译出版最多的梭罗作品就是《瓦尔登湖》，已有20多个不同的翻译版本：1996年12月生活·读书·新知三联书店出版了《梭罗集》（上、下），包括《河上一周》、《瓦尔登湖》、《科德角》和《缅因森林》；2005年北京十月文艺出版社出版了梭罗日记的节选本《梭罗日记》；2009年5月北方文艺出版社出版了一套梭罗作品集，分别是《河上一周》、《瓦尔登湖》、《心灵漫步/科德角》和《缅因森林》；2009年10月，甘肃美术出版社出版了梭罗散文集《秋色》，包括《秋色》、《冬日散步》、《走向瓦楚特山》、《马萨诸塞自然史》、《野果》等作品；2005年6月，中国青年出版社出版了梭罗的《种子的信仰》；2005年12月，北京燕山出版社出版了梭罗的《种子的信念》；2009年，新星出版社出版了梭罗的《野果》；2010年1月，外语教学与研究出版社出版了梭罗的书信集《寻找精神的家园》。

国内除了各种不同的中文译本外，还有一些英文版的梭罗作品和研究专著：2004年11月由上海外语教育出版社推出的《英美文学名著导读详注本》系列，在首推的30本原著中选入了《瓦尔登湖》，书中附有孙胜忠为该书所写的前言；2001年海南出版社出版的由Joseph Wood Krutch所编的 *Walden and Other Writings* 和国内引进的由Bantam Books于1981年出版的 *Walden and Other Writings* 都附有Joseph Wood Krutch写的序言；2000年上海外语教育出版社出版了由Joel Myerson编的外国学者的重要评论集 *Henry David Thoreau*（《亨利·戴维·梭罗》），该书为研究梭罗思想与作品的论文集，收集了欧美学者对梭罗研究的最新成果。另外，还有中英对照节选本，如2000年8月外文出版社出版的袁文玲编译的《瓦尔登湖》节选本，为书中的生僻单词及文化典故做了注释；2005年5月陕西人民出版社出版的田颖、朱春飞编译的中英对照节选本。2011年中国宇航出版社出版了《瓦尔登湖》英文注释版，中国政法大学出版了英文原著影印版 *Thoreau Political Writings*（《梭罗政治著作选》）。

由以上出版状况可以看出，20世纪50年代初至80年代末梭罗在中国的影响甚微。但自20世纪90年代以来国内出版界对梭罗的兴趣甚浓，其主要作品《瓦尔登湖》频繁出版并大量行销，并且其绝大部分

作品都能找到中文译本,可见梭罗在中国已经深入人心。因为进入 90
年代后的中国,社会发展加快,但由于过多地考虑经济发展而忽视了对
环境的保护,致使人的生存环境日益恶化,人们对环境问题的关注和对
精神生活的追求使梭罗在中国被重新发现。

　　国内这些译本的出版在一定程度上促进了对梭罗及其作品的研究。
我们从这些译本的译序或后记中可以找到很多有助于理解梭罗作品的论
述,特别是徐迟为《瓦尔登湖》所写的序,对梭罗进行了客观、公正
的综合评述,其中的许多观点至今仍被学者和读者所引用,比如:"这
是一本寂寞、恬静、智慧的书。其分析生活,批判习俗,有独到处"①;
"本书内也有许多篇页是形象描绘,优美细致,像湖水的纯洁透明,像
山林的茂密翠绿;有一些篇页说理透彻,十分精辟,有启发性。这是一
百多年以前的书,至今还未失去它的意义。"② 还有王光林为《瓦尔登
湖》所写的前言"重新认识梭罗",也对其进行了独到而深入的介绍。
2002 年东方出版社出版了由美国学者罗伯特·米尔德著,马会娟、管
兴忠翻译的《重塑梭罗》,同年,中华书局出版了由美国学者斯蒂芬·
哈恩著,王艳芳翻译的《梭罗》,这两部研究梭罗的专著为国内学者进
一步深入研究梭罗提供了较为翔实的参考资料,开拓了研究者的视野。
特别值得一提的是,这两部梭罗研究专著中都附有主要的参考书目,为
国内研究者提供了重要线索,使他们能够从中得到许多新的学术信息与
启示。

　　国内学术界对梭罗的研究主要从本土的视角出发,侧重中西比较和
主题研究,从跨文化比较的角度来研究梭罗与中国文化的关系;近年
来,由于欧美生态文学、生态哲学的成就被系统介绍进我国,国内学者
开始从生态批评的角度阐释其作品。

　　梭罗与中国文化渊源和关系的研究,一直受到学界的重视。这方面
研究主要从梭罗与儒家、道家等的联系方面展开。如刘玉宇的《从
〈瓦尔登湖〉中的儒学语录看梭罗的儒家渊源》（《外国文学评论》
2009 年第 8 期）,程爱民的《论梭罗自然观中的"天人合一"思想》

---

① ［美］梭罗:《瓦尔登湖·序言》,徐迟译,上海译文出版社 2004 年版,第 5 页。
② 同上。

（《外国文学研究》2009 年第 2 期），何颖的《梭罗对〈庄子〉的吸收与融通》（《甘肃社会科学》2010 年第 5 期），崔长青的《简论老子和梭罗》（《国际关系学院学报》1994 年第 4 期），张建国的《庄子和梭罗散文思想内涵之比较》［《河南大学学报》（社科版）2005 年第 5 期］，冒键的《瓦尔登湖畔的圣贤：梭罗与孔孟之道》［《南京航空航天大学学报》（社会科学版）2002 年第 3 期］，于立亭的《梭罗与道家思想》［《长春理工大学学报》（社会科学版）2005 年第 1 期］，舒奇志的《从孔孟和梭罗看中美文化中的人文精神》（《湖湘论坛》2000 年第 3 期）等。

学术界对于梭罗的个人观念和社会政治思想研究评论主要从其人生追求、道德观、政治观、教育观等方面展开。论文有王诺、陈初的《梭罗简单生活观的当代意义》（《烟台大学学报》2009 年第 7 期），陈才忆的《梭罗的人生追求及其现代意义》（《四川外语学院学报》2003 年第 5 期），钱满素的《梭罗的账单》（《读书》1993 年第 4 期），杨金才与浦立昕的《梭罗的个人主义理想与个人的道德良心》［《南京师范大学学报》（社会科学版）2005 年第 4 期］。此外，还有韩德星的《瓦尔登湖与梭罗的个体化"变形"——重读〈瓦尔登湖〉》（《名作欣赏》2009 年第 21 期）。研究界还曾对梭罗的隐逸思想展开过讨论。作品主要有程映红的《瓦尔登湖的神话》（《读书》1996 年第 5 期），汪跃华的《两个瓦尔登湖》（《读书》1996 年第 9 期）和石鹏飞的《文明不可抗拒》（《读书》1996 年第 9 期），何怀宏的《事关梭罗》（《读书》1997 年第 3 期）、曹亚军的《特立独行：在中国现代语境中接受梭罗》［《深圳大学学报》（人文社会科学版）2003 年第 5 期］。

倪峰的《梭罗政治思想述评》（《美国研究》1993 年第 4 期）全面述评了梭罗的政治观，文中论述了梭罗的"公民不服从论"为核心的政治思想及其影响，资料翔实，观点鲜明，很有见地。[①] 有关梭罗教育思想的研究，如王彦力的《创意人生源于生活教育——梭罗教育思想解析》［《华东师范大学学报》（教育科学版）2004 年第 4 期］。有关梭罗作品的语言特色和艺术特征的论文，有陈凯的《梭罗的〈河上一周〉

---

① 参见李道揆《喜读〈梭罗政治思想述评〉》，《美国研究》1994 年第 4 期。

一书中的跨文化比较和文学评论》(《中国比较文学》1998 年第 1 期),
翁德修的《论〈瓦尔登湖〉的篇章结构及象征》[《辽宁师范大学学
报》(社会科学版) 2004 年第 1 期],张建国的《梭罗〈瓦尔登湖〉的
语言风格探析》(《河南商业高等专科学校学报》2004 年第 3 期),陈
杰的《浅析梭罗的文风观》(《当代文坛》1999 年第 4 期)。

　　近年来,国内对梭罗的生态思想和自然观的研究的论文数量众多,
如李静的《从梭罗看人与自然的关系》[《北京交通大学学报》(社会
科学版) 2009 年第 1 期],陈茂林的《"另一个":梭罗对人与自然二
元对立的解构》(《外国文学研究》2009 年第 6 期),陈凯的《绿色的
视野——谈梭罗的自然观》(《外国文学研究》2004 年第 4 期),苏贤
贵的《梭罗的自然思想及其生态伦理意蕴》[《北京大学学报》(哲学
社会科学版) 2002 年第 2 期],严春友的《澄明的瓦尔登湖》(《太原
师范学院学报》2002 年第 3 期)。

　　我国学者所写的梭罗研究专著还不多见,目前有台湾学者陈长房的
《梭罗与中国》,由台北三民书局 1990 年出版。此外有陈茂林的《诗意
栖居:亨利·大卫·梭罗的生态批评》(英文),浙江大学出版社 2009
年出版。此外以梭罗研究为主题在中国知网上公开发表的博士论文和硕
士论文有 30 余篇。博士论文两篇分别是谢志超博士的论文《爱默生、
梭罗对四书的接受——比较文学视野下美国超验主义研究》(上海师范
大学,2004 年)和李洁博士的论文《论梭罗与中国的关系》(复旦大
学,2008 年)。硕士学位论文有 33 篇,其中以生态、自然为主题的有
26 篇。① 它们分别是金涛的《梭罗自然观研究》(东北师范大学,2010
年)、郑慧的《走向瓦尔登湖:人与自然的道德精神家园》(山东师范
大学,2010 年)、施继业的《梭罗与沈从文的生态共鸣》(重庆师范大
学,2009 年)、王继燕的《人与自然的和谐共生——梭罗的生态思想与
中国"天人合一"观念比较研究》(内蒙古师范大学,2009 年)、陈政
武的《〈瓦尔登湖〉和梭罗的生态伦理解读》(英文,南京理工大学,
2010 年)、武云的《论梭罗的自然观念及其生态伦理意蕴》(山东大
学,2008 年)、杜新宇的《论梭罗〈瓦尔登湖〉中的儒家与道家思想》

―――――――――

① 本书的中国知网资料检索时间截至 2011 年 6 月。

（吉林大学，2008 年）、孙益敏的《自然是一首失传的诗——爱默生超验主义自然观与华兹华斯、梭罗自然观比较》（苏州大学，2009 年）、陈慧的《天人合一——论亨利·大卫·梭罗的〈瓦尔登湖〉所蕴含的环境美德伦理思想》（英文，厦门大学，2009 年）、胡友红的《回归自然——梭罗的环境伦理思想研究》（南京林业大学，2007 年）、张伟的《梭罗的〈瓦尔登湖〉中蕴含的深层生态学思想》（中国海洋大学，2007 年）、池云玲的《对亨利·大卫·梭罗〈瓦尔登湖〉中自然观的研究》（英文，哈尔滨工程大学，2007 年）、陈初的《梭罗的生态思想研究》（厦门大学，2007 年）、吕志君的《试论梭罗的环境思想对梭罗〈瓦尔登湖〉的思考》（山东师范大学，2008 年）、徐明的《〈庄子〉中的自由思想与梭罗〈瓦尔登湖〉中的自由观的比较研究》（英文，浙江大学，2008 年）、方萍的《欣赏的和谐——以梭罗的自然观反思中国环境教育》（武汉理工大学，2008 年）、李存安的《重访梭罗——生态批评视角下的〈瓦尔登湖〉研究》（武汉理工大学，2008 年）、张建静的《追求理想的生活》（英文，山东大学，2007 年）、王喜绒的《在自然的沉思中相遇——陶渊明与梭罗的自然观比较论》（兰州大学，2007年）、周雪松的《亨利·大卫·梭罗的双重性》（英文，中国人民解放军外国语学院，2007 年）、韩海琴的《寻求人与自然的和谐——试析梭罗矛盾的自然观》（英文，河南大学，2007 年）、粟孝君的《论梭罗的文明观——梭罗思想与道家观点之比较》（英文，湖南师范大学，2006年）、张群芳的《绿色荒野的生命体悟——论梭罗的自然观和生态思想》（广西师范大学，2005 年）、黄丹的《从星空到大地——论爱默生、梭罗和惠特曼笔下的"自然"主题》（南京师范大学，2005 年）、曹蕾的《瓦尔登湖畔的生态学哲思》（大连理工大学，2006 年）、李静的《论梭罗的自然观》（南昌大学，2006 年）、王姗姗的《诗意之生存——论梭罗自然、人生与社会观》（山东大学，2006 年）、程爱民的《〈瓦尔登湖〉：重探梭罗的深层生态学思想》（南京师范大学，2004 年）、童慧雁的《对亨利·梭罗〈瓦尔登湖〉的生态解读》（对外经济贸易大学，2005 年）、吴琼的《从异化观的角度解读亨利·戴维·梭罗的自然观》（对外经济贸易大学，2005 年）、王萍的《从中国传统哲学的角度比较陶渊明与梭罗》（天津师范大学，2005 年）、张伯菁的《回归自然——重访梭罗和他的世界》(英文,陕西师范大学,2003 年)、李小重的《世界存在于自然之中——论梭罗的环境意识》(华中师范大学,2001 年)、黄珊的《回归自然——陶渊明与梭罗的自然哲学》(英文,广西师范大学,2001 年)。

在中国国家图书馆学位论文档案室还可以查阅到有关梭罗研究的博士学位论文,如程爱民的《论梭罗的自然观》(英文,南京大学,1994 年),韩德星的《上升的修辞:从人格学角度看梭罗的个人主义和生命诗学》(南开大学,2006 年);硕士学位论文有何山石的《自然·人性·文化:从生态批评视角看梭罗对爱默生的超越》(北京师范大学,2006 年),王聪的《从译者主体性的角度分析〈瓦尔登湖〉的几个译本》(北京外国语大学,2006 年)。

综上所述,虽然梭罗研究已经是美国文学研究中的一门显学,且国内外的研究者在这个领域取得了突出的成就,但目前仍有很大的研究空间。

比如,目前国内外从诗学角度去研究梭罗作品的论文和著作还没有见到。国外论述梭罗写作修辞技巧的有美国学者罗伯特·米尔德、Richard J. Schneider 等。米尔德在《重塑梭罗》一书里提到梭罗所用的一些修辞技巧,他在第二章"《瓦尔登湖》和上升的修辞"中这样写道:"梭罗是这样不露声色地开始了他的《阅读》这一章的。但'领略'一词用的非常奇怪,值得注意;我们首先想到的是它有点过时的字面意思('深信'),然后又想到它的双关义('感到有罪',《圣经》的智慧这样指责我们),但至此时我们仍不能肯定我们是否穷尽了梭罗要表达的含义。"[1] Richard J. Schneider 在 *The Cambridge Companion to Henry David Thoreau*(《剑桥文学指南——亨利·戴维·梭罗》)中"Walden"(《瓦尔登湖》)一文中对《瓦尔登湖》的语言特征做了初步分析。[2] Melissa McFarland 在 *Pennel Masterpieces of American romantic literature*(《美国浪漫主义文学名著》)中对瓦尔登湖进行了简要导读分析。

---

① [美]罗伯特·米尔德:《重塑梭罗》,马会娟、管兴忠译,东方出版社 2002 年版,第 132 页。

② [美]萨克文·伯科维奇:《剑桥美国文学史》,史志康等译,中央编译出版社 2008 年版,第 576—580 页。

国内与此选题相关的有徐明的硕士论文《〈庄子〉中的自由思想与梭罗〈瓦尔登湖〉中的自由观的比较研究》（英文），涉及梭罗的自由观问题。文中比较分析了庄子自由思想和梭罗自由思想的异同，认为庄子哲学的重要概念是"真"、"诚"、"伪"和"游"，并且以此来阐述庄子"自由"思想的实质，同时通过追溯梭罗思想的渊源，也就是爱默生的超验主义理论，阐释梭罗的"自由"思想，包括思考文明的得失、"孤独"的生活方式以及简单食谱的选择等。① 此外，研究《瓦尔登湖》的修辞技巧的，有翁德修的《论〈瓦尔登湖〉的篇章结构及象征》［《辽宁师范大学学报》（社会科学版）2004 年第 1 期］、张建国的《梭罗〈瓦尔登湖〉的语言风格探析》（《河南商业高等专科学校学报》2004年第 3 期）等。

从以上研究状况来看，"梭罗自由观诗学研究"是一个新论题。我们认为这一论题的提出是基于以下认识：梭罗的散文叙事是其全部文学创作的主体，它不仅蕴含博大精深的自成体系的思想，而且在诗学品格上也有着极为鲜明的个人化特质。梭罗的思想体系不能单纯从"生态"角度上来阐释，在我们看来，对"人的全面解放"的深刻关注才是梭罗思想的核心，"人的全面解放"问题与"自由"问题在梭罗的思想中是统一的，而在具体的叙述中他更多地使用了"自由"这个词语。因此，解读梭罗叙事的关键词是"自由"，他从三个层面对自由展开了思考——自然层面、社会层面和宗教层面。在自然层面，他主张顺应自然法则，并在精神上要超越自然法则，人才能获得自由；而在社会层面，梭罗倡导的是道德良知，不主张政府的强权政治，他认为个体是自由的，个体的权力高于政府的权力，同时他主张个体应最大限度地淡化物质欲望，而追求自由的精神境界，这样才能获得社会层面的自由；在宗教层面，梭罗认为，人的最后的精神解放基于宗教的解放，而宗教的解放则有赖于人的想象力的解放，人有一个什么样的上帝完全取决于他的宗教想象，人必须把自己可怜的宗教意识转化为神话式的想象，也只有在这种神话式的想象与叙事中，人才能成为神的造物并最终抵达真正的

---

① 参见徐明的硕士论文《〈庄子〉中的自由思想与梭罗〈瓦尔登湖〉中的自由观的比较研究》（英文，上海师范大学，2008 年）。

神性（自由）。所以说，自由思想贯彻于梭罗的所有叙事，抓住了"自由"这个关键词，才有可能真正解读梭罗叙事。而梭罗的诗学追求也极为独特，这不仅表现在其独特的文学观上，也表现在他的诗性智慧和神话思维上，在这个意义上，梭罗叙事是散文的，更是诗的。梭罗叙事将散文可能的张力发挥到了极致，他打破了散文和诗歌、小说的界限，其想象力出神入化，谈古论今也能点铁成金而不落窠臼。梭罗的散文堪称叙事文学的精品与极品，其美学价值有待研究者不断的发掘与探究。遗憾的是，梭罗的诗学追求长期以来被研究者所忽视。

本书主要研究梭罗的"自由观诗学"。笔者认为，梭罗终生都在探求生命与精神的自由，由荒野世界中的自由—浪漫主义诗学，到道德社会中的自由—现实主义诗学，再到宗教性体验中的自由—超验主义诗学，形成了其丰富而复杂的自由观诗学体系。梭罗的自由观可谓博大精深，但他毕竟首先是一个文学家，他的自由观必然要通过文学的方式来传达，这就涉及诗学问题。梭罗的诗学思想，是基于个体生命体验的生命诗学，梭罗所理解的生命既是自由的，又是能够自觉承担使命的。因此，梭罗的自由观诗学也必然要兼容与汲取多种诗学的给养，从而形成自己独特的诗学理念。

关于本书的研究方法，笔者认为，任何文学研究的展开都要以特定研究对象的特质为前提。梭罗生于 19 世纪美国浪漫主义文学创作的高峰期，同时受到欧洲文学与文化传统的深刻影响，这就决定了在梭罗的创作中，首先与西方的整个文化与文学传统有着密切的联系，同时，梭罗受到了以爱默生为代表的美国超验主义哲学的深刻影响，而超验主义哲学又与基督教文化传统的关系密切，这一切都决定了对梭罗的研究必须有宽阔的文化批评视野。另一方面，作为散文家的梭罗在表述自己独特的自由思想时，会形成自己的叙述风格与美学特征，这就要求我们必须在关注梭罗创作的历史文化语境的同时，还能够立足于梭罗的文本本身揭示其叙述的内在审美结构。鉴于此，本书以当代学术批评的理论为主要方法，将文化诗学与形式主义诗学的理论方法相结合，融合哲学、宗教、思想史以及文学研究的理论资源，对梭罗的自由观及其诗学特征进行了较为全面的剖析和阐释。

在具体的论述中，本书整合了文学审美批评和历史—文化批评的理论资源，将宏观的历史文化观照与微观的文本细读相结合，力图在观察梭罗的创作现实与文化传统、时代特征的互动中，揭示梭罗自由观诗学的历史与现代意义。

　　最后，需要特别指出的是，由于《瓦尔登湖》的版本较多，英文注释最为详尽的是耶鲁大学版本①——*Walden*：*A fully Annotated Edition*。国内译本的侧重点和文风各不相同，本书在论述中主要引用上海译文出版社的徐迟译本。同时，为了更准确地阐释本书的观点，笔者也采用和参考了苏福忠、王光林、许崇信和林本椿等人的译本。

---

　　① Henry David Thoreau. *Walden*：*A Fully Annotated Edition*. edited by Jeffrey S. Cramer, New Haven：Yale University Press, 2004.

第二章 梭罗的自由观及自由观诗学

> 他将要越过一条看不见的界线，他将要把一些事物抛在后面；
> 新的、更广大的、更自由的规律将要开始围绕着他，并且在他的内
> 心里建立起来；或者旧有的规律将要扩大，并在更自由的意义里得
> 到有利于他的新解释，他将要拿到许可证，生活在事物的更高级的
> 秩序中。①
>
> ——梭罗

何谓"自由观诗学"？对这个问题的澄清是我们展开论述的前提。
梭罗终生都在探求生命与精神的自由境界，由荒野世界中的自然自由的
浪漫主义诗学，到道德社会中的社会自由的现实主义诗学，再到宗教感
悟中的生命自由的超验主义诗学，形成了其丰富而独特的自由观诗学
体系。

梭罗的自由观诗学是以自然为核心从而充分体现人的自由精神的诗
学。在梭罗看来，人与自然是融为一体的，人的存在应该是自然的存
在。以这种自然的观念去观察和反映社会，社会也应该是自然的，一切
违反自然法则的社会现象，都应被否定和批判。梭罗以自然为核心，以
自然作为认识和反映社会伦理、生命价值的参照系，从而形成了对自
然、社会、生命、生活的独特思考和书写方式。表面上看，梭罗是在极
力地描写自然，歌颂自然，但究其实质，却是试图借助对自然的书写来
表现对人的精神自由的追求。梭罗来到瓦尔登湖，为的就是探索自然，
探索自然也是为了探索自己，从而发现自我的价值，当人真正融入自然

---

① ［美］梭罗：《瓦尔登湖》，徐迟译，上海译文出版社 2004 年版，第 300 页。

的时候，也正是人获得自由的时候。①"崇尚自然，追求自由，这是梭罗作品中两个十分明显的特点"②，也是梭罗诗学观的核心。梭罗的"自由观诗学"正是在此基础上形成的，具体而言，其中包括梭罗浪漫主义诗学、现实主义诗学和超验主义诗学三个层面，这三个层面相互渗透，有机统一，体现了梭罗在体验荒野世界、道德社会和宗教性时不同的诗学内涵。

第一节　梭罗的"自由观"

"自由"可以从哲学、社会学、宗教、历史等不同层面加以阐释，正因为如此，"自由"才变得歧义丛生。随着人类的发展进步，自由的概念从最初的自由选择，不断地增添着更多的价值内涵。梭罗以他的文学创作表达了其诗性的自由观念，既与其自由选择有着必然的联系，又包含着他的丰富而独特的思考。

一　梭罗的自由观探源

在《牛津百科全书辞典》（*The Oxford Encyclopedic English dictionary*）中，"自由"（freedom）的主要释义是"1. the right to do or say what you want without anyone stopping you；（有权做或可以不被阻止的做什么）2. the state of not being a prisoner or slave（不被束缚的、不被奴役的）。"卢梭在《社会契约论》中说："人是生而自由的，但却无往不在枷锁之中。自以为是其他一切主人的人，反而比其他一切更是奴隶。"③由此可知，"自由"一词在日常生活中使用，其意义就是指不受限制或不受阻碍。说一个人是"自由的"，就是指他（或她）的行动和选择不受他人行动的阻碍。显然，人的自由与人面对事物所具有的选择权密不

---

① Cleanch Brooks and Robert Penn Warren. *Amertican Literatures：Makers and Making*（ST. Matin's Prese,1973），pp. 759 – 760. 转引自王光林《重新认识梭罗》，见梭罗《瓦尔登湖·序言》，王光林译，长江文艺出版社 2005 年版，第 3 页。

② 王光林：《重新认识梭罗》，见梭罗《瓦尔登湖·序言》，王光林译，长江文艺出版社 2005 年版，第 4 页。

③ ［法］卢梭：《社会契约论》，何兆武译，商务印书馆 2003 年版，第 4 页。

可分。这种对自由的认识，早在古希腊亚里士多德那里就有了明晰的阐释。亚里士多德在阐述责任与自由选择的内在联系时说："道德依乎我们自己，作恶也是依乎我们自己。因为我们有权利去做的事，也有权利不去做。"① 这里的"权利"就是指人面对事物时选择的自由权利，而"选择可以说是一种具有欲望的理智，或者说是一种具有理智能力的欲望。作为行为的发动者的人，他使这两种要素结合在一起"。② 亚里士多德在讲人的选择的同时，肯定了人的选择自由，同时也指出了这种对自由的选择包含着理性与责任。既有选择的权利，又有理智和责任，也就是人对自己行为的后果负道德的责任，那么，这种自由的选择才具有个人意义和社会意义。③

随着历史的发展，对自由的认识开始涉及与人类社会相关联的方方面面。特别是历史上众多的重大政治事件，如反封建、反教会的人文主义运动，法国资产阶级革命和美国独立战争等，都推动了人们对自由问题的思考，不同时代、不同立场的哲学家、思想家们对自由的概念给予了不同的诠释。

在西方近代哲学史上，第一个对自由概念做出较全面系统论述的思想家是斯宾诺莎，他把自由与真理（必然性的知识）概念直接联系起来，提出"自由是对必然性的认识"的命题。认为只要把握了必然性的知识就能获得自由。自由与自然（必然）是康德哲学的两大主题。在《实践理性批判》中，康德指出："有两种东西，我们越是对它们反复思考，它们所引起的敬畏和赞叹就越是充溢我们的心灵，这就是'头上的星空'和'内心的道德法则。'"在这里，"头上的星空"是指受必然性支配的自然法则，而"内心的道德法则"则是指自身为自身立法的自由法则。④ 洛克以及亚当·斯密和密尔等提倡个人的自由，认为国家和法律虽然存在，但都不应干涉个人的自由和生活。贡斯从法国

---

①　［古希腊］亚里士多德：《尼各马可伦理学》，见周辅成主编《西方伦理学名著选辑》上卷，商务印书馆 1964 年版，第 230 页。

②　同上书，第 232 页。

③　同上书，第 312—235 页。

④　《西方哲学原著选读》下卷，北京大学哲学系外国哲学史教研室译，商务印书馆 1982 年版，第 436—437 页。

雅各宾党人的独裁专制中得到启发，他强调至少宗教、意见、表达、财产的自由必须有所保障，不受侵扰。海德格尔则认为，"让其自身来显现自身，把存在从存在者中崭露出来，解说存在"①。在此意义上，"自由"是人的一种更本源意义上的存在状态，即"此在"本真的生存就是自由。

罗尔斯将现代社会中人在法律所规定的各种义务、禁令以及来自舆论和社会压力的强制性规定下所具有的自由，称为良心的自由。罗尔斯所说的"自由"，从某种意义上来说，是对亚里士多德以来的自由选择观的回归，尽管这种在法律制度允许下的有限选择和人的无限选择有很大的距离，但无论在经济社会还是政治道德的选择中都具有一定的进步意义。虽然这种自由选择可能会影响自由的价值，即个人平等自由权利的价值，但却并不影响对自由本身的认识与追求。这种将社会规范、社会法律和自由联系在一起的观点，在孟德斯鸠那里被一言以蔽之为"自由就是做法律所允许的事情"。洛克则认为法律的目的不是否定或限制自由，而是保护并扩大自由。在孟德斯鸠和洛克那里，并非每项法律都是祸害，法律体系对于自由来讲是必然的逻辑结果。

这种自由选择的自由观，在英国社会学家伯林那里得到了经典的阐释。他将其归结为"两种自由概念"，即"消极自由观"与"积极自由观"，他认为消极自由是指："在什么样的限度以内，某一个主体（一个人或一群人），可以或应当被容许做他所能做的事，或成为他所能成为的角色而不受到别人的干涉。"积极自由则是："什么东西或什么人，有权控制或干涉，从而决定某人应该去做这件事、成为这种人，而不应该去做另一件事、成为另一种人？"② 这种消极的自由和积极的自由状态，不是一种常态而是始终处在一种变化过程之中的。随着人类对社会和生活认识的逐步深入，对自由内容的要求也在不同程度地发生着变化，然而对人类而言，依然是对自由本身的追求，对自由形式和内容的变化，并不构成对自由追求的价值变化，伯林认为："埃及农夫在享有

① ［德］海德格尔：《存在与时间》，陈嘉映、王庆节译，生活·读书·新知三联书店1999年版，第296页。
② ［英］伯林：《两种自由概念》，陈晓林译，《公共论丛》第一辑，生活·读书·新知三联书店1995年版，第175页。

个人自由之前，必须先获得衣物与医药，同时他对后者的需要也更甚于前者；然而，今天他所需要的最低限度的自由，或者明天他可能需要的更多的自由，与教授、艺术家、百万富翁们所需要的自由，却是同样的东西——而不是某种特别属于他的自由。"①

就梭罗自由观语境生成的美国而言，自由的观念从来都是与民主思想紧密相连的，从民主方面来说，欧洲的民主自由制度成为美国浪漫主义文学的政治保障。美国标榜的社会契约和民主思想，来源于 18 世纪法国著名的启蒙思想家卢梭。卢梭认为："人是生而自由的，但却无往不在枷锁之中。"美国《独立宣言》中体现的自由主义思想，来源于 17 世纪英国哲学家洛克。洛克在《政府论》中提出："人类天生都是自由、平等和独立的，如不得本人的同意，不能把任何人置于这种状态之外，使受制于另一个人的政治权力。"② 美国浪漫主义文学的显著特点就是倡导思想自由，侧重于描写个人的主观世界，抒发强烈的个人感情。

梭罗的自由观显然是一种人的自由选择观，从消极选择和积极选择两个方面都可以表现出来。从消极自由的角度来看，梭罗选择了回归自然，主张不受他人干涉，融入自然，去感悟自我的自由存在。即伯林所说的："正常的说法是，在没有其他人或群体干涉我的行动程度之内，我是自由的"，"不受别人干涉的范围愈大，我所享有的自由也愈广"。③

从积极自由角度来看，梭罗的自由观表现出了对限制人的自由的一种强烈反抗意识。法律法规规范下人的自由固然被公认，人在这种社会规范下可以获得自由。然而，一旦这种社会的法律法规和制度存在不公时，就必须推翻这种法律法规和制度以示社会的公平。这种积极选择有别于消极选择，在消极的自由选择中，梭罗可以自由选择回归自然的自由，这种选择与他人无关，与社会无关，仅仅是梭罗的个人自由选择。

---

① ［英］伯林：《两种自由概念》，陈晓林译，《公共论丛》第一辑，生活·读书·新知三联书店 1995 年版，第 134 页。

② ［美］罗伯特·N. 贝拉、理查德·马德逊、威廉·M. 沙利文等：《灵的习性：美国人生活中的个人主义和公共责任》，翟宏彪、周穗明、翁寒松译，生活·读书·新知三联书店 1991 年版，第 214 页。

③ ［英］伯林：《两种自由概念》，陈晓林译，《公共论丛》第一辑，生活·读书·新知三联书店 1995 年版，第 122 页。

然而在积极的自由选择中，就会呈现出选择中所承载的社会道德和社会责任。诚如伯林所说："人最重要的是，我希望能够意识到自己是一个有思想、有意志而积极的人，是一个能够为我自己的选择负起责任，并且用我自己的思想和目的来解释我为什么做这些选择的人。只要我相信这一点是真理，我就觉得自己是自由的。"①

如果说梭罗消极的自由选择表现为要求从人与自然的对立中获得解放和自由的话，那么，他的积极的自由选择，则表现为从社会的不公平中获得精神解放。前者是体现自然自我中的自由，后者是实现社会关系中的自由。无论是梭罗身上所体现的消极自由，还是积极自由，无论是从融入自然获得自由，还是在诸如幸福、责任、智慧、公正的社会或自我中实现自由，都是自由的不同形式和载体，两者是共存关系，没有孰高孰低的差别。无论是消极的自由或者积极的自由，都表现为梭罗所倡导的在不同环境和不同状态下的人的自由选择。

二　梭罗自由观产生的文化语境

梭罗自由观的形成与确立，有着深厚的现实基础与文化基础，它和超验主义、个人主义及浪漫主义等有着极深的渊源。梭罗生于马萨诸塞州的康科德城，这里是美国独立战争的爆发地，也是超验主义者的文化中心。爱默生曾写诗《康科德颂》盛赞康科德：

> 河上那座简陋的木桥旁，
> 旗帜曾翻卷着四月的风。
> 农夫们在这里换上戎装，
> 他们的枪声把世界惊动。
>
> 敌人早已在幽寂中安睡，
> 胜利者也在幽寂中沉埋。
> 湮灭的时光里桥已倾颓，

---

① ［英］伯林：《两种自由概念》，陈晓林译，《公共论丛》第一辑，生活·读书·新知三联书店 1995 年版，第 131 页。

随深暗的河水归向大海。

今日的岸边宁静而翠绿，
我们在碑石里寄托追思，
愿荣光能在记忆中永驻，
当子孙和先祖一样消逝。

灵啊，是你赐他们勇敢，
为后代的自由慷慨赴死，
别让碑石在岁月里凋残：
它属于他们，也属于你。①

1837 年 7 月 4 日，庆祝战役纪念碑落成

　　梭罗认为，永远值得他惊喜的是，他"出生于全世界最可敬的地点之一"，且"时间刚好合适"，因为那是美国知识界极为活跃的年代。康科德在美国超验主义文化运动中，梭罗作为中坚力量参与了美国民族文化的建构，而超验主义又被认为是美国后期浪漫主义。

　　一个新的国家形成的标志之一，便是具有民族特色的新文学的出现和勃兴。自美国在政治上获得独立之后，美国作家就决心创造一种具有民族特色的文学。美国学者爱默生等人就建立民族文学的问题进行了深入的思考和广泛的呼吁，于是，美国 19 世纪浪漫主义文学运动应运而生。

　　浪漫主义（romanticism）文学思潮起源于 18 世纪末的欧洲，到 19 世纪初已形成为影响极大的世界性文学潮流。英国浪漫主义文学的历史源远流长，华兹华斯、拜伦等诗人对美国的浪漫主义文学影响甚大，而在欧洲浪漫主义文学基础上形成的美国浪漫主义文学，充分反映了处在上升时期美国蓬勃昂扬的社会风貌。浪漫主义在美国比在欧洲更具有民族主义色彩。它主要表现为对传统、对欧洲文化遗产的否定和对未开发的西部大陆自然的宏伟气魄及其无穷奥秘的倾心。它当时的首要任务是

---

①　［美］爱默生：《爱默生集》，范圣宇主编，花城出版社 2008 年版，第 233 页。

用新的材料编造美国的神话。在完成这一任务时，华盛顿·欧文、库珀等作家写出了具有美国民族风格的浪漫主义作品，成为美国浪漫主义文学的先驱。进入19世纪30年代后，爱默生、梭罗、惠特曼等作家把美国的浪漫主义文学推向高峰。

爱默生和梭罗都是超验主义文学的代表人物，梭罗具有广博的关于欧洲文学的知识，这为他的创作奠定了深厚的基础。在超验主义文学运动（同时也是宗教和哲学的运动）中，梭罗坚持写日记、写诗歌，写散文，不断发表学术演说以传扬自己的思想。总之，梭罗所生活的年代，正是美国民族文化的创构时期。一个处于上升阶段的新兴的国家，对外来文化必然要采取兼收并蓄的态度，而怀疑精神和建构精神也同样不可缺少，这些时代精神在梭罗身上都有非常充分的体现，它们也是梭罗的自由观得以形成的现实基础。梭罗青壮年时期，美国超验主义达到了极盛时期，梭罗不仅亲身参与和推动了这一思潮，而且在某种意义上也是这一思潮的真正代表，这种经历使梭罗的思想探索不再仅仅停留在个体的身上，而是开始探索建构美国民族文化的可能性。梭罗从卢梭、康德等哲学家那里吸收了不少道德哲学的营养，康德的道德与自由在很大程度上启发了梭罗的道德社会自由观。梭罗非常富有实践精神，他没有将信仰搁置在思想层面，而是努力将其付诸实践，在实践中贯彻自己的信仰，在荒野世界、道德社会和宗教性体验中探索其精神价值，然后不断丰富其学说。这一切构成了梭罗自由观形成的文化语境。因此，我们说，梭罗自由观的诞生具有某种历史必然性。

第二节　梭罗的"自由观诗学"

诗学（poetics）一词源于希腊语Poesis，原义是创造（create, or invent）。[①] 瓦勒里在《诗的艺术》中说："根据词源，诗学是指一切有关既以语言作为实体又以它作为手段的著作或者创作，而不是狭义的关于诗歌的美学原则和规则。""诗学"一词的传统概念首先指涉及文学在内的理论；其次它也指某一作家对文学法则的选择和运用（主题、

---

① 　张德明：《人类学诗学》，浙江文艺出版社1998年版，第3页。

构思、文体等）。① 根据《牛津百科全书辞典》（*The Oxford Encyclopedic English dictionary*），在"诗学"（poetics）条目有如下两种释义："1. theart of writing poetry（写诗的艺术）；2. the study of poetry and its techniques（诗及其诸种技巧的研究）。"诗学这一术语有时也同"文学理论"互用，如韦勒克就建议用后者取代"诗学"。但现代批评家使用"诗学"往往是为了更强调其"内部研究"的性质。托多洛夫在《结构主义诗学》中说："诗学与个别作品的释义相反，它的目的并不在于道破作品的意义，而在于辨认每部具体作品所赖以产生的总的法则。它与心理学、社会学等这些学科不同，它致力于从文学内部探求这些法则。因此诗学是一种既'抽象'又'内在'地理解、掌握文学的学科。诗学的客体并不是文学作品本身，它所考察的是一种特殊的语言——文学话语的属性。于是，任何作品都被认作是一种抽象结构的展现，是这结构具体铺展过程中各种可能性中的一种可能性的体现。因此，这门科学所关注的不是实在的文学而是可能的文学，换句话说，它所关注的是文学之所以为文学的抽象属性，亦即文学性。"② 法国学者达维德·方丹在《诗学》一书中梳理了西方历史上的三种诗学观，狭义的"诗学"指"有关作诗法和诗歌创作的要求与建议的汇编，以及通常在某一文学运动中制定的种种的文体标准。从贺拉斯（Horace）到布瓦洛（Boileau），被称为诗艺（Arts poetiques）"③。广义的诗学指"文学的整个内部原理"，例如亚里士多德的《诗学》、20世纪俄国形式主义及后来的结构主义等。还有一种"诗学"指"一个作家（不仅仅是一个诗人）在创作、选材、确定风格和主题等一系列活动过程中所做的有意识或无意识的'选择'的整体特征，例如我们可以称呼某某作家的诗学，如巴尔扎克的诗学，歌德的诗学等等"④。我们所说的梭罗"自由观诗学"，就更多地接近于这种诗学观的含义。方丹的概括基本符合

---

① 王先霈、王又平主编：《文学理论批评术语汇释》，高等教育出版社2006年版，第184页。

② 同上。

③ ［法］达维德·方丹：《诗学》，陈静译，天津人民出版社2003年版，第6页。

④ ［法］达维德·方丹：《诗学》，陈静译，天津人民出版社2003年版，第3页。见瑟伊（Le Seuil）出版社1979年出版的观点论文集中T. 托多罗福的《语言科学百科辞典》中的"诗学"篇。

西方诗学研究的历史。尽管三者的侧重点有所区别，但在一点上却是一致的，它们都以文学这种审美创造和接受活动为中心而展开。

一 梭罗诗学中的"自由"母题

梭罗自由观的产生有其深厚的现实基础与特定的文化语境，是历史的必然产物，但梭罗毕竟首先是一个文学家，他必然要借助文学的方式来阐释其自由观。梭罗所有的散文叙事作品，如《瓦尔登湖》、《河上一周》、《心灵漫步》等，都可看作是对其自由观在不同题旨、不同角度和不同层面上的阐释，"自由"也因此成为梭罗诗学观念中的重要母题，成为我们解读和理解梭罗诗学的关键词。

母题（motive）又译"动机"。来源于拉丁语 movere，"意指策励或鞭策，致使某事发生并且使之进一步发展，这其中蕴含了母题的本质意义及功能效用"。（弗朗西斯·约斯特《比较文学导论》）德国学者伊丽莎白·弗兰采尔在《题材和母题史》中认为："母题这个词所指明的意思是较小的主题性（题材性）的单位，它还未能形成一个完整的情节或故事线索，但它本身却构成了属于内容和情势的成分。"鲍里斯·托马舍夫斯基在《主题》中说："经过把作品分解为若干主题部分，最后剩下的就是不可分解的部分，即主题材料的最小分割单位。"他还从不同的功能入手，区分出"关联母题"、"自由母题"、"静态母题"、"动态母题"及"主导母题"等，本事（真实的事迹）或情节就是由这些不同的母题构成的。①

---

① 王先霈、王又平主编：《文学理论批评术语汇释》，高等教育出版社 2006 年版，第248 页。关于母题，批评家们还从以下几种意义上使用该术语。比如：其一，从不同的母文学作品中反复出现的某些因素。M. H. 艾布拉姆斯说：母题作为文学中经常出现的要素"可能是一类事件、一种手段或一个程式"。其二，对不同作品所表现出的主题或题材的一致性或延续性的概括。如心理分析家们"凭个别的题材来界定母题，而母题又产生了题材：父子仇视的母题被称作俄狄浦斯情结，而父女乱伦的母题则被称作厄勒克特拉情结"。（R. 图松：《比较文学的一个问题》）文学史家和比较文学研究者经常在这个意义上使用母题概念。其三，在德文中，"母题"这个词的含义经常相当于英语中的"主题"。如德国批评家厄内斯特·罗伯特·柯蒂斯认为，倘若作家通过简单的事实证实一条普遍的真理的话，倘若在他的作品中偶然性的东西揭示了实质性的东西的话，那么他便为自己的题材增添了一个母题（参见《欧洲文学与拉丁中世纪》）。法国批评家 R. 图松也说，母题是"一种背景，一个广泛的概念，它要么说明某种态度，比如反抗；要么是指一种基本的、普遍的境遇"。

　　母题虽是一个叙事学中的概念，在比较文学中经常使用，而它却容易与意象、原型等概念混淆。鉴于此，有人指出，"民俗学家用母题来指称一种反复出现的、与叙事类型化特征相关的因素，是为了揭示和描述民间叙事作品存在着各种类型化现象而形成的一个术语……这说明民俗学的母题研究是对情节结构或叙事构成的微观研究，人们试图通过分析母题研究与叙事类型化相关问题，辨识和把握民间叙事文本在流传演变上的规律"；"尽管在不同的理论中，母题的具体内涵有差异，但是有一个基本特点却为一切母题现象所共有，也是研究者辨识和把握母题的根据所在，那就是，母题必以类型化的结构或程式化的言说形态，反复出现于不同的文本之中；具有某种不变的，可以被人识别的结构形式或语言形式，是母题的重要特征。俄国形式主义和结构主义叙事学在民间文学母题研究的基础上，发现并揭示了这种形式结构特征，从而深化了母题研究"①。这样对母题做界定，显然能够将其与意象、原型等区别开来，然而却过于形式化，对内容的关注也不够。

　　笔者认为，所谓母题，是指叙事作品中反复出现的人物的基本行为或精神现象，以及关于周围世界的概念，如时间、空间、季节、生死、哀乐。我们不妨以《瓦尔登湖》为例，来说明梭罗叙事是如何处处蕴藏"自由观"母题的。

　　　　我看见青年人，我的市民同胞，他们的不幸是，生下地来就继承了田地、庐舍、谷仓、牛羊和农具；得到它们倒是容易，舍弃它们可困难了。他们不如诞生在空旷的牧场上，让狼来给他们喂奶，他们倒能够看清楚了，自己是在何等的环境辛勤劳动。谁使他们变成了土地的奴隶？为什么有人能够享受六十英亩田地的供养，而更多人却命定了，只能啄食尘土呢？为什么他们刚生下地，就得自掘坟墓？他们不能不过人的生活，不能不推动这一切，一个劲儿地做工，尽可能地把光景过得好些。我曾遇见过多少个可怜的、永生的灵魂啊，几乎被压死在生命的负担下面，他们无法呼吸，他们在生

---

　　① 孙文宪：《作为结构形式的母题分析——语言批评方法论之二》，《华中师范大学学报》2001 年第 6 期。

命道上爬动，推动他们前面的一个七十五英尺长，四十英尺宽的大谷仓，一个从未打扫过的奥吉亚斯的牛圈，还要推动上百英亩土地、锄地、刈草，还要放牧和护林！可是，另一些并没有继承产业的人，固然没有这种上代传下的、不必要的磨难，却也得为他们几立方英尺的血肉之躯，委屈地生活，拼性命地做工哪。①

这个出现在"经济篇"第四自然段的叙述，以陌生化的手段将"正常人过的正常生活"的非正常性揭示了出来，从而造成了一种令人震惊的阅读体验。那些"继承了田地、庐舍、谷仓、牛羊和农具"的农夫在不知不觉间心安理得地变成了土地的奴隶，他们只有做苦工的力气和没有灵魂的生命，他们的苦役和磨难无始无终，这既是一种行为方式，又是一种精神现象。而那些"没有继承产业的人"，虽尚未成为土地的奴隶，则变成了身体的奴隶，也从事着惊人的苦役。是谁将这些无辜的青年人变成了终身的奴隶？无疑是青年人自己和社会的价值体系。或许这个段落让我们更震惊的是叙事本身的特殊性，梭罗看到了我们看不到或熟视无睹的事实，听到了我们听不到的灵魂哭泣，感受到了我们感受不到的精神痛苦，因此才会有这样的叙事。放眼整个世界文学史，要找到梭罗这样讲述"正常人"生活的叙事，恐怕不是一件容易的事情，这也从一个侧面证实了梭罗叙事的不可替代性。我们不禁要问，是什么赋予了梭罗这种能洞穿人生万象的法眼？如果我们稍作分析，便不难发现，这个段落始终围绕一个关键词展开，这个关键词就是"自由"，梭罗是从"自由"的不在场，即从自由的反面——"不自由"来观察人间生活的，苦役、磨难、委屈、奴隶等语词表现的都是"不自由"的实际存在。这是自由母题表述之一例：

可是，那贫穷的少数人如何呢？也许可以看到一点，正如一些人的外表境遇高出于野蛮人，另一些的外表境遇就成正比例地低于他们。一个阶级的奢侈全靠另一个阶级的贫苦来维持。一面是皇

---

① ［美］梭罗：《瓦尔登湖》，徐迟译，上海译文出版社 2004 年版，第 3 页。

官，另一面是济贫院和"默默无言的贫穷人"。① 筑造那些法老王陵墓的金字塔的百万工人只好吃些大蒜头，他们将来要像像样样地埋葬都办不到。完成了皇宫上的飞檐，入晚回家的石工，大约是回到一个比尖屋还不如的草棚里。像下面这样的想法是错误的：在一个有一般文明的国家里，大多数居民的情形并没有降低得像野蛮人的那么恶劣。我说的还是一些生活得恶劣的贫穷人，还没有说到那些生活得恶劣的富人呢。要明白这一点，不必看得太远，只消看看铁路旁边，到处都有棚屋，这些是文明中最没有改进的了；我每天散步，看到那里的人住在肮脏的棚子里面，整个冬天，门总是开着的，为的是放进光线来，也看不到什么火堆，那只存在于他们的想象中，而老少的躯体，由于长久地怕冷受苦而蜷缩，便永久地变了形，他们的四肢和官能的发展也就停顿了。自然应当去看看这个阶级的人：所有这个时代里的卓越工程都是他们完成的。② 在英国这个世界大工场中，各项企业的技工们，或多或少也是这等情形。或许我可以把爱尔兰的情形给你提一提，那地方，在地图上，是作为一个白种人的开明地区的。把爱尔兰人的身体状况，跟北美洲的印第安人或南海的岛民，或任何没有跟文明人接触过因而没有堕落的野蛮人比一比吧。我丝毫都不怀疑，这些野蛮人的统治者，跟一般的文明人的统治者，是同样聪明的。他们的状况只能证明文明含有何等的污浊秽臭！现在，我根本不必提我们的南方诸州的劳动者了，这个国家的主要出品是他们生产的：而他们自己也成了南方诸州的一种主要产品。③

在梭罗的创作中，更有大量的"自由"在场的叙说。《瓦尔登湖》在叙述人在现实社会中的生活体验和宗教体验时，常有"不自由"的

---

① 默默无言的贫穷人，可译作"沉默的穷人"，指隐瞒自己的经济困境避免进入救济院的穷人。见 Henry David Thoreau：warlden：a fally annotated edition，edited by Jeffrey S. Cramer，Yale University Press，2004，p. 34。

② 原文可以译为：当然应该公正地看待这个阶级的人：所有这个时代里享有盛名的工程都是他们完成的。见 Henry David Thoreau：warlden：a fully annotated edition，edited by Jeffrey S. Cramer，Yale University Press，2004，p. 34。

③ ［美］梭罗：《瓦尔登湖》，徐迟译，上海译文出版社 2004 年版，第 30—31 页。

表象出现。然而，在关涉荒野世界的叙述中，无论是飞禽、走兽、湖泊、树木，还是置身其中的"我"，梭罗都更多地表现了"自由"的在场，这样的例子不胜枚举。如在"声篇"第二自然段，有这样的叙述：

> 在一个夏天的早晨里，照常洗过澡之后，我坐在阳光下的门前，从日出坐到正午，坐在松树，山核桃树和黄栌树中间，在没有打扰的寂寞与宁静之中，凝神沉思，那时鸟雀在四周唱歌，或默不作声地疾飞而过我的屋子，直到太阳照上我的西窗，或者远处公路上传来一些旅行者的车辆的辚辚声，提醒我时间的流逝。我在这样的季节中生长，好像玉米生长在夜间一样，这比任何手上的劳动好得不知多少了。这样做不是从我的生命中减去了时间，而是在我通常的时间里增添了许多，还超产了许多。我明白了东方人的所谓沉思以及抛开工作的意思了。大体上，虚度岁月，我不在乎。白昼在前进，仿佛只是为了照亮我的某种工作；可是刚才还是黎明，你瞧，现在已经是晚上，我并没有完成什么值得纪念的工作。我也没有像鸣禽一般地歌唱，我只静静地微笑，笑我自己幸福无涯。正像那麻雀，蹲在我门前的山核桃树上，唧啾地叫着，我也窃窃笑着，或抑制了我的唧啾之声，怕它也许从我的巢中听到了。我的一天并不是一个个星期中的一天，它没有用任何异教的神祇来命名，也没有被切碎为小时的细末子，也没有因滴答的钟声而不安；因为我喜欢像印度的普里人，据说对于他们，代表昨天，今天和明天的是同一个字，而在表示不同的意义时，他们一面说这个字一面做手势，手指后面的算昨天，手指前面的算明天，手指头顶的便是今天。①

梭罗在这个叙述段落里，为我们讲述了其心无挂碍、悠然自得、空廓澄明的生命状态，置身于如此充满神话意味的空间之中，忘记了时间，忘记了劳作，甚至在某种程度上也忘记了自我的存在。此情此景，人世间的荣辱得失、利益权重等对"我"来说，不仅显得微不足道，而且显得颇为荒谬、可笑。其与松树、山核桃树和黄栌树为伍，听鸟雀

---

① ［美］梭罗：《瓦尔登湖》，徐迟译，上海译文出版社 2004 年版，第 105 页。

在四周歌唱，看阳光流水般逝去，从日出到日落，从清晨到傍晚，就这样凝神沉思，任由精神畅游、飞扬或休憩，而以大量的时间享受无涯的幸福。王国维所谓"无我之境"——"以物观我，不知何者为物，何者为我"——在这里同样得到了最真切的体现；"我在这样的季节中生长，好像玉米生长在夜间一样"，一切都发生在无意之间，一切都如一棵玉米一样自自然然、无忧无虑地生长，一切都归于无极，除了"我"的精神的游走。这个段落如果用简单的描述句来表示，就是"梭罗在林间度过了一天"，这样的话，我们前文分析的诗意则在顷刻之间荡然无存，这是什么原因呢？这样的概括当然没错，但抽取了叙述者所铺陈的"自由的在场"。叙事中涉及的所有物象与叙述者的感受，都与"自由"有着不可剥离的关系，它们都是自由心境对不同事物的投射，叙述者的自由心境也是借这些事物而得以呈现，松树也好，玉米也好，阳光也好，车辆的辚辚声也好，因为它们都镜像着叙述者的"自由"。虽然全文没有出现一个"自由"的字眼，却是实实在在的自由母题的展现。

二　思想表达与简朴的文风

要研究梭罗的自由观诗学，必须从了解他的文学创作入手，梭罗的自由观及其诗学观念，正是通过他的文风、语汇和句式等具体的环节呈现出来的。需要说明的是，梭罗生前并没有专门的文学理论著作问世，其文学观散见于他的日记及书信之中。我们知道，梭罗是以完全自如、自然的书写形态来阐释其"自由观"的。所以，他崇尚朴实无华的文风，认为作家的写作应该叙述事实，通过实际的事例来阐明思想，表达情感。用他的话来说，就是要做到"朴实无华，真实可信"[1]。梭罗研究专家 W. 哈定盛赞梭罗的散文语言，他认为，与同时代大多数作者拐弯抹角、抽象的言词相比，梭罗的文字更为具体、清晰、准确。[2]

---

[1]　Henry David Thoreau. *A week on the Concord and Merrimack Rivers*, Princeton University Press, 1983. p. 105.

[2]　Walter Harding. Henry D. Thoreau, Dictionary of Literary Biography, Vol. one, A Brucecoli Clark Book, Petroit, 120, p. 175。转引自陈凯《泛舟河上，驰思万里——评梭罗〈在康科德与梅里马克河上一周〉》，《福建师范大学学报》1999 年第 4 期。

　　梭罗用清晰的语言直指人的精神层面。梭罗说："除非怀着热忱去写，否则我们写不出优秀和真实的东西。身体，也就是知觉，必须与心灵协作。表达是整个人的行为，我们的言辞也许与血脉相连。没有心和肝以及身体每个成员的作用，才智在表达思想时苍白无力。我经常感觉当需要我的头脑沉浸其中时，它却过于冷静地置身事外。一个作家，也就是写东西的人，他是自然万物的笔录者，他是玉米、青草和挥着笔的大气。基本要求是我们热爱所做的事情，用心去做。心灵的成熟仍然可能会与某种冷漠并存。"①

　　梭罗大学毕业刚开始写日记时，"他的文字风格还不够成熟，有一部分读起来颇为枯燥，但那不时闪烁的智慧的火花，却预示着一种完全个性化的、才华横溢的写作风格即将出现"②。在梭罗看来，叙述的成功与否，关键在于有没有叙述者的思想在场。倘若没有思想，那么它的风格再怎么优雅，修辞再怎么华丽，都于事无补。梭罗说："吸一口五月的余风，我幡然醒悟，没有哪个时代像现在这样堕落。林鸫鸟是哲学家，比柏拉图和亚里士多德还要现代。哲学家现在都成了教条，而林鸫鸟却在传播着当下的教义。"③ 他认为一个有独特思想的作家必然会形成一种好的文风，相反，只有那些没有思想的作家，才会克隆某种文风，如其所言："由于缺乏独有的思想，才会人云亦云。"④ 他谈什么才是人生的意义，他说："农夫们常想用比问题本身更复杂的方式，来解决生活问题。为了需要他的鞋带，他投机在畜牧之中。他用熟练的技巧，用细弹簧布置好一个陷阱，想捉到安逸和独立性，他正要拔脚走开，不料他自己的一只脚落进陷阱里去了。他穷的原因就在这里；而且由于类似的原因，我们全都是穷困的，虽然有奢侈品包围着我们，倒不及野蛮人有着一千种安逸。"⑤ 他谈到人们习以为常的生活是多么荒谬，缺乏真正的意义。他说："这个大陆上的妇人们，编织梳妆用的软垫，

① ［美］梭罗：《梭罗日记》，朱子怡译，北京十月文艺出版社 2005 年版，第 83 页。

② ［美］同上书，第 1 页。

③ ［美］同上书，第 4 页。

④ Henry David Thoreau. *The Journal of Henry David Thorean*, Dover Publications, 1962, Vol. 1, p. 344.

⑤ ［美］梭罗：《瓦尔登湖》，徐迟译，上海译文出版社 2004 年版，第 29 页。

以便临死时之用，而对自己浪费的时间及命运丝毫也不关心；人们撒谎、拍马、投票、把自己缩进了一个规规矩矩的硬壳里，或者吹嘘自己，摆出一副稀薄如云雾和慷慨大度的模样，只是让人们信任你，以便揽一些做鞋子、帽子或上衣以及代买食品之类的活计；人们为了谨防患病而筹钱，反而把自己弄得病倒了。"①他谈到了人们对于财富和物质的认识的最大误区，因为不是人拥有了财富，而是财富束缚了人的自由。他说："等到农夫得到了他的房屋，他并没有因此就更富，倒是更穷了，因为房屋占有了他。依照我所能理解的，莫墨斯曾经说过一句千真万确的话，来反对密涅瓦建筑的一座房屋，说她'没有把它造成可以移动的房屋，否则的话就可以从一个恶劣的邻居那儿迁走了'；这里还可以追上一句话，我们的房屋是这样不易利用，它把我们幽禁在里面，而并不是我们居住在里面；至于那需要避开的恶劣的邻居，往往倒是我们的可鄙的'自我'。我知道，在这个城里，至少有一两家，几乎是希望了一辈子，要卖掉他们近郊的房屋，搬到乡村去住，可是始终办不到，只能等将来寿终正寝了，他才能恢复自由。"②梭罗的这些见解如今读着都振聋发聩，正因为如此，梭罗的散文才在同时代的散文作品中脱颖而出。

梭罗反对过分藻饰文本，他认为华而不实的文风应该摒弃。《瓦尔登湖》、《河上一周》中大量的妙语都反映着作者的内心情感与思考。比如谈及神话，梭罗说："神话只是最古老的历史和传记。"说明了神话记载着人类的历史和先民最初的记忆。在表达这些思想时，梭罗反对用复杂、夸饰的句式，他主张使用朴实的语句，在他看来，"简朴意味着生机勃勃"③，因此，他特别钟情于那些如格言警句式的表达思想的语句。④ 让我们来看一组梭罗这类的语句：

---

① ［美］梭罗：《瓦尔登湖》，徐迟译，上海译文出版社 2004 年版，第 6 页。
② 同上书，第 29 页。
③ Henry David Thoreau. *The Journal of Henry David Thorean*, Dover Publications, 1962, Vol. 1，p. 343.
④ 陈杰：《浅析梭罗的文风观》，《当代文坛》1999 年第 4 期，第 35 页。

1. "Society is commonly too cheap."① （"社交往往廉价。"②）

梭罗认为人们可以深入交流思想是可贵的，而社交中人们只有简单的寒暄，肤浅的对话，这样的交际实在是浪费人们宝贵的时间，因此它是廉价的。

2. "With thinking we may be beside ourselves in a sane sense."③ （"有了思想，我们可以在清醒的状态下，欢喜若狂。"④）

梭罗一生向往真理，追寻真理，所以阐述人有了思想、发现真理的欣喜若狂。

此外，梭罗谈及工艺，他说："学徒中不乏灵巧熟练者，工匠中的大师却寥寥无几。"⑤ 说明了"知"与"行"的关系。谈到时间，梭罗说："我喜欢像印度的普里人，据说对于他们，代表昨天，今天和明天的是同一个字，而在表示不同的意义时，他们一面说这个字一面做手势，手指后面的算昨天，手指前面的算明天，手指头顶的便是今天。"⑥ 谈及英雄，他说："英雄将懂得如何从速行动，也懂得等待时机，一切好处总是伴随着明智地等待的人。"谈到人的认知，他说："俗人讲究客套，因为他们没有别的立脚点；而对于世间的伟人，我们无须做什么自我介绍，他们也无须对我们做这类的介绍。"⑦ 谈到人的生活态度，他说："农夫与庄稼的生长和四季的周期同步，而商人则与市价的涨落同步。注意一下他们在街上走路的样子有多么不同。"⑧ 谈到人类的变化："我们在夏天入睡，在秋天醒来，因为夏季在某一难以想象的时刻转入秋季，犹如翻过一页书。"谈到风的声响："风吹橡树和榛树瑟瑟作响，留给我们这样的印象：它好比一个粗心大意的失眠者半夜起来到处走动，

---

① Henry David Thoreau. *Walden and others writings*, Princeton University Press, 2000, p. 104.

② ［美］梭罗：《瓦尔登湖》，徐迟译，上海译文出版社 2004 年版，第 127 页。

③ Henry David Thoreau. *Walden and others writings*, Princeton University Press, 2000, p. 103.

④ ［美］梭罗：《瓦尔登湖》，徐迟译，上海译文出版社 2004 年版，第 126 页。

⑤ 陈凯：《泛舟河上，驰思万里——评梭罗〈在康科德与梅里马克河上一周〉》，《福建师范大学学报》1999 年第 4 期。

⑥ ［美］梭罗：《瓦尔登湖》，徐迟译，上海译文出版社 2004 年版，第 105 页。

⑦ ［美］梭罗：《梭罗日记》，朱子怡译，北京十月文艺出版社 2004 年版，第 10 页。

⑧ 同上书，第 11 页。

整理物品，偶尔一口气搅动了满满一抽屉树叶。"① 谈到人的异化，他说："你可曾想到过哪些躺在铁路底下的枕木是什么吗？每一根枕木就是一个人，一个爱尔兰人，或者一个新英格兰人哪。铁轨铺在他们身上，他们被黄沙掩埋起来，列车在他们身上平稳地奔跑。他们才是牢固的枕木。"他谈到工业文明中人们的生活命运并没有因技术发展而得到丝毫的改变，他们的一切无一不被大工业的机器怪兽所吞噬。他说："我不相信我们的工厂制度是使人们得到衣服穿的最好的办法。技工们的情形是一天一天地更像英国工厂里的样子了，这是不足为奇的，因为据我听到或观察到的，原来那主要的目标，并不是为了使人类可以穿得更好更老实，而无疑的，只是为了公司要赚钱。"② 谈到目光来源，他说："'他对我怒目而视'，因为一切匕首最初的式样和原型一定是目光。"谈到教堂："教堂是一种治疗人们灵魂的医院，就如治疗人们身体的医院一样充满江湖骗术。"③ 梭罗在谈到人的价值时，有自己深刻的思考和见解。他说："即使最聪明的人，活了一世，他又能懂得多少生活的绝对价值呢……他比较，他们的命运算什么？他们还不是在给一位繁忙的绅士赶驴马？他们有什么神圣，有什么不朽呢？"④ 这些都体现了梭罗的心灵哲思。

　　为了与朴实无华的文风相对应，在语词的选择上，梭罗的主张简洁，要尽量多使用大众语言。梭罗作品的用词言简意赅，但他不止一次地说起自己在这方面的艰苦探索。"我发现大量修饰语不能增加句子表达的精准，删除他们以后，句子如释重负了。"⑤ 梭罗在用词的选择上以通俗真实和近于日常口语为原则。例如，从《瓦尔登湖》的"经济篇"就不难发现梭罗语汇选择的简明扼要：

My furniture, part of which I made myself and the rest cost me

---

① ［美］梭罗：《梭罗日记》，朱子怡译，北京十月文艺出版社 2004 年版，第 50 页。

② ［美］梭罗：《瓦尔登湖》，徐迟译，上海译文出版社 2004 年版，第 23 页。

③ 陈凯：《泛舟河上，驰思万里——评梭罗〈在康科德与梅里马克河上一周〉》，《福建师范大学学报》1999 年第 4 期。

④ ［美］梭罗：《瓦尔登湖》，徐迟译，上海译文出版社 2004 年版，第 6 页。

⑤ Henry David Thoreau. *The Journal of Henry David Thorean*, Dover Publications, 1962, Vol. 1, p. 233.

nothing of which I have not rendered an account consisted of a bed, a table, a desk, three chairs, a looking – glass three inches in diameter, a pair of tongs and andirons, a kettle, a skillet, and a frying – pan, a dipper, a wash – bowl, two knives and forks, three plates, one cup, one spoon, a jug for oil, a jug for molasses, and a japanned lamp.① (我的家具计有：一张床，一张桌子，三只凳子，一面直径三英寸的镜子，一把火钳和柴架，一只壶，一只长柄平底锅，一个煎锅，一只勺子，一只脸盆，两副刀叉，三只盘，一只杯子，一把调羹、一只油罐，和一只糖缸，还有一盏涂漆的灯。②)

梭罗自由观的形成，在很大程度上源于大自然的启示，因此他在语汇的选择上特别注重与大自然的关联，其目的在于凸显大自然所具有的精神意义上的象征性。梭罗提倡如土地一般的质朴语言。如："有时我徜徉到松树密林下，它们很像高峙的庙宇，又像海上装备齐全的舰队，树枝像波浪般摇曳起伏，还像涟漪般闪烁生光，看到这样柔和而碧绿的浓阴，便是德罗依德③也要放弃他的橡树林而跑到它们下面来顶礼膜拜了，有时我跑到了弗灵特湖边的杉木林下，那些参天大树上长满灰白色浆果，它们越来越高，便是移植到伐尔哈拉去都毫无愧色，而杜松的盘绕的藤蔓，累累结着果实，铺在地上；有时，我还跑到沼泽地区去，那里的松萝地衣像花彩一样从云杉上垂悬下来，还有一些菌子，它们是沼泽诸神的圆桌，摆设在地面，更加美丽的香蕈像蝴蝶或贝壳点缀在树根；在那里淡红的石竹和山茱萸生长着，红红的桤果像妖精的眼睛似的

---

① Henry David Thoreau. *Walden and Others Writings*. Princeton University Press, 2000. p. 50.

② [美] 梭罗：《瓦尔登湖》，王光林译，长江文艺出版社 2005 年版，第 50 页。徐迟翻译为："我的家具，一部分是我自己做的——其余的没花多少钱，但我没有记账——包括一张床，一只桌子，三只凳子，一面直径三英寸的镜子，一把火钳和柴架，一只壶，一只长柄平底锅，一个煎锅，一只勺子，一只洗脸盆，两副刀叉，三只盘，一只杯子，一把调羹、一只油罐，和一只糖浆缸，还有一只上了日本油漆的灯。"见梭罗《瓦尔登湖》，徐迟译，上海译文出版社 2004 年版，第 57 页。

③ 德罗依德，古代凯特人中有学识的人，他们出任教师、法官或者祭司，他们视橡树为圣物。见 Henry David Thoreau. *Walden：a fully annotated edition*. edited by Jeffrey S. Cramer, Yale University press, 2004, p. 194。

闪亮，蜡蜂在攀援时，最坚硬的树上也刻下了深槽而破坏了它们，野冬青的浆果美得更使人看了流连忘返。"① 这些描写里处处可见松树、波浪、蝴蝶、贝壳、石竹、浆果等充满自然气息的词语和美丽、闪亮、柔和、闪烁、碧绿、朴素的形容词的结合，形成了质朴的富有土地气息的言语表达。

梭罗曾清楚地表达过这种语言择取的意义，"在描述自然景物的时候最好使用源于自然的词语"②。如："一次巧极了，我就站在一条彩虹的桥墩上，这条虹罩在大气的下层，给周围的草叶都染上了颜色，使我眼花缭乱，好像我在透视一个彩色的晶体。这里成了一个虹光的湖沼，片刻之间，我生活得像一只海豚。要是它维持得更长久一些，那色彩也许就永远染在我的事业与生命上了。而当我在铁路堤道上行走的时候，我常常惊奇地看到我的影子周围，有一个光轮，不免自以为也是一个上帝的选民了。"③ 这里的彩虹、草叶、海豚等都富有自然的启示。

此外，他也提倡使用大众词汇，认为它们比专业性的语言对他更为适合。下面是他写在《瓦尔登湖》中的一节诗歌，我们可以看出他的词汇选择都是质朴的大众词汇，却呈现出一派生机勃勃的诗性之美。

> 曾有个牧羊人活在世上，
> 他的思想有高山那样崇高，
> 在那里他的羊群每小时都给与他营养。④

梭罗说："学者经常羡慕农夫的语言是那么鲜活而准确。"⑤ 基于上述观点，梭罗同样很重视美国西部文学的经验，认为它们有一种扎根于大地的鲜活语言。总体看来，在语言的择取上，梭罗的主张质朴、生动，认为富有思想性的语言才能表达散文的诗性。同时，他也强调句子

---

① ［美］梭罗：《瓦尔登湖》，徐迟译，上海译文出版社 2004 年版，第 188 页。

② Henry David Thoreau. *The Journal of Henry David Thorean*, Dover Publications, 1962, Vol. 13, pp. 145 – 146.

③ ［美］梭罗：《瓦尔登湖》，徐迟译，上海译文出版社 2004 年版，第 189 页。

④ 同上书，第 83 页。

⑤ Henry David Thoreau：*The Journal of Henry David Thorean*, Dover Publications, 1962, Vol. 1, p. 313.

的节奏感，认为行文应该有一种天然的、富于智慧和灵感的节奏，就像大自然生生不息的永恒节奏一样。

三　浪漫、现实、超验融合为一的诗学特质

作为文学家的梭罗，他的自由思想的表达诚然与自由思想的理性阐述有不同的话语体系，然而，在人的自由精神的张扬上却具有共同性。梭罗在1942年5月27日的日记中这样写道："我们不仅想要行动的自由，还想要在这遮蔽所有田地的黯淡夜色里的视觉自由。有时在白天，我的眼睛越过县里的道路一直看到山上远远的白桦林树顶，在月光下我则尽目力所及观察别的景物。天国位于上面，因为天空又深又远。从今以后，我要毫无保留地度过一生。"① 梭罗终其一生都在探寻生命与精神的自由境界，这则日记充分表现了他对自由境界的向往与激赏，他的这种情感既是审美的，也是哲学的，是其自由观诗学的情感支点。

梭罗以诗学形态表现出来的自由观诗学有着丰富而复杂的内容，总体看来，大致呈现为三种形态：

1. 浪漫主义诗学形态。浪漫主义（romanticism）是一种反对新古典主义文艺思想的理论。法国启蒙思想家卢梭主张的回归自然并把文化与自然对立起来的理论是浪漫主义的思想基础。席勒认为世界是不可知的，主张可对世界的性质进行各种猜测，并认为这是人的自由的核心。费希特强调实践的自我高于理论的自我，自我的创造精神成为浪漫主义的哲学依据。施勒格尔区分客观性精神与主观性精神，前者指人为物质所控制，后者则是以人格的自由表达对前者产生控制作用。认为客观性精神是古典时期和启蒙时期的精神，而主观性精神则是浪漫主义的精神，是天才对客观物质的控制。认为人与神都是有限与无限的统一，人可以发挥无限的精神而克服有限的限制。② 梭罗的自由观诗学是以荒野世界为主体，从而充分体现人的自由精神的诗学。梭罗的浪漫主义诗学是自由观诗学的基础和核心，即通过瑰丽的想象和多彩的语言来描述大自然，重视其主观感受和瞬间情绪，并通过象征与神话来凸显叙事的隐

---

① ［美］梭罗：《梭罗日记》，朱子怡译，北京十月文艺出版社2004年版，第11页。
② 冯契、徐孝通主编：《外国哲学大辞典》，上海辞书出版社2000年版，第729页。

喻性和表现性，诗性智慧的播撒和神话思维的运用，都表现了梭罗对浪漫主义诗学的承继与延展。荒野世界中的自由是人与自然关系的古老命题，也是梭罗自由观的基础，其更高层次的自由理念都是对这种自由观的逻辑延伸。梭罗在荒野世界中体验到了真切的身心自由，而这种自由的获得与他回归自然、赏读自然和适应自然的实践与思考是分不开的，他逐渐体悟到，人只有恢复了自然的神性与魅性，并放逐被异化的虚妄而固执的主体性，将人本身看作自然的一个组成部分，才能在自然界体验与触摸到自由的在场。梭罗正是以此为契机，开始人类文明史的反思，并启动构建其人类自由生存体系这项工程的。

2. 现实主义诗学形态。现实（reality）既可以指一切实际存在的东西，即自然现象、社会历史现象和人类思想的总和，与"可能性"相对；另一方面也指现有事物在发展过程中表现为必然性的东西，即作为合乎规律的存在。在西方哲学史上，古希腊的德谟克里特已经把现实的东西和通过人的直观而感知的东西加以区别。他把现实看作真实的存在，而把感知看作约定俗成的东西。黑格尔认为现实与存在、实存不同。存在是没有经过反思的，是抽象的；实存是有根据的存在；现实则是本质与实存的统一。[①] 19 世纪的现实主义思潮具有暴露性、批判性和改良性，梭罗的现实主义诗学也具有这些特质。梭罗强调文学积极介入生活，他的文学作品具有现实主义诗学的特点。即梭罗的文学作品能够从整体上把握道德社会的生活，揭示隐藏在道德社会现象背后的本质性因素，真实地反映社会生存的本真样态，替那些陷入困境和处于边缘化的社会阶层发声，表现出了强烈的批判意识和人道主义精神。梭罗不是隐士，更不是厌世主义者，他还要回到道德社会，回到忙碌而冷漠的人群中间，但自由的梭罗却时时处处看到民众的不自由，因此也就激发了梭罗持续探索其第二个命题，即人如何在道德社会获得身心的自由。梭罗是从人与社会、人与他人、人与自我这三重关系中展开思考的。在人与社会关系的思考中，梭罗提出个体的权力高于政府权力的主张，认为正是由于高度机构化了的社会组织才侵蚀与剥夺了人的自由，因此他怀疑、反对法律和规章制度的存在。至于人与他人的关系，是一个涉及道

① 冯契、徐孝通主编：《外国哲学大辞典》，上海辞书出版社 2000 年版，第 470 页。

德伦理的问题，梭罗认为在遵循个体道德良心的基础上，个体可按照自己的方式行事，此即自由的表现。在对人与自我关系的思考中，梭罗认为个体应该善待自己，但前提是要淡化欲望，尽量从无尽的物欲中超越出来，追求尽可能简朴的生活，这样才有可能获得某种身心自由。

3. 超验主义诗学形态。超验的（transcendent）指超越于经验，为经验所不能达到，存在于认识之外而与认识无关的。它源于拉丁文transcendere，意为"跨过分界线"。此概念在哲学史上有不同的解释。最初出现于毕达哥拉斯派的数的世界与现象世界的对立中，后来影响到柏拉图的哲学，形成理念世界与现象世界的对立。新柏拉图主义提出神与世界的对立，形成了哲学史上神的超越性的概念。神的超越性最早是犹太的斐洛提出来的，并由此形成了与斯多亚学派和泛神论的神的内在性概念的对立。德国的康德认为该词指超越经验的、与经验没有联系的自在之物。康德的自在之物，不管是作客观事物理解，还是作上帝、灵魂、自由理解都是超验的。超验的与先天的区别在于：先天的指先于经验，但并不超越于经验，如时间、空间及范畴均先于经验。超验的与先验的区别在于：先验的指先于经验，独立于经验，但不超越于经验，而是作为形成普遍经验的条件，与认识有关，超验的则不能成为认识条件。① 梭罗的超验主义诗学受同时代美国超验主义影响。梭罗的自由之思不仅仅停留在荒野世界与道德社会，还延伸到人的身心到底如何才能得到彻底解放的问题上，探究人如何才能超越生命而达到一种澄明的自由。因此，关于宗教哲学的反思便构成了梭罗自由观诗学的另一个焦点。对于梭罗来说，宗教是个体性的，是一种经验，他甚至将基督教的全部教义都看作历史文献或文学故事，他同时还发展了多元论宗教观，所有这一切对梭罗来说都只有一个目的——人的精神解放和生命自由的获得。在梭罗看来，人的精神解放基于宗教的解放，而宗教的解放则有赖于人的想象力的解放，人拥有一个什么样的上帝完全取决于他的宗教想象，人必须把自己基于某种教条的宗教意识转化为神话式的想象，也只有在这种神话式的想象与叙事中，人才能恢复最初的神性，并最终抵达真正的自由。

---

① 冯契、徐孝通主编：《外国哲学大辞典》，上海辞书出版社 2000 年版，第 804 页。

"自由"是什么？曾使无数的哲学家和思想家为之神往、为之倾倒，并受其困扰，却仍无法达成一种共识。梭罗也许无意于以哲学家或思想家的身份涉足这一领域，但是，由于其真诚而强烈的苦难意识、救赎意识和对人的终极关怀意识，而使他的思想总能比同时代精于思辨的哲学家或思想家走得更远。他鲜明的文学家气质，使他的自由观思想能以具象的而非抽象的、文学的而非逻辑的方式呈现，也总能使其以润物无声的方式融入普通民众的观念之中。从这个意义上说，梭罗已经冲破了"自由"之谜的论争和阐释的樊篱。不能不承认，他的自由观已经抵达宗教哲学的高度，或许正因为如此，在以往的梭罗研究中，他常常仅仅被视为哲学家或思想家，大家忽视了他作为文学家的一面，更忽视了他为阐释其自由观而实践的一种独具审美质感的诗学，因此也就在梭罗研究中留下了一个黑洞。我们必须看到，在梭罗的自由观诗学中，"自由观"或者说其"自由意识"的在场犹如一道主线，将自然自由的浪漫主义诗学、社会自由的现实主义诗学和生命自由的超验主义诗学有机地融合在一起，从而显示了梭罗自由观诗学的丰富性、复杂性、特殊性和不可替代性。

第三章　荒野世界中的自由:浪漫主义诗学及其表现形态

> 蟋蟀、潺潺的溪流、林中匆匆吹过的风,都冷静却又振奋人心地对我述说宇宙稳步的进展。林间的风声,使我的心兴奋地狂跳,昨天还在过散漫而肤浅的生活的我,通过倾听忽然发现了自己的精神和灵性。
>
> ——梭罗

梭罗在日记中指出:"大自然在谁看来都那么年轻和生气勃勃,没有历史的负担。如今当我们想象自己受雇于诸神,便可以与大自然建立相应的交往。我们活着就是要与河流、森林、山峦交往,包括人类与兽类的交往。我们与这些事物结交得太少太少了"!① 爱默生则认为,在超验主义者中间,没有谁像梭罗那样全身心地爱着荒野世界,并将其一生几乎全部的时间都用在观察、欣赏和研究荒野世界上,从而对荒野世界产生了极为深刻的理解。荒野中的自由及其表达是梭罗叙事的起点,从对自然的热爱、审美和感悟中,梭罗形成了自己的浪漫主义诗学,即用浪漫主义的艺术手段去传达对自然的审美感受。他说:"他必须不局限于自然——甚至是超越自然的。并非是自然通过他说话,而是自然与他同在。他的声音不是发自自然当中,而是靠她呼吸,用她来表达自己的思想。当他从自然中捕捉到某个真相,然后就在心灵里加以诗化。他不用说出那是具体的何时何地。他的思想是一个世界,,自然的则是另一个。他是另一个自然——自然的亲兄弟。他和自然彼此友善地各行其

---

① [美]梭罗:《梭罗日记》,朱子怡译,北京十月文艺出版社2004年版,第28页。

职，都在宣示另一方的真理。"①

梭罗的浪漫主义诗学形态，从哲学层面上看，表现了本真存在与梭罗的诗性智慧之间的关系。本真存在以及梭罗言说自然时所呈现出的诗性智慧，成为梭罗浪漫主义诗学的核心。在诗学的表现形式上，梭罗的浪漫主义书写形式与梭罗叙述中的角色形成了一种自由转换的关系。梭罗浪漫主义诗学中的自然意象、多重象征及其时间原型，体现了梭罗自由的生命观启示以及审美自由的追求。

第一节 梭罗叙述的浪漫主义诗学形态

一 梭罗浪漫主义诗学产生的文化语境

梭罗文学创作的鼎盛时期，也正值美国浪漫主义文学的鼎盛时代。美国浪漫主义文学的渊源在欧洲，但经过了一种"本土化"的改造。它兴起于18世纪末19世纪初，衰落于19世纪60年代的美国内战时期，美国内战结束后其主流地位逐渐被现实主义文学所取代。华盛顿·欧文的《见闻札记》的出现标志着美国浪漫主义文学的全面兴起，而当惠特曼的《草叶集》问世后，这一思潮则开始走向衰落。浪漫主义文学思潮对19世纪美国文学影响深远，涌现出了一批具有世界声誉的文学家，因此，以美国浪漫主义文学的繁荣为标志，迎来了"美国的文艺复兴时期"。由此可知，梭罗浪漫主义诗学的产生绝非空穴来风，而是具有深广的文学与文化基础的。

梭罗浪漫主义诗学深受欧洲浪漫主义文学思潮的影响。在美国本土浪漫主义文学尚未形成之前，美国文学主要是对欧洲浪漫主义文学的简单模仿，拜伦、司各特等诗人、作家的作品在美国文坛上盛行，而梭罗的浪漫主义思想也深受欧洲浪漫主义文学的影响。梭罗崇尚情感和个性自由，反对物质主义导致的人的异化。梭罗在《瓦尔登湖》、《秋色》等一系列作品中提出，人应该与自然为伴，在荒野中恢复人的自然本性，人应该诗意地生活在自然中。所以梭罗的作品一贯表现出与大自然

---

① ［美］梭罗:《梭罗日记》，朱子怡译，北京十月文艺出版社2004年版，第9页。

息息相通的关系。梭罗认为自然界的一切都和自己息息相通，自然具有神性和灵性，通过自然可以发现人所蕴含着的神性和灵性。

梭罗观察自然四季的景物，认为自然会使人受到启发，并产生智慧的想法。"我看见一只金翅雀在这个阴沉沉的日子喊喊喳喳叫个不停，使我联想到不久羊群将以咩咩声预告一个富有思想的季节的到来。啊！假如我能这样生活，我的一生就不会有散漫的时刻！假如我能这样生活，在浅薄的季节里，当小果子成熟之时，我的果实也会成熟起来！假如我能这样生活，我就总能保持与自然相对应的情绪！假如我能这样生活，那么在每个季节，当自然的某个部分特别茂盛时，我那相应的某个部分也肯定会茂盛起来！啊，我会带着固有的虔诚走、坐和睡！假如我能大声祈祷或喃喃自语，我就会沿着小溪边走边像鸟儿一样欢乐地祈祷！"①

梭罗认为自己在自然里汲取了快乐。"我可以因快乐而拥抱大地，我将为埋葬在其中而兴高采烈。接着便想到那些我所爱的人，虽然我没有说出来，他们却会知道我对他们的爱！有时我感觉就像我本该只是为期待更好的时光而存在。我并没有失去产生更有价值的情绪的希望，现在我就有了机会对漫过我的生命的洪水心怀感激。我并非一贫如洗，我能闻到成熟的苹果味；这里的小河都很深，秋天的花儿……成了我的精神食粮，使我对大地产生了爱恋，并使我产生自信和欢喜。"② 梭罗因此而感谢生命，感谢大自然的馈赠和启迪。"鸽子翅膀的颤抖让我想到它们割裂的空气具有韧性的纤维。上帝，我感谢你。我不配领受什么，我不配得到一点点的关怀；而且我不该得到欢喜。我不够纯洁、微不足道，可这世界却为了让我高兴而镀了金，还为我准备了假期，我走的路径上铺撒着花朵。但我不能感谢施予者上帝；我甚至都不能低声感谢我的那些友人。似乎对我来说，我的期待得到的回报比我做的和能做的都要多。"③

梭罗浪漫主义诗学同样深受古希腊罗马文化精神以及宗教的影响。

---

① 梭罗：《梭罗日记》，朱子怡译，北京十月文艺出版社 2005 年版，第 78 页。
② 同上书，第 79 页。
③ 同上。

文学艺术中蕴含丰富的两希文化精神是欧洲文学的一大特点，"希腊和希伯来，并称二希，这两个文化是东方和西方的代表"①。现在"人们普遍认为，古希腊—罗马文学与希伯来—基督教文学是西方文学的两大源头"②。古希腊、罗马神话为美国浪漫主义文学树立了某种典范，因为古希腊罗马文化崇尚的人本主义精神，歌颂人性、青春和爱情，肯定人类的追求。梭罗的作品中弥散着大量的希腊神话、英雄传说，以及大量的源自于欧洲宗教文化的内容。马克思曾经这样评价希腊神话，认为它们"不只是希腊艺术的宝库，而且是它的土壤"③。梭罗的《瓦尔登湖》里处处都有古希腊神话的叙述，如在"经济篇"中，梭罗说：

> 赫拉克勒斯从事的十二个苦役跟我的邻居所从事的苦役一比较，简直不算什么，十二项艰苦业绩只是十二项，终归有个尽头，可是我从没有看到过我的邻人杀死或捕获过任何怪兽，也没有看到过他们做完过任何苦役。他们也没有依俄拉俄斯这样的赫拉克勒斯的朋友鼎力相助，用红通通的铁块烫掉九头蛇的蛇根，而他们铲除一颗蛇头便立即会有两个蛇头倏然冒出。④

赫拉克勒斯是古希腊神话中的英雄，他历尽艰辛完成了十二件几乎不可能完成的苦役。梭罗在这里说康科德的居民每日从事的劳动比十二件苦役还艰苦，而且没有尽头。其实是讽刺世人被物质欲望所困，成为劳动的机器。

---

① 朱维之、韩可胜：《古犹太文化史》，经济日报出版社 1997 年版，第 4 页。

② 蒋承勇：《西方文学"两希"传统的文化阐释》，中国社会科学出版社 2003 年版，第19 页。

③ ［德］《马克思恩格斯全集》（第 12 卷），人民出版社 1962 年版，第 761 页。

④ ［美］梭罗：《瓦尔登湖》，苏福忠译，人民文学出版社 2004 年版，第 3 页。注：此处徐迟翻译为"他们也没有依俄拉俄斯这样的赫拉克勒斯的忠仆，用一块火红的烙铁，来烙印那九头怪兽，它是被割去了一个头，还会长出两个头来的"。梭罗《瓦尔登湖》，徐迟译，上海译文出版社 2004 年版，第 2 页。此处笔者采用苏福忠翻译的版本。在古希腊神话中，九头蛇荼毒生灵。赫拉克勒斯每斩掉九头蛇的一个头，那怪物的断颈上马上生出两个头。于是，赫拉克勒斯的侄子与助手，即伊俄拉俄斯用火炬烧灼其断颈，使头无法重生，赫拉克勒斯将其斩成碎片。见 Henry David Thoreau：*Walden：a fally annotated edition*，edited by Jeffrey S. Cramer，Yale University Press，2004，p. 3。

在《瓦尔登湖》里，也大量渗透着《旧约》的故事。如：

> 守候在山巅黄昏中，等待夜幕降落，好让我抓到一些东西，我抓到的从来就不多，这不多的却好像是"天粮"一样，那是会在太阳底下消溶的。

这里的"天粮"是指以色列人穿过阿拉伯沙漠时，上帝施予人们的食物，它从天而降，但是遇到太阳就融化了。梭罗信手拈来《旧约》的典故。

从上述章节可以发现，欧洲的宗教和神话，以及其中所表现出来的文化精神，对梭罗浪漫主义诗学的形成起着重要作用。

梭罗浪漫主义诗学还受到超验主义的影响。"超验"的本意是"超越界限"。康德对"超验"的定义是："凡一切知识不与对象相关，而惟与吾人认知对象之方法相关，且此种认知方法又限于其先天的可能者，我名此种知识为先验的。此一类概念之体系，可以名为先验哲学。"① 康德的超验主义思想对爱默生影响甚大，爱默生说："有一类非常重要的思想和绝对必要的形式并不来自经验，相反，人们则是通过它们获得了经验，它们是心灵本身的直觉，康德称之为'超验的形式'。"② 爱默生发表了《论自然》，将美国的浪漫主义文学推向了高潮，并由此产生了美国超验主义。当然，超验主义不仅是一种文学现象，还是一种哲学现象。它重内在体验而轻理性思辨，爱默生在《对神学院毕业班的讲演》中认为自然界的全部法则就在个人自身，因而个人完全可以达到超灵的境界。梭罗在创作中很好地实践了这一理念。他将宗教精神内化为一种感受、一种体验和一种人格。在给布莱克的信中，梭罗曾这样表达其与"上帝"的关系，"如果必要，不要去打扰上帝。我觉得自己越是爱上帝，就越要对他——确切地说是越要使自己对他敬而远之。不是当我打算去见他时，而是当我刚刚转身远离他时，我

---

① ［德］康德：《纯粹理性批判》，蓝公武译，商务印书馆 2005 年版，第 134 页。
② ［美］爱默生：《爱默生集》（上），吉欧·波尔泰编，赵一凡、蒲隆等译，生活·读书·新知三联书店 1993 年版，第 87 页。

发现了上帝的存在"①。

梭罗浪漫主义诗学还受到清教主义的影响。清教主义属于美国传统文化的范畴，早在 16 世纪末，一些英国清教徒因为不堪忍受国教圣公会的压迫，从欧洲逃亡到了北美，来到北美的清教徒强烈希望将其神学理论，以及特有的价值观与人生观在这片陌生的土地上付诸实践，他们抱着相同的梦想，意欲建构一个属于他们自己的宗教文化乐园。清教主义并非严格意义上的宗教派别，它显现出的更多的是一种人生态度和价值取向，是对信徒群体的一种统称。清教主义认为每个个体都可以直接与上帝交流，而坚决反对神职统治集团的专横、腐败和宗教礼节上的繁文缛节、形式主义，主张在上帝面前人人平等。与出世、厌世的观念相反，清教主义肯定现实生活，认为世界就是他们的修道院，而尘世中的工作是他们的修道方式，是上帝安排的任务，是神圣的天职。所有个体都要入世修行，把自己在世间的工作和生活做好，尽一个人的本分本身就是修行。清教主义者是创业精神的代言人，认为个体要创业就必须禁欲和节俭，反对一切纵欲、享乐和过度消费。清教主义对梭罗影响也很大，他在《瓦尔登湖》中主张的回归自然、提倡简朴、积极地生活，都或多或少有清教主义的影子。

例如："谁使他们变成了土地的奴隶？为什么有人能够享受六十英亩田地的供养，而更多人却命定了，只能啄食尘土呢？为什么他们刚生下地，就得自掘坟墓？"② 这段见于《瓦尔登湖》之"经济篇"中的文字的确展现了一幅我们不以为然而实际上充满悲剧意味的画面。那些从父辈处继承了大量田产的农夫，虽然不愁吃穿，但他们对自身的悲剧命运却浑然不觉，他们实际上是土地的奴隶，在自掘坟墓；而那些没有田产可继承的农夫则啄食尘土，拼了命地在工作。尤为引人注目的是，梭罗以连续性的发问质疑这一切，从而使这种大家习以为常的生活变得不正常了。梭罗认为，是农夫自己将自己变成了奴隶，是农夫对世俗生活的过于执着和沉溺使他们变成了永远的奴隶。按常理，一个拥有田产的

① Henry David Thoreau. Letters to a Spiritual Seeker, edited by Bradley P. Dean, New York: W. W. Norton & Company, 2004, p. 20.

② ［美］梭罗：《瓦尔登湖》，徐迟译，上海译文出版社 2004 年版，第 3 页。

农夫"日出而作，日落而息"并没有什么值得质疑的，但在梭罗看来却显得如此荒诞，如此悲哀，这是为什么呢？这是因为，辛勤劳作着的农夫的眼里只有现实的利益，他们的人生中好像没有了"神圣"这个概念，他们不关注灵魂的事情，他们只为利益而活，只为过上好日子而活着。由于"神圣"的缺场，农夫的世俗生活便变成了没有尽头的苦役，而农夫自己则不得不承受田产永无止境的折磨与惩罚。梭罗以超乎常人的慧眼"发现"了世俗生活被遮蔽的一面，这就是它的荒诞与缺失。在梭罗的视野中，农夫之所以"变成土地的奴隶"显然与清教主义所追求的"神圣"有关，农夫要变成土地的主人，要变成自己的主人，只有将眼光暂时远离土地，进而关注自己的灵魂，灵性生命方能获救。这段充满了智慧的论说，如果没有清教主义作为烛照是不可想象的。

　　梭罗浪漫主义诗学还受到欧洲经典文学作品的影响。梭罗的作品里随处可见欧洲经典文学的元素，比如《瓦尔登湖》里就有与《鲁滨逊漂流记》的对比叙述。"我勘察一切，像一个皇帝，谁也不能够否认我的权力。我时常看到一个诗人，在欣赏了一片田园风景中的最珍贵部分之后，就扬长而去，那些固执的农夫还以为他拿走的仅只是几枚野苹果。诗人却把他的田园押上了韵脚，而且多少年之后，农夫还不知道这回事，这么一道最可羡慕的、肉眼不能见的篱笆已经把它圈了起来，还挤出了它的牛乳，去掉了奶油，把所有的奶油都拿走了，他只把去掉了奶油的奶水留给了农夫。"① 这里的"我勘察一切，像一个皇帝，谁也不能够否认我的权力"，与鲁滨逊在荒岛上的统治进行的对比，梭罗意在表明自己"在这里的勘察"并非像鲁滨逊一样，采用占有的方式，而是对自然的一种审美观照。英国浪漫主义诗人拜伦、雪莱的诗歌对19 世纪的美国诗人很有影响，而且由华兹华斯与柯勒律治联手出版的《抒情歌谣集》更是美国浪漫主义诗人竞相模仿的范本。这些具有浓厚古典主义风格的艺术表达形式，对梭罗的文学风格与形式的形成都起了很大作用。

　　梭罗浪漫主义诗学还受到了欧洲民主思想的影响。卢梭提出："人

---

　　① 〔美〕梭罗：《瓦尔登湖》，徐迟译，上海译文出版社 2004 年版，第 77—78 页。

是生而自由的，但却无往不在枷锁之中"，他还进一步指出："主权既然不外是公意的运用，所以就永远不可转让；并且主权者既然只不过是一个集体的生命，所以就只能由其自己来代表自己。"美国浪漫主义文学的显著特点就是倡导思想自由，侧重于描写个人的主观世界，抒发强烈的个人感情，因此是激进的个人主义文学。美国人引以为自豪的就是国家的独立和个人的自由。美国学者托尔维尔认为："民主孕育了自由主义。个人主义是民主、平等造就的产物。"① 美国国民对民主与自由的普遍崇尚，使得个人主义成为美国浪漫主义文学的一大特色。不难看出，梭罗自由观的浪漫主义诗学，在浪漫情怀下对人的自由精神的张扬，与美国《独立宣言》及其欧洲民主思想有着密切关系。梭罗离群索居，开创个人的自由生活，与他同时代的布莱克对此有不俗之见解，早在 1848 年的第一封通信中，布莱克就对梭罗表达了不同于流俗的认识："如果我的理解正确，你人生的意义就在于：你将从社会中抽身而出，从机构、风俗和陈规陋习的束缚中解脱出来，于是你会与上帝为伴，过上一种清新、简单的生活。你不是要向旧的形式注入新的生活，而是要过上一种里里外外全新的生活。在我看来，这种态度里包含着某些崇高的东西。"② 不局限于烦琐的宗教仪式，不是将宗教教义停留在理论层次，并且不被社会的机构、风俗和陈规所束缚，而是用心来感受生命的价值，用行动来证实人生的道路。

　　总而言之，梭罗的浪漫主义诗学产生有着特定的社会、历史、文化背景。首先，在梭罗文学叙述中，我们可以感受到西方基督教文化内容和基督教文化意识、基督教故事和宗教人物对他的影响。如梭罗在《瓦尔登湖》中对人类的诸种罪恶进行揭示和反省，是源于基督教文化中"死亡"和"罪"的关系。基督教文化认为，死亡的发生是因为人类的罪恶所导致的，因此，探讨罪也是在关注死亡，"看啊，世人都是属于我的，为父的怎样属我，为子的也照样属我，犯罪的他必死亡"③。

---

　　① 〔美〕托克维尔：《论美国的民主》（下），董果良译，沈阳出版社 1999 年版，第 679—685 页。

　　② Henry David Thoreau. Letters to a Spiritual Seeker, edited by Bradley P. *Dean*, New York: W. W. Norton & Company, 2004, p. 5

　　③ 〔美〕梭罗：《瓦尔登湖》，徐迟译，上海译文出版社 2004 年版，第 28 页。

梭罗在"经济篇"中从不同角度探讨人类社会中所存在的罪。比如，他揭示了人们由于过度追求物质享受而造成的罪。"我们是何等地辛苦，不但为了食物、衣着、住所，还为了我们的床铺——那些夜晚的衣服而辛苦着，从飞鸟巢里和飞鸟的胸脯上，我们掠夺羽毛，做成住所中的住所，就像鼹鼠住在地窟尽头草叶的床中一样。"① 在基督教文化看来，这种贪欲是由心生的本罪。《圣经》说："人心里发出恶念、苟合、偷盗、凶杀、奸淫、贪婪、邪恶、诡诈、淫荡、嫉妒、谤讟、骄傲、狂妄。这一切的恶都是从里面出来，且能污秽人。"② 梭罗对当时美国盛行的蓄奴制也进行了尖锐的批判："一千人在砍着罪恶的树枝，只有一个人砍伐了罪恶的根，说不定那个把时间和金钱在穷人身上花得最多的人，正是在用他那种生活方式引起最多的贫困与不幸，现在他却在徒然努力于挽救之道"③，"一个南方的监守人是毒辣的，而一个北方的监守人更加坏，可是你们自己做起奴隶的监守人来是最最坏的"④。梭罗认为蓄奴制的存在使得原本在神面前人人平等的关系，变成一个阶级对另一个阶级的压迫。此外，梭罗还对权力阶级的罪恶进行了不遗余力的批判："一个国家锤击下来的石头大都用在它的坟墓上。它活埋了它自己。说到金字塔，本没有什么可惊奇的，可惊的是有那么多人，竟能屈辱到如此地步，花了他们一生的精力，替一个鲁钝的野心家造坟墓，其实他要是跳尼罗河淹死，然后把身体喂野狗都还更聪明些，更有气派些呢。"⑤ 统治阶级要想靠留下些雕琢过的石头使自己不朽，其实是在奴役他人的同时已早早地埋葬了自己。

　　其次，在内容和形式上，梭罗表现出与欧洲浪漫主义文学的沿承性，他大量运用欧洲浪漫文学写作的题材、背景、情节和场景。"人类经验中最为深刻的真理是不能在人与人之间直接传递的。这是无法挽回的损失。真正的先知总是顾此言他。他们借修辞手段'要讲出不可言

---

① ［美］梭罗:《瓦尔登湖》，徐迟译，上海译文出版社 2004 年版，第 11 页。
② 《圣经新约·马可福音》7：20—23。
③ ［美］梭罗:《瓦尔登湖》，徐迟译，上海译文出版社 2004 年版，第 70 页。
④ 同上书，第 5 页。
⑤ 同上书，第 52 页。

传的道理'。"① 因此，梭罗愿意采取大量修辞手段和含蓄的表达手法来体现他的观念和思想精神。梭罗怀着欣喜的心情来诗性地描述正在发生的一切生命奇观，而支撑这些文字诗性建构的是浪漫主义观念。请看梭罗对于春天景象的描述，以及从中获得的生命感悟："春天的第一只麻雀！这一年又在从来没有这样年轻的希望之中开始了！最初听到很微弱的银色的啁啾之声传过了一部分还光秃秃的，润湿的田野，那是发自青鸟、篱雀和红翼鸫的，仿佛冬天的最后的雪花在叮当地飘落！在这样的一个时候，历史、编年纪、传说，一切启示的文字又算得了什么……我们人类的生命即使绝灭，只是绝灭不了根，那根上仍能茁生绿色的草叶，至于永恒。"② 这些文字见于《瓦尔登湖》的最后一章《春天》，以四季中的"春天"来结束全书，这是梭罗的精心安排，春回大地是时间的复活与新生，同时也是大自然中生命体的复活与新生的时节，这个时间也预示着人的复活与新生。梭罗相信，死亡不是生命的终结，而是新生命的开始，小草、小溪，以及青鸟、篱雀和红翼鸫等这些生命体在经历了死亡（严冬）之后，向死而生，终于在春天复活。复活的生命是新生命，它给人一种透彻的生命气象，故此梭罗由衷感叹，"这一年又在从来没有这样年轻的希望之中开始了"。这个段落与其说是梭罗对自然世界中生命体的复活与新生的描述，毋宁说是对人类的复活与新生的隐喻式的言说。

再次，欧洲的民主自由思想从观念上促进了梭罗浪漫主义诗学的发展。超验主义的出现，及其对民主与自由的崇尚，使梭罗超验主义诗学形成了特有的弘扬个性的个人主义，而个人主义及由此形成的自由主义的精神，构成了梭罗浪漫主义文学的核心。

二 梭罗浪漫主义诗学的意义与构成要素

浪漫主义诗学是梭罗自由观诗学的基础和核心。梭罗的自由观诗学是以荒野世界为主体从而充分体现人的自由精神的诗学。在梭罗看来，

---

① Henry David Thoreau, Letters to a Spiritual Seeker, edited by Bradley P. Dean, New York: W. W. Norton & Company, 2004, p. 3.

② [美]梭罗:《瓦尔登湖》，徐迟译，上海译文出版社 2004 年版，第 287 页。

人与自然是融为一体的，由人深刻感知自然而形成的文学，不仅应该反映人与自然的和谐和睦，更要体现二者间的息息相通。梭罗的浪漫主义诗学，主要表现在通过瑰丽的想象和多彩的语言来描述大自然，将其主观感受和瞬间情绪与自然书写融为一体，并通过象征与神话来凸显叙事的隐喻性和表现性。诗性智慧的播撒和神话模式的运用，都表现了梭罗对浪漫主义诗学的承继与延展。浪漫主义诗学在梭罗自由观诗学中的意义可以从以下两个方面来看：

第一，叙述荒野中自由的浪漫主义诗学是梭罗自由观诗学的立足点，其更高层次的自由理念都是对这种"自由"的逻辑延伸。梭罗的故乡康科德山清水秀，景色宜人，他的童年就是在这里度过的，从小就养成了对大自然的亲和力。徒步旅行或泛舟河上，是梭罗感受与体验大自然的重要方式。1838 年的夏天，他与其兄驾一叶扁舟，沿梅里马克河顺水漂流达一周之久，梅里马克河两岸的风光成为梭罗《河上一周》的素材。这次漂流对梭罗影响很大，让他第一次才感悟到，置身于大自然，做一个大自然的诗人，非常适合他的天性。《河上一周》表现了梭罗正在形成中的自然观、人生观和艺术观。而独居瓦尔登湖畔长达两年零两个月，是梭罗与大自然达成心灵交融的历史性事件。在瓦尔登湖畔，俯仰之间他考察天地万物，心定神闲地沉思冥想，从大自然中获得了无边的启示，心灵得以净化，灵性得以开启。晚年的梭罗大多数时间是在旅行和写作中度过的，他三次涉足缅因森林，四次游历科德角，在荒野世界体验到了真切的身心自由，而这种自由的获得与他回归自然、赏读自然和适应自然的行思是分不开的。他逐渐体悟到，人只有恢复自然的神性与魅性，并放逐虚妄而固执的主体性，将人本身看作自然的一个组成部分，才能在自然界体验与触摸到真正的自由。

第二，自然自由的浪漫主义诗学及其丰富的内涵，构成了梭罗"自由观诗学"的本真表达，总体看来，这种诗学包含下述几种构成要素。

1. 诗性智慧的呈现。"诗性智慧"这个概念是维柯在《新科学》中提出来的，维柯通过对原始部落的考察，发现"原始的诸异教民族，由于一种……本性上的必然，都是些用诗性文字来说话的诗人。这个发现，就是打开本科学的万能钥匙，它几乎花费了我的全部文学生涯的坚持不懈的钻研，因为凭我们开化人的本性，我们近代人简直无法想象到,而且要费大力才能懂得这些原始人所具有的诗的本性"。① 梭罗将在荒野中获得的本真存在经验,以一种携物同游、融入自然的诗性智慧,呈现在文学叙述中。"正像那麻雀,蹲在我门前的山核桃树上,啁啾地叫着,我也窃窃笑着,或抑制了我的啁啾之声,怕它也许从我的巢中听到了。"

梭罗的意识里有很强的大地意识。坎贝尔认为大地意识是根基。"人类认为自己是来自大地,而不是不得已被丢到地球上的,人类便能认同自己是大地,也就是自身即是大地的意识状态。所有的一切都是大地的双眼,也是大地的心声。"②

梭罗在行走中描绘山脉、森林、河流,他对这些景物的描写细致入微。梭罗认为自己之所以能够观察到自然界的微妙之处,是与他对自然敏锐的体察有关的。梭罗认为人的眼睛看到的事物和人心里所想看到的一致。

> 物体被隐蔽在我们的视野之外,一定程度上并不是因为它们脱离了我们视线,而是因为我们没有把思维和目光放在它们上面。因为比起任何其他胶状物来,眼睛本身并没有力量去看见。我们没有意识到要看得有多远和多宽,或者有多近和多窄。因为这个原因,这个自然现象在更大限度把我们所有人的生活都隐蔽于自己的目光,园丁只看见园丁的花园里,也像在政治经济学里面一样,供给适应需要。自然并不会把珍珠抛撒在这猪面前,因为我们在风景中看得见美好。③

梭罗认为只要你愿意去体验、融入自然,自然就是无尽的宝藏,等待着你的开采和发现。"我们居住的地方犹如仙境。你可以朝着地球表面的任何方向走去,抬眼远望,到处都有可走的路,爬上地球的凸起处,让你处于天地之间,不管是太阳和星星还是人间的居所,离你都不

---

① [意]维柯:《新科学》,朱光潜译,人民文学出版社1985年版,第139—140页。
② [美]约瑟夫·坎贝尔:《神话的力量》,朱侃如译,万卷出版社2011年版,第49页。
③ [美]梭罗:《秋色》,董继平译,甘肃人民美术出版社2009年版,第1页。

遥远。我怀疑自己走得出五英里去，因为这一点路就让种种事件和现象挤得满满当当。我有多少问题需要向当地的居民请教啊！"①

梭罗去缅因森林时，曾详细地记载了秋天树叶的绚烂，以诗化的语言描述它们。"这种先于同伴而成熟的整棵树往往卓尔不群，有时它那绚丽的色彩持续一两周。我一看见它就激动得颤抖，它为周围披着绿色盛装的大片森林高举着它那深红色的旗帜，我偏离道路，到近一公里之外去观察它，单独一棵树因此就展现出某个有牧草场的小山谷中无与伦比之美，周围整个森林都因为它而立即显得更为生气勃勃。"②

对于奇幻的树林自然景象，梭罗展开了丰富的想象，神话、传说、人类的历史等各种场景纷至沓来。"山谷中的树木，当我们观察那一片燃起熊熊火焰的红枫沼泽，那里的树木都身披那呈现出最令人眼花缭乱的色调的衣袍，难道这种情形没有暗示那下面有一千个吉普赛人——一个可以纵情狂欢的种族，要不然就是寓言中半人半羊的农牧神、萨提罗斯森林之神和林中仙女也回到现实中？"

2. 自由的叙述形式。浪漫主义就其本质而言，就是文学上的自由主义，在雨果的笔下，浪漫主义就是反对古典主义、反封建的武器。梭罗以自由的形式来表达自由的思想，他在《瓦尔登湖》中，就采用了叙述角色自由转换来表现自我的方式。

华兹华斯说："我与所看到的一切密切交流，他们不是与我的无形的本质相分离的，而是天然的联系在一起的。"③ 华兹华斯所说的人的无形的本质就是（immaterial nature）人的主体性。这种主体性只能在承认他者——自然物的主体性的前提下与万物交流。承认自然界他者的主体性，要求个人主体首先设身处地，从他者的视角考虑问题，进而才有可能形成自己的主体与他者的主体之间的主体间际交流，即实现交互主体性。

3. 自然意象。意象是"指心灵对感官经验的再现与回忆。也就是说主体所经验的某种感受会在心灵中转化为客体的摹本或拷贝"④。在

---

① ［美］梭罗：《梭罗日记》，朱子怡译，北京十月文艺出版社 2005 年版，第 62 页。
② ［美］梭罗：《秋色》，董继平译，甘肃人民美术出版社 2009 年版，第 11 页。
③ 王诺：《欧美生态文学》，北京大学出版社 2007 年版，第 121 页。
④ 张德明：《人类学诗学》，浙江文艺出版社 1998 年版，第 251 页。

梭罗的眼中，自然界是精神的象征，是超灵的外衣；大自然充满生机，能净化人的心灵。梭罗在散文中极为重视诗性意境氛围的营造。梭罗把叙述氛围、意象意境、绘画描述以及心理契机融合在一起。他通过大量的意象来营造诗性氛围。

绘画描述使得梭罗的表达画面感极强，如风景画一般引人入胜。在阅读时，仿佛一场经历、一场视觉的盛宴。比如看湖水，"在天气好的夏季里，从稍远的地方望去，它呈现了蔚蓝颜色，特别在水波荡漾的时候，但从很远的地方望去，却是一片深蓝。在风暴的天气下，有时它呈现出深石板色。海水的颜色则不然，据说它这天是蓝色的，另一天却又是绿色了，尽管天气连些微的可感知的变化也没有。我们这里的水系中，我看到当白雪覆盖这一片风景时，水和冰几乎都是草绿色的。""有人认为，蓝色'乃是纯洁的水的颜色，无论那是流动的水，或凝结的水'。"①

梭罗散文中的叙述氛围一方面形成于文本的形式层面，另一方面超越了文本形式的限制。虽然在一般情况下，它与作者选定的内容、场景、结构和话语方式必须保持统一的对应关系，但由于氛围既属于时空范畴，又属于心理范畴，它有较大的随机性和可塑性，加之它体现着作者与文本、与读者之间的一种特殊的关系，因此叙述氛围常常能够直接获得出人意料的审美效果。

4. 多重象征。象征是指"用一种形式作为一种概念的习惯代表"②。凡能表达某种观念及事物的符号或物品就称作象征，象征物除象征类似的客观世界以外，还昭示作品的主题和作者的内心世界。爱默生认为："每一种自然现象都是某种精神现象的象征物。""在自然界的背后，浸透着自然界的一种精神存在。"③ 梭罗在作品中运用自然意象如"湖水"，既可以象征"心灵"，又可以象征"纯洁"，还可以象征"自由"，还可以象征"天堂"等，形成复杂多样的象征。此外还有表现自我，叙述的隐喻性和表现性以及神话模式的运用等，都是梭罗丰富的浪漫主义诗学的表现手法。

---

① ［美］梭罗：《瓦尔登湖》，徐迟译，上海译文出版社2004年版，第165—166页。

② 何仲生、项晓敏：《欧美现代文学史》，复旦大学出版社2000年版，第23页。

③ ［美］爱默生：《爱默生集》（上），吉欧·波尔泰编，赵一凡、蒲隆等译，生活·读书·新知三联书店1993年版，第332页。

第二节　诗性智慧与自然意象

一　本真存在与诗性智慧

"本真存在"是海德格尔存在哲学的一个重要概念。在海德格尔看来，人的"存在于世"（being – in – the – world）的方式是有选择的，其中最主要的选择有两种：一种是选择"自我本身"，可称之为"本真存在"；另一种则是选择"非自我本身"，可称为"非本真存在"。两种存在方式的抉择，会深刻影响一个人的思维方式、自我认识、人际关系，甚至连时间观念也会发生变化。处于本真存在之状态的个体，其所运用的思维方式是"原初性思维"（originative thinking），他不会将自我预设为一个与客体对立的主体，相反，他会解放自我、放松自我，让世界中的事物降临到自我身上，与自我融为一体，从而达到一种人生的境界，海德格尔称这种境界为"偕物同游"（in play within the matter it-self）。在这样的境界中，个体成为真正的自我，个体与个体之间会产生一种精神性的了解，并在时间上形成一种连续性与延展感。"非本真存在"则不然，处于这种存在状态的个体，把自我设定为与外界相对立的"主体"，企图以"技术性思考"（technical thinking）或"形而上学思考"（metaphysical thinking）来把握或操纵外界的客体。当他以这样的方式来接触外界时，他会选择"非自我本身"，将真正的自我藏匿，并设法变得与"常人"一致。如此一来，他不需要做出道德意义上的选择，因此也不会承担任何责任，但也因此丧失了所有的自由。在"非本真存在"之状态，只有现在时，而没有过去时与将来时，过去的已经过去了，不值得回忆，将来的尚未到来，不必有所期待，个体所能做的唯一的事，便是"把握当下"。不难看出，在海德格尔那里，"本真存在"是其所倡导的一种理想状态的人生方式，而人的"非本真存在"是被否定的生存状态。

诗性智慧（sapienza poetica）是意大利学者 G. 维柯提出的术语。他在《新批评》中说："见诸诗歌中的智慧，即多神教始初的智慧，应发端于玄学；这并不是现代学者那种理性和抽象的玄学，而是初人所特

有的那种感性和幻象的玄学。"对于这些初人来说，"创作诗歌是他们
的天赋本能，它产生于对起因的茫然莫解"。所以，"初人的诗歌起初
均为圣歌，他们将所感知的和深感惊异的事物的起因归之于神"，"这
种玄学正是他们名副其实的诗歌"。维柯认为，诗性智慧便是初人"随
意将某种本质加之于使他们深感惊异的事物，其情景酷似儿童。儿童将
无生命的物体拿在手上把玩，与之嬉戏、谈笑，宛如对待活生生的人一
般"。这种情形"其格调之高雅，令人赞叹"。可见，在初人的诗歌创
作中，其诗性智慧是如何高超。特伦斯·霍克斯进一步在《结构主义
和符号学》中说："在'诗性智慧'中可以清楚地看到那种独特和永恒
的人类特性，它表现为创造各种神话和以隐喻的方式使用语言的能力和
必要性：不是直接对待这个世界，而是间接地通过其他手段，即不是精
确地而是'诗意地'对待这个世界。"具体到其语言能力上，则表现为
"不仅是形成结构的能力，也是使人的本性服从于结构要求的能力。因
此，可以说这种'诗性智慧'就是结构主义的智慧"①。

　　梭罗在《瓦尔登湖》的语言表达充满诗性智慧和本真存在感。在
《瓦尔登湖》里，从春天到冬天，从无声到喧闹，从倍克山庄到瓦尔登
湖畔，从冬天的访客到与禽兽为邻，从种豆到收获，总有一双探求真理
的眼睛，在细致观察和深刻反思着人的精神的现实与历史。梭罗带给人
们的，除了大量的自然景观之外，更有精神世界的探察与游历，表现了
自由的在场。在梭罗看来"我们的整个生命是惊人地精神性的"，他还
谈到自己孤独地生活在瓦尔登湖畔的初衷："我到林中去，因为我希望
谨慎地生活，只面对生活的基本事实，看看我是否学得到生活要教育我
的东西，免得到了临死的时候，才发现我根本就没有生活过。"梭罗这
个表白的具体所指，在以往的研究中常常被忽略，但它恰恰表明，自然
伦理的传达并非梭罗书写《瓦尔登湖》的终极动因，或者说也只是他
书写动因的一个方面，如果仅仅拘囿于自然伦理这个范畴，则难免有偏
离主旨之嫌。叶·莫·梅列金斯基在《神话的诗学》中把维柯的诗性
智慧从内容上分为"可感的具体性和实体性、因理性的匮乏而产生的

---

　　① 王先霈、王又平主编：《文学理论批评术语汇释》，高等教育出版社 2006 年版，第568 页。

感情之冲动和想象之丰富、把自身的属性移于周围世界的物体（乃至将宇宙和人体等同看待）、将氏族范畴人格化、不善于从主体抽绎属性和形式、以细节替代本质的叙事性"① 等等。笔者认为，在《瓦尔登湖》里"重构人本真存在"才是梭罗思考的原点，我们可将其解构消费主义、放逐人类中心主义和恢复自然神性等努力，理解成实现"重构人的本真存在"的必要条件。而在这个意义上，我们可将《瓦尔登湖》看作一个精神游历者本真存在的镜像书写。

梭罗远离喧嚣的都市而来到沉静的瓦尔登湖畔，根本就不是为了作一个不问世事的隐士，也不是为了经商搞产业，而是为了过一种在他而言值得过的自然而自由的生活，这种生活尽管简朴却充满兴味，尽管贫乏却在精神层面空前充实。他的选择完全是自主自愿的，没有人强迫他这么做。在原生态的瓦尔登湖畔，梭罗按照自我的天性无拘无束地绝对自由地生活着，即"按照智慧的指示，过着一种简单、独立、大度、信任的生活"②，渐渐进入了一种纯粹的本真存在的状态。梭罗的思维方式正具有海德格尔所赞赏的"原初性思维"的特征。在返璞归真的历程中，他与天地万物达成了一种平等关系，他与飞禽为伴，与野兽为邻，甚至在他看来，"在任何大自然的事物中，都能找出最甜蜜温柔，最天真和鼓舞人的伴侣，即使是对于愤世嫉俗的可怜人和最最忧悒的人也一样"③。而且，在与天地万物的对话中和谐相处，瓦尔登湖畔的一切事物都毫无例外降临到了他的身边，又和他那么自如地融为一体。但他的视野却又自由地出入于历史和现实之间，从平常的事物中不断领悟到"更高的规律"，在他身上体现出了历史的连续性与延展性。显然他已达到了海德格尔所谓"偕物同游"的自由境界。

梭罗并不满足于一己的本真存在，更多的时候他还在反思和呼唤那些处于非本真存在状态的人们。消费主义观念使人们早已失去了所有的自由，他们"花了一个人的生命中最宝贵的一部分来赚钱，为了在最不宝贵的一部分时间里享受一点可疑的自由"。他们似乎常常在紧张而

① 王先霈、王又平主编：《文学理论批评术语汇释》，高等教育出版社 2006 年版，第568 页。

② ［美］梭罗：《瓦尔登湖》，徐迟译，上海译文出版社 2004 年版，第 12 页。

③ 同上书，第 122 页。

非自由的状态中"被迫选择","因为他一开始就要茶、咖啡、牛油、牛奶和牛肉,他就不得不拼命工作来偿付这一笔支出,他越拼命地工作,就越要吃得多,以弥补他身体上的消耗——结果开支越来越大,而那开支之大确实比那时日之长更加厉害了,因为他不能满足,一生就这样消耗在里面了"①。他们的可悲之处还在于,他们处于非本真存在状态而浑然不觉,他们还在无休止地从事着"惊人的苦役"。他们没有时间仔细打量自我,没有时间阅读和思考历史,他们对真理毫无热情,也不关心未来,他们只关心当下,只关心利益。如何让他们从昏昏然中觉醒,并走向本真存在,这是梭罗所阐发的关键问题之一。梭罗认为,应该以天地万物为师,自在地、从容不迫地自由生活,彻底消除贪欲,把物质生活的需求降到最低点,将主要精力投放到培养"天性"的实践中,从恢复自然的神性到最终恢复自我的神性,"而神性一天天地生长的人是有福的"。当个体在两个维度上将自然的神性与自我的神性确立之后,个体将超越世俗人生的羁绊,逐渐抵达纯粹的精神性存在,最终走向本真存在。这就是梭罗关于个体之本真存在的"重构"观,其实也就是梭罗关于人如何导向自由的诗学观。

梭罗在《瓦尔登湖》"结束语"中说:"不必给我爱,不必给我钱,不必给我名誉,给我真理吧。"②表现出对真理的极度热衷。关于真理的勘察,其实也是梭罗本真存在的精髓所在,有着鲜明的精神性指向。如果不能与真理的勘察联系起来,个体即使暂时性地处于本真存在状态,也不可能持续和延展,也就不会有人的澄明的自由。因为本真存在的建构始终都离不开精神性因素,而真理的勘察则是精神性因素的最高体现。离群索居的梭罗,所面对的是大自然潮水般涌来的启示,这使他能够更透彻地解读世俗人生的种种荒谬,并使其逐渐进入海德格尔所描述的澄明之境。本真存在必然激发出人的诗性智慧,而诗性智慧的充分展开,往往形成典范的浪漫主义诗学表达。

在《瓦尔登湖》中有大量体现诗性智慧的叙事,我们有必要对其做一番探讨,以观察梭罗的思想脉络。

---

①　[美]梭罗:《瓦尔登湖》,徐迟译,上海译文出版社2004年版,第192页。
②　同上书,第306页。

　　时间只是我垂钓的溪。我喝溪水，喝水时候我看到它那沙底，它多么浅啊。它的汩汩的流水逝去了，可是永恒留了下来。我愿饮得更深；在天空中打鱼，天空的底层里有着石子似的星星。我不能数出"一"来。我不知道字母表上的第一个字母。我常常后悔，我不像初生时聪明了。智力是一把刀子；它看准了，就一路切开事物的秘密。我不希望我的手比所必需的忙得更多些。我的头脑是手和足。我觉得我最好的官能都集中在那里。我的本能告诉我，我的头可以挖洞，像一些动物，有的用鼻子，有的用前爪，我要用它挖掘我的洞，在这些山峰中挖掘出我的道路来。①

　　这段文字选自"我生活的地方；我为何生活"一章中。"时间"是个抽象的语词，但梭罗却在了无痕迹之中做了形象化的、诗意化的处理，而变成了他"垂钓的溪"，并且，梭罗是通过形体动作"喝"来表达时间之流逝的，但因为时间之溪的"浅"，在汩汩流逝之后，留下了"永恒"（在此应指梭罗在瞬间得到的启示）。"在天空打鱼"同样鲜明地体现了其诗性智慧，如果按照逻辑思维可能会觉得唐突而荒谬，但从诗性智慧的角度看，不仅合理而且合情，因为"天空的底层里有着石子似的星星"，他要打的"鱼"不是水中的鱼，而是天上的鱼——"星星"。"我不能数出'一'来。我不知道字母表上的第一个字母。我常常后悔，我不像初生时聪明了"，以及下面的"我的头脑是手和足"，也一定会让人感到不可思议，梭罗到底要说什么呀？他连"字母表上的第一个字母"都不认识了，怎么能说变得"聪明"了呢？显然，梭罗是在探寻诗性智慧的可能路径，他不愿让现代文明所教化的逻辑思辨遮蔽了他原本就崇尚的诗性智慧，他要在其叙事中呈现出诗性智慧，这才是梭罗深层的诗学追求之一。梭罗的诗学追求无疑是实践的，从本真存在到诗性智慧本来就是一枚硬币的两面，很多哲学家或思想者只是走向了一面而忽视了另一面，而对梭罗来说，两者同样重要，甚至诗性智慧较之本真存在更重要，实际上他将两者天衣无缝地融会在了一起。

---

　　①　[美]梭罗：《瓦尔登湖》，徐迟译，上海译文出版社 2004 年版，第 92 页。

二 自然意象与多重象征

意象（image）指:"心灵对感官经验的再现与回忆。也就是说主体所经验的某种感受会在心灵中转化为客体的摹本或拷贝。"① 意象的使用范围可以包括读者从一首诗中领悟到的"形象",以至构成一首诗的全部描写内容。戴维·刘易斯在他的论著《诗的意象》里指出:"意象'是语言绘成的画面','一首诗本身也可以是多种意象描写绘制成的一个意象'。"（M. H. 艾布拉姆斯《文学术语汇编》）这一术语自 18 世纪以来随着"想象"的理论而广泛流行,"他们把文学看成一种能在读者心中唤起生动的图像的媒质"（罗吉·福勒《现代批评术语词典》）,因此这个术语带有不同程度的心理学色彩。雷纳·韦勒克、奥斯汀·沃伦在《文学理论》中指出:"在心理学中,'意象'表示有关过去的感受上、知觉上的经验在心中的重现或回忆。"卡尔·荣格在《论分析心理学与诗的关系》中说:"每一个意象中都凝聚着一些人类心理和人类命运的因素,渗透着我们祖先历史中大致按照同样的方式无数次重复产生的欢乐与悲伤的残留物。"②

审美意象从表意的方式这一角度着眼,可以分为两种,即寓言式意象和符号式意象。③ 所谓寓言式意象,是指通过一则故事直示一种哲理或观念,而这正是这则故事的主旨。寓言式意象的显著特征就在于有故事情节,哪怕是最稀薄淡化了的故事情节。此类意象常见于叙事性作

---

① 张德明:《人类学诗学》,浙江文艺出版社 1998 年版,第 251 页。

② 王先霈、王又平主编:《文学理论批评术语汇释》,高等教育出版社 2006 年版,第 258 页。在另一些批评家和批评流派那里,对此给予了意象不同的解说。沃尔夫冈·伊瑟尔在《审美经验现象学》中说:"意象在构造客体的过程中是追随感知的。它不是在意识之中存在的一种心理特征,而是一种方式——意识通过这种方式向对象开放自身,从它自身的深处把对象作为一种关于它的含蓄知识的功能预示出来。"沃尔夫冈·伊瑟尔在《阅读行为》中进而论道:"意象是一个想象性客体的表现形式。然而,文学中的意象建构与在日常生活中的意象建构之间存在着一个基本区别。在后一种情况下,我们对于真实客体的知识自然而然地预先确定了我们关于那个客体的意象,但在前一种情况下,不存在与意象有关的外在经验客体。文学的意象表现了对我们现有知识的引申;反之,一个现存客体的意象只不过利用给定的知识去创造缺席的东西的存在。"所以文学的意象"揭示了某种东西,我们既不能把这种东西和一个给定的经验客体等同起来,也不能把它和一个被表现客体的意义等同起来,因为它超越了知觉,却还没有完全形成概念"。

③ 童庆炳主编:《文学理论教程》,高等教育出版社 1992 年版,第 236 页。

品，以叙事诗、小说和戏剧的形式，通过有情节的整体形象系统来实现某种观念的表达。寓言作为一种文体在中国先秦诸子散文中就十分成熟，是人类创造和使用的最古老而又是最普遍的艺术形式之一。所谓符号式意象，是指不具有情节性的整体意象和单个意象。这类意象，以它整体的或单个的形象特征，直接暗示和象征着某些观念或哲理，其作用从本质上看，不过是一种表意的符号，所以称为符号式意象。比如龙凤图像、国徽、埃及的狮身人面像，黄河边上的《哺育》雕塑，等等。美国当代著名学者杰姆逊宣称，"现代主义的必然趋势是象征性"①，由此我们也可以认为象征往往是审美意象最基本的表现手段。

　　"象征"（Symbal）一词来自于希腊语，原意是将一物劈成两半，双方各执其一，再次见面对拼成一块，以示友爱的信物。后来，引申为"用一种形式作为一种概念的习惯代表"。凡能表达某种观念及事物的符号或物品就称作象征，以通过一个客体来指涉一种相似的东西，表现某种客体的特征或超自然的、心灵的意象。象征可以是描述性的，也可以是图像性的；可以是感性的，也可以是抽象符号性的。文学中的象征涉及事物的本质，象征和它所象征的东西保持一种内在的关联性，是用一事物暗示另一事物，前一事物是表达象征功能的手段。美国学者劳伦斯·坡林认为："象征的定义可以粗略地说成某种东西的含义大于其本身。"象征物除象征类似的客观世界以外，还昭示作品的主题和作者的内心世界。②

　　雷纳·韦勒克在《文学理论》中说象征："它不断地出现在迥然不同的学科中，因此，用法也迥然不同。它是一个逻辑学术语、数学术语，也是一个语义学、符号学和认识论的术语，它还长期使用在神学世界里、使用在礼拜仪式中，使用在美术中，使用在诗歌里。在上述所有的领域中，它们共同的取义部分也许就是'某一事物代表、表示别的事物'。但希腊语的动词的意思是'拼凑、比较'，因而就产生了在符号及其所代表的事物之间进行类比的原意。"用于文学批评中，"这一

---

　　①　［美］弗·杰姆逊：《后现代主义与文化理论》，唐小兵译，陕西师范大学出版社1986年版，第 154 页。

　　②　何仲生、项晓敏：《欧美现代文学史》，复旦大学出版社 2000 年版，第 23 页。

术语较为恰当的含义应该是，甲事物暗示了乙事物，但甲事物本身作为一种表现手段，也要求给予充分的注意"①。在梭罗的眼中，自然界是精神的象征，是超灵的外衣；大自然充满生机，能净化人的心灵。爱默生在《论自然》中说："我们的先辈直接面对面地正视神与自然，而我们却非得透过他们的眼睛来看待神与自然。我们为什么不可以跟宇宙建立起一种更直接的关系呢？""每一种自然现象都是某种精神现象的象征物。""在自然界的背后，浸透着自然界的一种精神存在。"② 对重感性的梭罗而言，自然是人生中最接近梦想的地方。这透露出梭罗观察自然万物时，感受到它们与人的生命是密切相关、相连的，绝不是各自分立或静态的存在，自然有四时兴衰荣枯，人也有生老病死。在梭罗的散文中，我们不难发现他经常引用自然界的万物，配合四季时序——出生、成长、衰弱到新生的规律，来表达多种象征意象。这些自然界中的水、鸟兽、花木及果实、种子与太阳、声音等，纷纷扮演自然之代言人，在"万类霜天竞自由"的自然中，梭罗捕捉到了多重意象，获得了精神的最大愉悦，实现了审美自由。由于象征具有暗示性、多义性、不确定性等特征，浪漫主义作家尤其看重象征。柯勒律兹说，象征"是在个性中半透明式地反映着特殊种类的特性，或者在特殊种类的特性中反映着一般种类的特性……最后，通过短暂，并在短暂中半透明式地反映着永恒"。而意象和象征也常常在文学家那里并用，歌德在《格言与感想》中说："象征把现象转换成观念，又把观念转换成意象，这个观念始终在意象中保持其无限的活跃性，难以被捕捉到，即使采用各种语言来表达它，也无法表达清楚。"③

对于象征的丰富性和多义性，罗兰·巴尔特从符号学说进行了阐释。他在《符号的想象》中说："象征具有一种神话的魅力，即所谓'丰富性'的魅力：象征是丰富的，为此人们不能把它归结为一种'简

---

① 王先霈、王又平主编：《文学理论批评术语汇释》，高等教育出版社 2006 年版，第289 页。

② [美]《爱默生集》（上），吉欧·波尔泰编，赵一凡、蒲隆等译，生活·读书·新知三联书店 1993 年版，第 332 页。

③ 王先霈、王又平主编：《文学理论批评术语汇释》，高等教育出版社 2006 年版，第289 页。

单的符号'；形式经常由于强有力的和变动的内容而被超出其中的限度；因为，实际上对于象征意识来说，象征更多的是一种参与的（情感）工具，而不是一种传递的（编码）形式。""象征意识内含有一种深度的想象；它把世界看作某种表层的形式与某种形形色色的、大量的、强有力的深层蕴含之间的关系，而形象则笼罩着一种十分旺盛的生机：形式与内容的关系不断地被时间（历史）重新提到议事日程上来，表层结构中充斥着深层结构，而人们却永远无法把握结构本身。"[1]　因此，尽管梭罗的散文叙事中的自然意象可谓纷繁复杂，然而一些主体意象却贯穿始终，如湖水意象、太阳意象等，这些意象在文中也有丰富的多重象征，因此它们也是我们分析的重点。

第一，湖水意象。

湖水是《瓦尔登湖》中多次提到的自然意象，在文中有多重象征意蕴。

> 瓦尔登湖是森林的一面十全十美的明镜，它四面用石子镶边，我看它们是珍贵而稀世的。再没有什么像这一个躺卧在大地表面的湖沼这样美，这样纯洁……这一面明镜，石子敲不碎它，它的水银永远擦不掉，它的外表的装饰，大自然经常地在那里弥补；没有风暴，没有尘垢，能使它常新的表面黯淡无光。[2]

---

① 王先霈、王又平主编：《文学理论批评术语汇释》，高等教育出版社 2006 年版，第289 页。关于象征的阐释，批评史上各派批评家都试图把象征纳入自己的理论框架中予以阐说。例如西格蒙·弗洛伊德认为，作为象征的艺术，"是无意识欲望在想象中的满足"（《精神分析学导论》）。荣格则认为，象征"产生的根源不在诗人的个体无意识，而在无意识的神话领域之中"，亦即产生于"原始意象"或"集体无意识"。受精神分析学和马克思主义影响的肯尼思·伯克称象征是"和经验模式平行的语词现象"，艺术作品从总体上说，就是企图以象征既掩盖又解决现实中无法解决的重大矛盾。（《反陈述》）在《批评的解剖》中，诺思洛普·弗莱区分出象征在不同的层次结构上所具有的意义，即符号、意象、原型、整个诗歌经验的单位。W. B. 弗莱施曼对此解释说："在符号中，读者的心灵是外向地（离心）面对被描写的物体；在意象中，心理活动是朝着建构整个模式的方向移动，即向心的。弗莱加了第三种意义，即原型，它不视象征为意象或符号，而是两者的产物；一个显著地反复出现在各种文学作品中的合成象征。还有第四种意思，《20 世纪文学百科全书》将象征看成一个单元或'整个诗歌经验的单位'。"

② ［美］梭罗：《瓦尔登湖》，徐迟译，上海译文出版社 2004 年版，第 177 页。

梭罗给瓦尔登湖水赋予了生命意蕴和多重象征，可以说湖水在梭罗叙事中几乎可以象征任何精神上、哲学上的，抑或是人本身的东西。在这段描写中，我们可看出瓦尔登湖在梭罗的眼里象征着人间的至美，是"十全十美的明镜"，他说:

> 朦胧的雨雾使我看不到远处的景物，湖水光滑极了，那种宁静最适合在水中投下倒影。我获得的印象更加直率，我也变得更加敏感，就好像我处于安静的居室。①

瓦尔登湖给梭罗所带来的美感是如此的持久、如此的动人、如此的令人流连忘返，以至于梭罗认为瓦尔登湖就是他心中的天堂。既然这个"天堂"近在咫尺、唾手可得，而又何必寻找那虚无缥缈的天堂呢? 因此，他直截了当地说，他"不更接近上帝和天堂，我生活在瓦尔登湖"，甚至他进一步说:"说什么天堂! 你侮辱大地。"这种感受在《瓦尔登湖》中的"春天的湖"一章中表现得分外明显:

> 据我们知道的一些角色中，也许只有瓦尔登坚持得最久，最久地保持了它的纯洁。许多人都曾经被譬喻为瓦尔登湖，但只有少数几个人能受之无愧。虽然伐木的人已经把湖岸这一段和那一段的树木先后砍光了，爱尔兰人也已经在那儿建造了他们的陋室，铁路线已经侵入了它的边境，冰藏商人已经取过它一次冰，它本身却没有变化……它永远年轻。②

当然，瓦尔登湖在梭罗的眼中早已超越了物质意义上的存在，而升格为一种精神意义上的存在，它更多地象征了梭罗的自由精神和人格精神。瓦尔登湖给梭罗的启示也是深层次的，因为作为一种精神存在，瓦尔登湖使梭罗在人们的物欲疯狂膨胀的语境中，也能不随波逐流，在湖边过着最为简单质朴的生活，坚守住了人类最后的一块精神家园。"瓦

---

① ［美］梭罗:《梭罗日记》，朱子怡译，北京十月文艺出版社 2004 年版，第 165 页。
② ［美］梭罗:《瓦尔登湖》，徐迟译，上海译文出版社 2004 年版，第 181 页。

尔登坚持得最久，最久地保持了它的纯洁。"

> 湖面这样小，而有这样的深度，真是令人惊奇……难道它不会在人类心灵上反映出来吗？我感激的是这一个湖，深而纯洁，可以作为一个象征。①

"湖"在这里象征心灵，梭罗由对湖的观察，指引着我们去观察人心，探寻人心中的高峰和低谷；如果他的周围是多山的环境，湖岸若盆，山峰高高耸起，反映在人的胸际，能给人以深度和厚度和丰富情感的感受。而一个低平的湖岸，只能给人以浅显平易的感受。梭罗就是这样从大自然中获取精神上的启迪，感受生命的真谛，因为他已经同大自然融为一体了。

第二，太阳意象。

梭罗不断以明亮、高悬于大地之上的太阳，作为指点迷津与唤醒人心的主体性意象，如"此时太阳这白天之王在世界的边缘玩，趁人不备猛喝一声的游戏，每间农舍的窗户都露出金色的微笑——真是一幅快乐的图景。我看见水的反光耀眼炫目。刚苏醒的一天的喘息声在耳朵里振动；从山峰到山谷，从牧场到林地，那喘息声无所不在，朝我涌来，我在这世界上感到安逸自在"②。在《瓦尔登湖》一书中，梭罗刻意把"太阳"安排在全书的开篇和结束，首尾呼应，贯彻始终。在"经济篇"中，梭罗指出：

> 你从绝望的城市走到绝望的村庄，以水貂和麝鼠的勇敢来安慰自己。在人类的所谓游戏与消遣底下，甚至都隐藏着一种凝固的、不知又不觉的绝望。两者中都没有娱乐可言，因为工作之后才能娱乐。可是不做绝望的事，才是智慧的一种表征。当我们用教义问答法的方式，思考着什么是人生的宗旨，什么是生活的真正的必需品与资料时，仿佛人们还曾审慎从容地选择了这种生活的共同方式，

---

① ［美］梭罗：《瓦尔登湖》，徐迟译，上海译文出版社 2004 年版，第 265 页。
② ［美］梭罗：《梭罗日记》，朱子怡译，北京十月文艺出版社 2004 年版，第 3 页。

而不要任何别的方式似的。其实他们也知道，舍此而外，别无可以挑选的方式。但清醒健康的人都知道，太阳亘古常新。抛弃我们的偏见，是永远不会来不及的。①

这一段行文中梭罗指出，虽然大部分人过着机器般的绝望生活，但灵敏而健康的人却能抛弃成见，选择不同的生命，有如太阳照耀大地上，万物有不同的生机，喻示人类的生命本来就应有如自然之独立而自由。我们再来看《瓦尔登湖》的"结束语"中太阳的象征意蕴。

有一只强壮而美丽的爬虫，它从一只古老的苹果木桌子的干燥的活动桌板中爬了出来，那桌子放在一个农夫的厨房中间已经六十年了，先是在康涅狄格州，后来搬到马萨诸塞州来，那卵还比六十年前更早几年，当苹果树还活着的时候就下在里面了，因为这是可以根据它外面的年轮判断的；好几个星期来，已经听到它在里面咬着了，它大约是受到一只钵头的热气才孵化的。听到了这样的故事之后，谁能不感到增强了复活的信心与不朽的信心呢？这卵已几世代地埋在好几层的、一圈圈围住的木头中间，放在枯燥的社会生活之中，起先在青青的有生命的白木质之间，后来这东西渐渐成了一个风干得很好的坟墓了——也许它已经咬了几年之久，使那坐在这欢宴的餐桌前的一家子听到声音惊惶失措——谁知道何等美丽的、有翅膀的生命突然从社会中最不值钱的、人家送的家具中，一下子跳了出来，沐浴了太阳在黎明之曙光，终于享受了它完美的生命的夏天！②

在这里，梭罗叙述了一只强壮而美丽的爬虫经过多年在枯木中孵化的故事，隐喻人在死板的层层社会制度的埋葬下，仍能获得美丽的新生命，而文中"太阳在黎明之曙光"则象征了"新生"的完美结果。

---

① ［美］梭罗:《瓦尔登湖》，徐迟译，上海译文出版社 2004 年版，第 6 页。
② 同上书，第 308—309 页。

我并不是说约翰或者约纳森这些普通人可以理解所有的这一切；可是时间尽管流逝，而黎明始终不来的那个明天，它具备着这样的特性。使我们失去视觉的那种光明，对于我们是黑暗。只有我们睁开眼睛醒过来的那一天，天才亮了。天亮的日子多着呢。太阳不过是一个晓星。①

这是《瓦尔登湖》的最后一段，作者说，太阳不过是一个晓星，揭示了太阳的另一个象征意义是觉醒与成熟。

太阳意象在梭罗笔下最重要的象征还是"自然的本质"，也就是指个人回归自然才能找到的爱默生所强调的神性或梭罗所强调的野性。梭罗与自然达到"天人合一"的身心状态，常是与自然独处之下的心灵联想的结果，而太阳的光华现身则是固定的象征。如《独处》一文中，梭罗说"我个人所有的日、月、星辰的小世界"，就是他在与自然达到"天人合一"的忘我的情景叙述。《散步》一文中，梭罗描述了太阳的明亮与柔和，自己仿佛"沐浴在金色的洪流圣地上"②，更近神话般的意象。那是在11月，一个灰冷的傍晚，梭罗与友人漫步到溪边草原，正逢落日洒下最明亮、柔和的光辉，梭罗走进这纯净的光辉之中，有如沐浴在金色的洪流之中，打在背上的金光，有如驱赶梭罗返家的牧羊人，此时的梭罗方知已进入圣境（Holy land），太阳是一道生命之光，穿透心灵与意识，唤醒了梭罗的完整生命。

第三，森林意象。

森林意象的引入，是梭罗对建立民族文学的自信表现，美国拥有地表上最原始的森林。涂成吉在《梭罗的文学思想与改革意识》中评价木的意义，认为木在梭罗的作品中，有两大象征意义。借此表达了美国的"独特主义"，这个世界上没有哪个地方能有比美国更肥沃、富裕以及更多样的自然天地。在昭示美国工业化的同时，人心身临俗世。③ 笔者认为森林在梭罗的作品中象征了自然生命力。他说："一个没有受过

---

① ［美］梭罗：《瓦尔登湖》，徐迟译，上海译文出版社2004年版，第309页。
② ［美］梭罗：《散步》，林志豪译，海南出版社2007年版，第34页。
③ 涂成吉：《梭罗的文学思想与改革意识》，红蚂蚁图书有限公司2009年版，第141页。

教育的人的知识像森林一样生气勃勃和丰富多彩……当我离开道路走进开阔的田野,我感到精神振奋,天空也显现出新的光景。我更加轻快地一路走去。森林覆盖的河谷上空出现了艳丽的日落,松树是一片黄澄澄的色彩。暗红色的云彩就像暗黑的火焰凝固在了上面。此时条状的蓝天随处可见。暴风雨后的蓝天里透着生命,透着欢乐! 历史上从未有过对这种蓝天的记载。从前我只是沿着前人走过的路前行,现在我则是在探险。今天傍晚,一场雾从南面升腾起来。"① 在梭罗看来,森林蕴含着不尽的神性的启示,它发出的声音是人间的至美:"秋天的强风开始刮起来,'电琴'声也随之分外响亮。每一次膨胀和变形或'变调'都蔓延开,似乎是从森林出发的。是神之树还是森林呢? 仿佛其本质都已改变了。这真是养护森林的妙方,可能是为了不让树木腐朽,让它的细孔里都充满了音乐! 这棵森林里野生的树,掉光了皮站立在这里,它是多么快乐地在传送这种音乐啊! 当电线没有发出音响时,我的耳朵听见在森林深处的嗡嗡声——这些树木要宣示它们获得和积聚的愤怒预言。充满音响的森林! ……这琴声真可谓是上天对人的工作的祝福! 我们为何不增加不朽的缪斯女神(希腊神话里九位文艺和科学女神的通称,分别主管历史、音乐和诗歌、喜剧、悲剧、舞蹈、抒情诗、颂歌、天文、史诗)的数量,从九位增加到十位呢? 这般天赐的荣耀而卓越的创意曲(缪斯女神已对此赐之以微笑),成为人间神奇的传播手段!"②

在瓦尔登湖,伐木的情形也是一样,梭罗说:"自从我离开这湖岸之后,砍伐木材的人竟大砍大伐起来了。从此要有许多年不可能在林间的南道上徜徉了,不可能从这样的森林中偶见湖水了。我的缪斯女神如果沉默了,她是情有可原的。森林已被砍伐,怎能希望鸣禽歌唱?"③ 美国在走向高度工业化的时代,人心身陷俗世,空洞麻木而不自知,尤其是铁路扩张下的伐木,更是森林之大敌。梭罗多次描写"伐木"的场景,这种场景往往写得令人心碎、催人深思,利欲熏心的人们岂止是在砍伐树木,他们简直是在砍伐人类的良知! 那些伐木的人是猥琐的、

① [美]梭罗:《梭罗日记》,朱子怡译,北京十月文艺出版社2004年版,第53页。
② 同上书,第88页。
③ [美]梭罗:《瓦尔登湖》,徐迟译,上海译文出版社2004年版,第180页。

罪恶的，而被砍伐的树则是有尊严的，充满了灵性，它们一如悲壮的英雄，在倒下去的瞬间对大地表达了无尽的爱，它们生长于大地，又复归于大地。两相比照，人的罪恶和树的伟岸已不言自明，其象征性也得以凸显，伐木意象是梭罗叙事散文的一个很突出的特点："今天下午在费尔黑文山，我听到锯子的声响，随后在山崖地带我看见两个人要锯倒我正下方约200码开外处的一棵高贵的松树。我决定看看它被锯倒的全过程，它是这片森林遭到砍伐后幸存的十几棵中的最后一棵，15年来它显现出遗世独立的尊严，在后栽的萌芽林的上面摇摆着身子……它的树枝仍在风中摇动，仿佛它注定要站立一个世纪，风像往常一样飕飕地吹拂树上的松针；它仍旧是森林里的一棵树，在马斯基塔奎德上空随风摇摆的最具尊严的树。太阳的银色光泽映照在松针上；这棵树仍在高不可攀的地方给松鼠提供一个丫杈做窝；地衣仍对它桅杆般的枝干恋恋不舍。那是向后倾斜的桅杆，这座山就是它庞大的船身。这一时刻终于到了！站在树底下的那两个侏儒正逃离犯罪现场。他们扔掉了罪恶的锯子和斧子。事情开始得那么缓慢，那么庄严！就仿佛这棵树只是在夏天的微风里摇摆，随后就会无声无息地回到它在空中原来的位置。它倒下时拍打了山腰，躺倒在山谷里面，就好像它从未站立起来过，轻得就像羽毛一样，像一个战士收拢起他绿色的战袍。仿佛它已站得厌倦了，以无声的快乐去拥抱大地，让自己的一切回归尘埃。然而听吧！在此之前你只是看到了，还没有听到任何响声。现在传来了撞击在岩石上的震耳欲聋的巨响，向人宣示即便是一棵树，在死去的时候也会发出呻吟。它急于要拥抱大地，将自己的全部融入尘埃。"[①]

第四，种子意象。

梭罗对于种子的意象也有许多描述。在《种子的信仰》一文中，梭罗说种子的成长与播撒就是让大地万物更新的"自然机制"，大地上所有植物的生长都以此为基础："还未播撒下种子的大蓟，优雅的芦苇和灯心草——它们在冬天里比在夏天更加华丽和庄重，仿佛要到这个时候，它们的美才臻于成熟。赞美它们弯成弓形、低垂的束状顶部，我从不感到厌倦。就像我们喜欢在冬天里回想夏天，最受画家喜爱的景物之

---

① ［美］梭罗：《梭罗日记》，朱子怡译，北京十月文艺出版社2004年版，第100页。

一也许是野生的燕麦,它们在作品中获得永生,这永恒生命的代表此时已进入它们的秋季。它们是冬季永不枯竭的粮仓,它们的种子款待了最先飞临的鸟类。"① 梭罗对种子的描述充满深情,认为自然生命的延续,都开端于种子的传播,所以种子是新生的象征。而我们将"种子意象"稍作延伸,也不难发现,任何一种新思想的发展过程,正如一棵树的成长过程,先是有一粒种子,然后,树根伸向四面八方,在每个地方都吸收到养分,于是,这个新思想就越来越壮大。思想是有自己的生命的,它自己吸引那些会加强它的东西,把它们融会到自己的体系之中。而我们的头脑仿佛一块土地,正是这个新思想生长的地方。此外,梭罗由种子的媒介地位,认识到个人在社会的关系链之中,也是有角色定位的。无论如何,所有人的行为都应该符合自然规律,也正如一粒种子的生长与成熟——"你就像土壤里的种子一般扩张,犹如冬天的树,你在根部生存。"②

第三节　梭罗浪漫主义诗学的叙述策略

本节重点介绍梭罗浪漫主义诗学在散文叙事中体现出的独特而宏富的叙述策略。在我们看来,叙述角色的转换体现出了梭罗对大自然的主体性的认可,对话范式则体现了种种价值观的想象与碰撞,而时间原型的运用,使浪漫主义诗学呈现了某种厚重感。从这些叙述策略的实施,不难看出梭罗浪漫主义诗学的独特性。

一　叙述角色的转换

叙述 (narrating) 一词源于拉丁文中"narrare",意为"进行叙述"。一般指叙述行为,有时直接译为"叙述行为",以区别于"叙事"或"叙事话语"。热拉尔·热奈特在《叙事话语》中指出:"叙述表示生产叙事文的行为以及从广义上讲这个行为发生的真实或虚构的整个情境。"在《新叙事话语》中,热奈特将叙述与故事、叙事作了简要区

① ［美］梭罗:《梭罗日记》,朱子怡译,北京十月文艺出版社 2004 年版,第 8 页。
② 同上书,第 60 页。

别："故事（被讲述的全部事件），叙事（讲述这些事件的口头或书面话语），叙述（产生该话语的或真或假的行为，即讲述行为）。"米克·巴尔在《叙事学》中认为："聚焦与叙述者的结合构成了叙述。"施洛米丝·里蒙－凯南在《叙事虚构作品》中强调了叙述的语言性质："'叙述'一词指（1）交流过程，在这个过程中，叙事文作为信息由讲述者传达给听众；（2）用来传递这个信息的媒介具有语言性质"；（3）"这个讲或写的行为或过程。""叙述既可以看作真实的，也可以看作虚构的。"①

　　茨维坦·托多洛夫说，"叙述等于生命，没有叙述等于死亡"，并且进一步在《文学和意义》中说："每一部作品，每一部小说，都是通过它编造的事件来叙述自己的创造过程，自己的历史……作品的意义在于它讲述自身，在于它谈论自身的存在。"②梭罗在《瓦尔登湖》初稿完成的基础上，进行了大量的修改，尤其对于叙述的表达非常重视。《瓦尔登湖》叙述的最大特点就是叙述角色的不断转换，强调自我意识的体现。热奈特把叙述分为零聚焦叙述、内聚焦叙述和外聚焦叙述。零聚焦叙述也称无聚焦叙述，相当于无所不知的叙述，叙述者可以从所有的角度观察一切人与事，无论是外部的行动还是隐秘的内心都在这种聚焦范围内。内聚焦叙述基本上相当于视点叙述，即叙述者透过人物来进行聚焦，他所知道的和人物一样多，其叙述必须尽可能严格限制在人物所能感受的范围内。外聚焦叙述指的是叙述者从外部来对人物和场景聚焦。梭罗在其叙事作品中，大量采用了内聚焦叙述，但梭罗对内聚焦叙述的转换，在于人物角色的转换，即设置一个个不同身份的人物，从这些人物的角度来观察和描述事物。梭罗在《瓦尔登湖》的开篇，先强

---

① 王先霈、王又平主编：《文学理论批评术语汇释》，高等教育出版社 2006 年版，第 347 页。

② 王先霈、王又平主编：《文学理论批评术语汇释》，高等教育出版社 2006 年版，第 347 页。希利斯·米勒在《解读叙事》中补充说："'叙述'一词意为'对某事进行口头或书面的描写；讲述（一个故事）'。""这一概念暗含判断、阐释、复杂的时间性和重复等因素。叙述就是回顾已经发生的一串真实事件或者虚构出来的事件。"他认为："叙述是神秘的直觉，由无所不知的人来重述事件。叙述也是诊断，即通过对符号的识别性解读来进行鉴别和阐释。叙述者是明白之人，但却往往说出或者写出谜一般的话或者隐喻。尽管从表面上看，这些话十分清晰明白地表达了其所指，但读者却不得不设法解开其中的谜。"

调了要用大写的"我"（即 I），他这样认为，"许多书，避而不用所谓第一人称的'我'字；本书是用的；这本书的特点便是'我'字用得特别多。其实，无论什么书都是第一人称在发言，我们却常把这点忘掉了。如果我的知人之深，比得上我的自知之明，我就不会畅谈自我，谈那么多了。不幸我阅历浅陋，我只得局限于这一个主题。但是，我对于每一个作家，都不仅仅要求他写他听来的别人的生活，还要求他迟早能简单而诚恳地写出自己的生活，写得好像是他从远方寄给亲人似的；因为我觉得一个人若生活得诚恳，他一定是生活在一个遥远的地方了"①。其次，《瓦尔登湖》中的"我"并不能简单地看作作者本人，如果是那样的话，梭罗在叙述中所设定的角色，就只能是一种，就不可能不断变换角色的功能了。实际上，《瓦尔登湖》在叙述中不断地在一系列角色中进行着转换，如"我做"、"有"、"曾经有"、"我记得"、"我正在做"、"我相信"，等等，这些人称的转换在不同的场合起到了不同的作用。研究者指出："《瓦尔登湖》还没有完全得到大家欣赏的原因就是角色的不稳定性。"② 我们来看"冬天的禽兽"开篇的叙述角色转换：

等到湖水冻成结实的冰，不但跑到许多地点去都有了新的道路、更短的捷径，而且还可以站在冰上看那些熟悉的风景。当我经过积雪以后的茀灵特湖的时候，虽然我在上面划过桨、溜过冰，它却出人意料地变得大了，而且很奇怪，它使我老是想着巴芬湾。在我周围，林肯的群山矗立在一个茫茫雪原的四极，我以前仿佛并未到过这个平原；在冰上看不清楚的远处，渔夫带了他们的狼犬慢慢地移动，好像是猎海狗的人或爱斯基摩人那样，或者在雾蒙蒙的天气里，如同传说中的生物隐隐约约地出现，我不知道他们究竟是人还是侏儒。晚间，我到林肯去听演讲总是走这一条路的，所以没有走任何一条介乎我的木屋与讲演室之间的道路，也不经过任何一座屋子。途中经过鹅湖，那里是麝鼠居处之地，它们的住宅矗立在冰

---

① ［美］梭罗：《瓦尔登湖》，徐迟译，上海译文出版社 2004 年版，第 1 页。

② Lawrence Buell. *The Environmental Imagination*：*Thoreau, Nature Writing, and the Formation of American Culture*. Cambridge：The Belknap Press of Harvard University Press, 1995, p. 169.

上，但我经过时没有看到过一只麝鼠在外。瓦尔登湖，像另外几个湖一样，常常是不积雪的，至多积了一层薄薄的雪，不久也便给吹散了，它便是我的庭院，我可以在那里自由地散步，此外的地方这时候积雪却总有将近两英尺深，村中居民都给封锁在他们的街道里。远离着村中的街道，很难得听到雪车上的铃声，我时常闪闪跌跌地走着，或滑着，溜着，好像在一个踏平了的鹿苑中，上面挂着橡木和庄严的松树，不是给积雪压得弯倒，便是倒挂着许多的冰柱。①

在这一章的开始，叙述者讲述了他的日程安排：在一个冬天的夜晚，"我"要到附近的林肯镇听演讲。叙述者在这里呈现给读者这样的画面：迷人而混乱的冬景。而渔夫看起来"如同传说中的生物隐隐约约地出现，我不知道他们是人还是侏儒"。叙述者描述他"闪闪跌跌地走着，或滑着，溜着，好像在一个踏平的鹿苑中，上面挂着橡木和庄严的松树，不是给积雪压得弯倒，便是倒挂着许多的冰柱"。在这里，"作品中的自我让位给自我反思，同类的人变成了神秘的动物"②。接下来叙述者大多处于被动的地位，他只是一个旁观者，自然界中的万物才是主角，"我"在自然界中只是处于"看'、"听"，或"被叫醒"的地位。

在冬天夜里，白天也往往是这样，我听到的声音是从很远的地方传来的绝望而旋律优美的枭噪，这仿佛是用合适的拨子弹拨时，这冰冻的大地发出来的声音，正是瓦尔登森林的 lingua vernacula，后来我很熟悉它了，虽然从没有看到过那只枭在歌唱时的样子。冬夜，我推开了门，很少不听到它的"胡，胡，胡雷，胡"的叫声，响亮极了，尤其头上三个音似乎是"你好"的发音；有时它也只简单地"胡，胡"地叫。有一个初冬的晚上，湖水还没有全冻，

---

①　[美] 梭罗：《瓦尔登湖》，徐迟译，上海译文出版社 2004 年版，第 251—252 页。

②　Lawrence Buell, *The Environmental Imagination: Thoreau, Nature Writing, and the Formation of American Culture*. Cambridge: The Belknap Press of Harvard University Press, 1995, p. 170.

大约九点钟左右，一只飞鹅的大声鸣叫吓了我一跳，我走到门口，又听到它们的翅膀，像林中一个风暴，它们低低地飞过了我的屋子。它们经过了湖，飞向美港，好像怕我的灯光，它们的指挥官用规律化的节奏叫个不停。突然间，我不会弄错的，是一只猫头鹰，跟我近极了，发出了最沙哑而发抖的声音，在森林中是从来听不到的，它在每隔一定间歇回答那飞鹅的鸣叫，好像它要侮辱那些来自赫德森湾的闯入者，它发出了音量更大、音域更宽的地方土话的声音来，"胡，胡"地要把它们逐出康科德的领空。在这样的只属于我的夜晚中，你要惊动整个堡垒，为的是什么呢？你以为在夜里这个时候，我在睡觉，你以为我没有你那样的肺和喉音吗？"波—胡，波—胡，波—胡！"我从来没有听见过这样叫人发抖的不协和音。然而，如果你有一个审音的耳朵，其中却又有一种和谐的因素，在这一带原野上可以说是从没有看见过，也从没有听到过的。①

这里梭罗用了诸如"我看到"、"我听到"、"我被叫醒"等句式表现角色功能的转换，这种转换表现了人的自我意识被自然唤醒，传达了对人的自我意识凸显的喜悦和欢欣。环绕瓦尔登湖的大自然似乎是梭罗与众多野生动物共同的乡根乡土，他不厌其烦地以平等的姿态叙述着那些千奇百怪的禽兽们，充满了欣喜，充满了友好。绝望而旋律优美的枭噑，飞鹅的大声鸣叫，飞来飞去的猫头鹰发出沙哑而发抖的声音，狐狸无声而快速地爬过积雪，成群的山雀在他的木屋前唧唧喳喳，野兔在草木间悄然出没，浣熊林中发出了嘤嘤之声，赤松鼠在屋脊上来回奔蹿，鹧鸪在寒风中觅食，水獭隐蔽在暗处，猎狗群吠声不绝。

樫鸟来了，它们的不协和的声音早就听见过，当时它们在八分之一英里以外谨慎地飞近，偷偷摸摸地从一棵树飞到另一棵树，越来越近，沿途捡起了些松鼠掉下来的玉米粒。然后，它们坐在一棵苍松的枝头，想很快吞下那粒玉米，可是玉米太大，梗在喉头，呼

---

① 〔美〕梭罗：《瓦尔登湖》，徐迟译，上海译文出版社 2004 年版，第 252—253 页。

吸都给塞住了；费尽力气又把它吐了出来，用它们的嘴喙啄个不休，企图啄破它，显然这是一群窃贼，我不很尊敬它们；倒是那些松鼠，开头虽有点羞答答，过后就像拿自己的东西一样老实不客气地干起来了。①

另外，作者对于自然物以一种拟人化的表现手法表达，自然万物在这里都有了精神与灵性，它们通过动作、表情、声音在向梭罗进行本真存在的叙述。

梭罗热爱自然，把自己融入自然，在叙述表达中转换凸显大自然的主体性，以"生命共同体"中一个成员的身份去面对大自然，使梭罗与天地万物达成了一种持久而平等的关系，这种关系的演进同时使梭罗进入了一种终极性的体验，体验到了自然的生命蓬勃以及人融入自然的自由。如他说："太阳，风雨，夏天，冬天——大自然的不可描写的纯洁和恩惠，他们永远提供这么多的康健，这么多的欢乐！对我们人类这样地同情，如果有人为了正当的原因悲痛，那大自然也会受到感动，太阳黯淡了，风像活人一样悲叹，云端里落下泪雨，树木到仲夏脱下叶子，披上丧服。难道我不该与土地息息相通吗？我自己不也是一部分绿叶与青菜的泥土吗？"②

"种豆"（The Bean – field）、"湖"（The Ponds）、"倍克山庄"（Baker Farm）、"春天"（Spring）等章节都展现了与天地万物进行叙述角色转换的场景。梭罗大量使用了拟人化的文学手法，赋予自然以独立的身份，并设法与自然存在物建立亲密的关系。孤独中或寂寞中的梭罗，将瓦尔登湖看作他的"邻居"，他的"好室友"，他的孤独时的"知心朋友"，将瓦尔登湖想象为活生生的存在——一个隐士，一个女人，一只眼睛，一个女神。不仅如此，在梭罗眼中，大自然更多的时候还是"我"的种种变体与镜像，如在第八章"种豆"中，鹰是叙述者的思想的客观对应物，物我合一，物我不分，我即是鹰，鹰即是我，不必弄清何者为我、何者为物，"有时我看着一对鹞鹰在高空中盘旋，一

---

① ［美］梭罗：《瓦尔登湖》，徐迟译，上海译文出版社 2004 年版，第 256 页。
② 同上书，第 129 页。

上一下，一近一远，好像它们是我自己的思想的化身"①；在第十章
"湖"中，瓦尔登湖一如风姿绰约的少女，又如一面人性的镜子，美丽
却富含深度，"一个湖是风景中最美、最有表情的姿容。它是大地的眼
睛；望着它的人可以测出他自己的天性的深浅。湖所产生的湖边的树木
是睫毛一样的镶边，而四周森林蓊郁的群山和山崖是它的浓密突出的眉
毛"②；在第十一章"倍克山庄"中，梭罗记述了他雨后徜徉在荒凉的
旷野时所听到的来自灵魂深处的声音，"我下了山，向着满天红霞的西
方跑，一条长虹挑在我的肩上，微弱的铃声经过了明澈的空气传入我的
耳中，我又似乎不知道从哪儿听到了我的守护神在对我说话了"③；在
最后一章"春天"中，梭罗以更直率的态度表明了自己与大自然的对
话关系："我们决不会对大自然感到厌倦。我们必须从无穷的精力，广
大的巨神似的形象中得到焕发，必须从海岸和岸上的破舟碎片，从旷野
和它的生意盎然的以及腐朽林木，从雷云，从连下三个星期致成水灾的
雨，从这一切中得到精神的焕发。"④梭罗确实从时时更新的大自然中汲
取了无边的启示。

二　对话与"潜对话"

对话（dialogue）是米哈伊尔·巴赫金阐述复调理论时使用的基本
术语，并将其作为他的对话理论的核心概念，是巴赫金的"整个美学
和哲学文艺学观点体系中最核心的问题"。巴赫金从两个层面上阐述这
个术语，首先从狭义方面说明对话"仅仅是言语相互作用的形式之一"；
其次，"又可以从广义上去理解对话，把它看成不只是人们面对面直接
大声的言语交际，而是无论什么样的，任何一种言语交际"。总之，对
话是"一个社会范畴，一个人际交往的工具"。

在《陀思妥耶夫斯基诗学问题》中巴赫金提出："在陀思妥耶夫斯
基的复调小说里，作者对主人公所取的新的艺术立场，是认真实现了的
和彻底贯彻了的一种对话立场；这一立场确认主人公的独立性、内在的

---

① ［美］梭罗：《瓦尔登湖》，徐迟译，上海译文出版社 2004 年版，第 149 页。
② 同上书，第 175 页。
③ 同上书，第 194 页。
④ 同上书，第 294 页。

自由、未完成性和未论定性。对作者来说，主人公不是'他'，也不是'我'，而是不折不扣的'你'，也就是他人另一个货真价实的'我'（'自在之你'）。主人公是对话的对象，而这种对话是极其严肃的、真正的对话，不是花里胡哨故意为之的对话，也不是文学中假定性的对话。这种对话（整部小说构成的'大型对话'）并非发生在过去，而是在当前，也即在创作过程的现在时里。这远非是完成了的对话的速记稿，不是说作者已经从中超脱出来，不是说现在他高居于对话之上占据着至高无上的和决定一切的立场：因为这样一来，真正的未完成的对话就要变为习见于一切独白型小说中的客体和完成了的形象；不是真正的对话，而是对话的形象。"所谓对话，就是"一切都要面向主人公本人，对他讲话；一切都得让人感到是在讲在场的人，而不是讲缺席的人；一切应是'第二人称'在说话，而不是'第三人称'在说话"。①

　　梭罗在《瓦尔登湖》的叙述中，为了阐明自己的观点，虚构了许多代表一种观念的人物形象来和文中的"我"进行对话，这样就构成了文中的"我"与一种观念的对话。通过对话强调说话者双方的主体意识和平等意识，最后作者想阐明的真理经过对话而得以清晰传达。这些对话者的语调和面貌不一而足，有的是功利的贩牛人，有的是和煦的良友，有的是与世无争的隐士，有的是严厉的卫道者。他们和梭罗进行对话时，都振振有词地批评梭罗的见解和行为不合世俗常理，认为他应该改变自己的认识。而文中的"我"则采用不同的辩驳方式与之对话，最后表明自己的观点其实是正确的，那些田野中整日和自然相伴的人却并不明白真理和自由，以此阐明自己不为世俗观念所羁绊而欲达到自由的理想境界。

---

　　① 　王先霈、王又平主编：《文学理论批评术语汇释》，高等教育出版社 2006 年版，第303 页。希利斯·米勒指出："巴赫金所说的'对话'，可以对一种根深蒂固的意识形态假定提出强有力的挑战：文学文本独白性地源于单一的意识。假如作品为独白性质，那么它就能回归作者，回归那位属于某国某代之某种性别、种族、阶层的作者的主体位置。""'对话'在用于分析某一文本时，构成一个隐喻。它仍然以独白主义的自我、意识和指称心灵的逻各斯等指导性原理为前提。对话用两个声音或者意识来替代一个，这是用椭圆来替代圆。然而，正如巴赫金所为，当'对话'的指称对象从心灵转为词语之后，它就会像解构独白一样解构作为双重意识的'对话'：两个心灵互为作用，交换言辞；同时，正如该词的主要意思所表明的，不断再度确定自身。"

比如《瓦尔登湖》中有一段梭罗和一个贩牛人探讨如何达到"自由"的对话：

> 有一个晚上在走向瓦尔登湖的路上，我赶上了一个市民同胞，他已经积蓄了所谓的"一笔很可观的产业"，虽然我从没有好好地看到过它，那晚上他赶着一对牛上市场去，他问我，我是怎么想出来的，宁肯抛弃这么多人生的乐趣？我开口答说，我确信我很喜欢我这样的生活；我不是开玩笑。便这样，我回家，上床睡了，让他在黑夜泥泞之中走路走到布赖顿（bright town）去——或者说，走到光亮城里去——大概要到天亮的时候才能走到那里。①

在文中，贩牛人日夜兼程地要去的目的地叫布赖顿（bright town），也可理解为"光明城"。另外，"Bright"还有"牛"的意思，所以在此就有"贩牛的集市"之意。贩牛的人在通过黑夜泥泞之路前往贩牛的集市去的途中与梭罗相遇，却批评"我"整日无所事事，游手好闲。"我"想那个贩牛的人"据说已经有了一大笔可观的财富"，这个"据说"在这里暗含讽刺，指牛贩子从世俗常人的角度审视，认为自己已经是一个积累了一定财富的成功人士了，于是对自己勤勤恳恳的生活非常满意。看到"我"无所事事，游手好闲，他很不能理解，就问"我"是怎么想出来的，宁肯抛弃这么多人生的乐趣？"我"则回答他说，我很喜欢我的生活，我不是开玩笑。贩牛人不解而继续在泥泞中赶路，而"我"则回去上床睡了。

在这里，贩牛人要去的目的地实际上是"光明城"。牛贩为了获得财产，不得不起早贪黑，在艰苦的环境中日夜奔波，但他日夜兼程实际上也不能抵达真正的自由城；而梭罗回家睡觉去了，第二天一大早起来便可见光明，他的生活始终是自由的，这与牛贩的辛苦形成了鲜明的对比。在梭罗看来，只要人生活得简单，实现自由其实很容易，根本不需要费这么大的力气。因此，与失去的自由和精神相比，人所得到的物质是多么微不足道啊！这个故事与约翰·班扬的《天路历程》的故事颇

---

① ［美］梭罗：《瓦尔登湖》，徐迟译，上海译文出版社 2004 年版，第 125 页。

具对比性。《天路历程》的主人公"基督徒"通过黑暗的泥泞之地到达
光明之城,文章以人获得了救赎而结束。而梭罗笔下的贩牛人越过泥泞
去追物质逐财富,和"基督徒"通过艰难困苦完成神圣的使命形成鲜
明的对比。这两者的动机和结果的差异真是天壤之别,这种不和谐也是
对囿于世俗观念,不能解脱的常人的讥讽,人们因为对物质的占有和追
求,导致精神上的空虚和不觉醒。为了获得更多的财产,人不得不付出
更多的劳动,在此过程中消耗更多的能量,因此需要更多的补充,这是
一种恶性循环。那些生活在自然中的牛贩子、捕鱼人为世俗社会的功利
所羁绊,虽然整日与自然相伴,却没有获得自由。

再来看"湖"这一章中梭罗和一个渔夫的一段对话:

> 有一个老年人,是个好渔夫,尤精于各种木工,他很高兴把我
的屋子看作是为便利渔民而建筑的屋子,他坐在我的屋门口整理钓
丝,我也同样高兴。我们偶尔一起泛舟湖上,他在船的这一头,我
在船的另一头;我们并没有交换了多少话,因为他近年来耳朵聋
了,偶尔他哼起一首圣诗来,这和我的哲学异常地和谐。我们的神
交实在全部都是和谐的,回想起来真是美妙,比我们的谈话要有意
思得多,我常是这样的,当找不到人谈话了,就用桨敲打我的船
舷,寻求回声,使周围的森林被激起了一圈圈扩展着的声浪,像动
物园中那管理群兽的人激动了兽群那样,每一个山林和青翠的峡谷
最后都发出了咆哮之声。①

这里写我与渔夫交流,这是一个"好"的渔夫,表达了"我"对
"渔夫"的赞赏,认为他和我都是栖息于自然的本真的我。他乐于和我
亲近,"他很高兴把我的屋子看作为便利渔民而建筑的屋子",我也乐
于和他亲近,"他坐在我的屋门口整理钓丝,我也同样高兴"。我们在
大自然中常常相聚而对话,"我们偶尔一起泛舟湖上,他在船的这一
头,我在船的另一头",但是其实我们并没有通过对话获得真理,"我
们并没有交换多少话",梭罗在这里用了"交换"和"多少话",来表

---

① 〔美〕梭罗:《瓦尔登湖》,徐迟译,上海译文出版社 2004 年版,第 164 页。

达我们对话的无意义。近来由于他的耳聋我们泛舟湖上不语，他"偶尔他哼起一首圣诗来"，却和我达到"异常地和谐"，"我"于是感慨"我们的神交"实在却是如此"和谐"和"美妙"。接下来作者进一步推进，"找不到人谈话了，就用桨敲打我的船舷"，于是，我们寻求到了自然的"回声"，竟是如此的恢宏美妙，气势磅礴，"森林被激起了一圈圈扩展着的声浪"，好像"激动了的兽群那样"，于是"每一个山林"和每一个"青翠的峡谷"都"发出了咆哮之声"。

在这里梭罗通过与虚构的人物进行想象性的对话，以表达出自己的观点，这种虚构和想象的运用就使得"对话"成为"潜对话"，作者的对话人物实际上是另一种观念或另一个自我。梭罗通过这种叙述策略，使自己的见解凸显出来，引起读者的思考和重视。

三 四季轮回与时间原型

"原型"（Archetype）一词由希腊文 arche（原初）和 typo（形式）组成。原型在古希腊最早指模子或人工制品的初始形式，印刷术发明后指排版用的字模（后来的铅字），属实用范畴的词语。柏拉图用此词于哲学，他说宇宙间的万物都是理念世界中的原型创造出来的。原型批评以原型理论为基础，以结构主义方法为手段，对整个文学经验和批评作原创性的分类对比，寻求文学的本质属性。[1] 对于原型批评（archetypal criticism），雷纳·韦勒克说："这种批评来源于文化人类学和荣格把无意识当作人类的'原型'和原始意象的集体贮存库的看法。"[2]

梭罗在描写自然中运用了时序交替的写作模式，有从春天到冬天再到春天的四季轮回，如《瓦尔登湖》，有从清晨到夜晚再到清晨的时日轮回，如《秋色》、《散步》、《瓦尔登湖》等。四季轮回缩小就是时日轮回，时日轮回放大就是四季轮回，其实一样都是在昭示一种生命的绵延与循环。梭罗的《瓦尔登湖》是按照季节变换的原则来安排文本结构的。表面上看，因为季节的变化仅次于白天、黑夜的交替，是日常生

---

① 赵一凡：《西方文论关键词》，外语教学与研究出版社 2006 年版，第 836 页。
② 王先霈、王又平主编：《文学理论批评术语汇释》，高等教育出版社 2006 年版，第559 页。

活中环境周期性轮回最明显的现象，但实际上它们变幻莫测，正如梭罗所认为的那样，他一生的研究也不足以把握它们丰富的变化。

《瓦尔登湖》有关季节轮回的书写其实也形成了梭罗叙事的时间原型，以春天始，历经夏、秋、冬，到春天终，从而构成了一个时间原型序列。它生动地叙写了一年四季中不同的自然景观，山川、天空、湖泊、森林、花果、动物等都进入了他的视野。特别重要的是，梭罗反映了这些不同的自然景观对人造成的心灵记忆和灵魂启示。他似乎在竭力探寻代表每个季节特征的事物，然后极力渲染，将普通的事物提升为特定季节中关键的事物。从《瓦尔登湖》的结构来看，构成了一个有机统一的整体。在时间线索上，它遵循从春天到春天的轮回，象征着梭罗湖畔生活的一个周期，而次年春天的到来却意味着灵魂春天般的复苏。对于《瓦尔登湖》来说，书写季节的变化，更多是一种运用的策略而不是一种严格遵循的形式，他的每个自然观察是一个季节的路标或时间刻度。

对于原型的意义，荣格在《论分析心理学与诗歌的关系》中说："一旦原型情景发生，我们会突然获得一种不寻常的轻松感，仿佛被一种强大的力量运载或超度。在这一瞬间，我们不再是个人，而是整个族类，全人类的声音一起在我们心中回响。个体的人不可能充分发挥他的力量，除非他从我们称之为理想的集体表象中得到援助。这些理想释放出所有深藏的、不为自觉意志接纳的本能力量。"① 《瓦尔登湖》书写最多的是夏季。在第一章"经济篇"中，梭罗就写到了夏季，在简要介绍修建小木屋之后，没有立刻进入秋季的书写，只是到了第十三章"禽兽为邻"才进入了秋季的观察。夏季书写的漫长，给人容易造成这样的印象：似乎温暖的日子不会结束。梭罗为什么如此钟爱夏季？如其所言："在若干地区，夏天给人以乐园似的生活，在那里除了煮饭的燃料之外，别的燃料都不需要；太阳是他的火焰，太阳的光线煮熟了果实；大体来说，食物的种类既多，而且又容易到手，衣服和住宅是完全用不到的，或者说有一半是用不到的。"②

---

① 王先霈、王又平主编：《文学理论批评术语汇释》，高等教育出版社 2006 年版，第 561 页。

② [美] 梭罗：《瓦尔登湖》，徐迟译，上海译文出版社 2004 年版，第 11 页。

在"禽兽为邻"一章的末尾处，季节原型有所变化，由前面的夏天原型为重心而变为秋天原型为主导，如文中所叙，

　　有一个静谧的十月下午，我划船在北岸，因为正是这种日子，潜水鸟会像乳草的柔毛似的出现在湖上。我正四顾都找不到潜水鸟，突然间却有一头，从湖岸上出来，向湖心游去，在我面前只几杆之远，狂笑一阵，引起了我的注意。我划桨追去，它便潜入水中，但是等它冒出来，我却愈加接近了，秋天里，我常常一连几个小时观望野鸭如何狡猾地游来游去，始终在湖中央，远离开那些猎人；这种阵势，它们是不必在路易斯安那的长沼练习的。在必须起飞时，它们飞到相当的高度，盘旋不已，像天空中的黑点。它们从这样的高度，想必可以看到别的湖沼和河流了；可是当我以为它们早已经飞到了那里，它们却突然之间，斜飞而下，飞了约有四分之一英里的光景，又降落到了远处一个比较不受惊扰的区域；可是它们飞到瓦尔登湖中心来，除了安全起见，还有没有别的理由呢？我不知道，也许它们爱这一片湖水，理由跟我的是一样的吧。①

　　或许在《瓦尔登湖》的时间原型中，最能引起梭罗兴趣的是"冬春之交"这样的时间序列，如其所言："吸引我住到森林中来的是我要生活得有闲暇，有机会看到春天的来临。"② 梭罗对春天原型有着浓郁的情结，因此，关于春天原型的书写成为《瓦尔登湖》中最为精彩的篇章。如在"春天"这一章中，他这样写道，

　　我注意地等待着春天的第一个信号，倾听着一些飞来鸟雀的偶然的乐音，或有条纹的松鼠的啁啾，因为它的储藏大约也告罄了吧，我也想看一看土拨鼠如何从它们冬蛰的地方出现。三月十三日，我已经听到青鸟、篱雀和红翼鸫，冰那时却还有一英尺厚。因为天气更温暖了，它不再给水冲掉，也不像河里的冰那样的浮动，

----

① ［美］梭罗：《瓦尔登湖》，徐迟译，上海译文出版社2004年版，第221页。
② 同上书，第279页。

虽然沿岸半杆阔的地方都已经溶化，可是湖心的依然像蜂房一样，饱和着水，六英寸深的时候，还可以用你的脚穿过去；可是第二天晚上，也许在一阵温暖的雨和紧跟着的大雾之后，它就全部消失，跟着雾一起走掉，迅速而神秘地给带走了。①

春天原型给梭罗带来了希望，也给所有的人都带来了希望，它是如此的美妙，如此的荡涤了人们心中的阴霾。

春天的第一只麻雀！这一年又在从来没有这样年轻的希望之中开始了！最初听到很微弱的银色的啁啾之声传过了一部分还光秃秃的、润湿的田野，那是发自青鸟、篱雀和红翼鸫的，仿佛冬天的最后的雪花在叮当地飘落！在这样的一个时候，历史、编年纪、传说，一切启示的文字又算得了什么！小溪向春天唱赞美诗和四部曲。沼泽上的鹰隼低低地飞翔地草地上，已经在寻觅那初醒的脆弱的生物了。在所有的谷中，听得到溶雪的滴答之声，而湖上的冰在迅速地溶化。小草像春火在山腰燃烧起来了，好像大地送上了一个内在的热力来迎候太阳的归来；而火焰的颜色，不是黄的，是绿的——永远的青春的象征，那草叶，像一根长长的绿色缎带，从草地上流出来流向夏季。是的，它给霜雪阻拦过，可是它不久又在向前推进，举起了去年的干草的长茎，让新的生命从下面升起来。它像小泉源的水从地下淙淙的冒出来一样。它与小溪几乎是一体的，因为在六月那些长日之中，小溪已经干涸了，这些草叶成了它的小道，多少个年代来，牛羊从这永恒的青色的溪流上饮水，到了时候，刈草的人把它们割去供给冬天的需要。我们人类的生命即使绝灭，只是绝灭不了根，那根上仍能茁生绿色的草叶，至于永恒。②

从春天原型到夏天原型，从夏天原型到秋天原型，再从秋天原型到冬天原型，这样的季节原型的转换是非常短暂而快速的，与其他书写季

①　［美］梭罗：《瓦尔登湖》，徐迟译，上海译文出版社 2004 年版，第 279 页。
②　同上书，第 286—287 页。

节的叙事相比,梭罗的时间原型(更准确地说是季节原型),容易给人造成这样一种阅读印象——过于长的夏季,短暂的秋季,渐行渐远的冬季,忽然到来的春季。

"冬天的禽兽"这一章中梭罗对冬天原型做了个性化的处理,从而使冬天原型显示了田园诗般的甜美,即使猫头鹰的叫声也是优美的,而活泼可爱的红松鼠来来往往,使他体会到诸多的快乐。在梭罗的眼中,冬天原型不但不令人可怕,反而很温馨可人,富于充实感和优美感。他在温暖的火炉旁读书或思考,丰富和提升了自己的精神世界。他通过书写赤松鼠在严寒的冬季里过着快乐而无忧的生活,象征着自己在冬季瓦尔登湖畔的怡然自得,也预示着湖边生活实验的成功。如果他的生活实践甚至在最严厉的冬季里都奏效,那么,简单的生活、适应自然的生活一定在别的季节更是成功的。如其所叙:

> 通常总是赤松鼠(学名 Sciurus Hudsonius)在黎明中把我叫醒的,它在屋脊上奔窜,又在屋子的四侧攀上爬下,好像它们出森林来,就为了这个目的。冬天里,我抛出了大约有半蒲式耳的都是没有熟的玉米穗,抛在门口的积雪之上,然后观察那些给勾引来的各种动物的姿态,这使我发生极大兴趣。黄昏与黑夜中,兔子常跑来,饱餐一顿。整天里,赤松鼠来来去去,它们的灵活尤其娱悦了我。有一只赤松鼠开始谨慎地穿过矮橡树丛,跑跑停停地在雪地奔驰,像一张叶子给风的溜溜地吹了过来;一忽儿它向这个方向跑了几步,速度惊人,精力也消耗得过了分,它用"跑步"的姿态急跑,快得不可想象,似乎它是来作孤注一掷的,一忽儿它向那个方向也跑那么几步,但每一次总不超出半杆之遥;于是突然间做了一个滑稽的表情停了步,无缘无故地翻一个筋斗,仿佛全宇宙的眼睛都在看着它——因为一只松鼠的行动,即使在森林最深最寂寞的地方,也好像舞女一样,似乎总是有观众在场的——它在拖宕,兜圈子中,浪费了更多的时间,如果直线进行,早毕全程——我却从没有看见过一只松鼠能泰然步行过——然后,突然,刹那之间,它已经在一个小苍松的顶上,开足了它的发条,责骂一切假想中的观

众，又像是在独白，同时又像是在向全宇宙说话。①

荣格在《心理结构与动力》中说："原型是领悟的典型模式。每当我们面对着普遍一致和反复发生的领悟模式，我们就是在与原型打交道。"② 梭罗对大自然的感受是复杂的、体悟也是深刻的，他深深地意识到，自然万物是生生不息且有规律的，因此人类生活应融入大自然的规律之中，从而获得周而复始的复苏。梭罗的瓦尔登湖生活以春天原型而结束，正寓意着他对希望战胜绝望、生命战胜死亡的自然自由理想。他在"结束语"中写道：

> 至少我是从实验中了解这个的：一个人若能自信地向他梦想的方向行进，努力经营他所想望的生活，他是可以获得通常还意想不到的成功的。他将要越过一条看不见的界线，他将要把一些事物抛在后面；新的、更广大的、更自由的规律将要开始围绕着他，并且在他的内心里建立起来；或者旧有的规律将要扩大，并在更自由的意义里得到有利于他的新解释，他将要拿到许可证，生活在事物的更高级的秩序中。他自己的生活越简单，宇宙的规律也就越显得简单，寂寞将不成其为寂寞，贫困将不成其为贫困，软弱将不成其为软弱。如果你造了空中楼阁，你的劳苦并不是白费的，楼阁应该造在空中，就是要把基础放到它们的下面去。③

《瓦尔登湖》以季节为框架，以季节的轮回建构起了梭罗关于自然、社会、文化以及它们之间相互关系的思想。这里的季节不只是自然季节，而且也关涉到生命的季节。弗莱在《批评的剖析》中认为，春天的情节（喜剧情节）以生命的"上升"为主要特征，超越一切被习俗、仪式、专横法律和老年人所控制的社会，而达到一个生机蓬勃且重实用的自由社会……一种自幻想到真实的生命律动。而在《瓦尔登湖》结束语的这段话里，梭罗宣示了一位"清醒之人"的喜悦：他将要把

---

① ［美］梭罗：《瓦尔登湖》，徐迟译，上海译文出版社 2004 年版，第 254—255 页。

② 王先霈、王又平主编：《文学理论批评术语汇释》，高等教育出版社 2006 年版，第 562 页。

③ ［美］梭罗：《瓦尔登湖》，徐迟译，上海译文出版社 2004 年版，第 300 页。

一些事物抛在后面；新的、更广大的、更自由的规律将要开始围绕着他，并且在他的内心里建立起来。书中叙述者扮演的正是此种生命上升的预言家的角色。就大自然的层面而言，春夏之交，葱绿蓊郁的生命，是从冬日的羁绊中挣脱出来的，复述了英雄的个人志向，喻示了焕然一新的精神改变。梭罗走入瓦尔登湖沉思，历经春夏秋冬，在又一个春季来临时获得了顿悟与新生，在万象更新中获得了重生与自由。① 这既是梭罗自由观思想的成功，也是他浪漫主义诗学的成功。

梭罗还认识到人和自然息息相通，认识到人的生命也如四季一样也有四季循环。他认为机敏和精力充沛的人在冬天比在夏天更能过理性的生活。夏天里……他主要过着感官的生活。冬天里，是冷静的理性而不是激情支配着他；他处于思考和反省之中；他的生活更多是精神方面的，而不是感官方面的。假如他度过了一个受感官支配的夏天，那他就会像某些爬虫或其他动物那样在冬眠之中度过冬天。梭罗写下了自己的内心年龄感受和大自然四季的安排一样。"我都 34 岁了，但我的生命几乎完全没有伸展开。在多么大的程度上还是萌芽状态！要我像一棵苹果树似的很快成熟就那么重要吗？就像一棵橡树成熟得那么快？我本质的生命（它部分是超自然的）就不可以只是处于春天和精神生活的婴儿期？我要将我的春天变成夏天吗？"② 梭罗希望自己的生命和精神生活永远充满新鲜和活力，就如同大自然的春天一样。梭罗阐述了体验生活和经历生命过程的重要性，不要那么匆忙地走完人生的四季，尽量去感悟时间后的永恒。梭罗还写下了夏天和冬天人的内心变化和体验，如同将夏天的气氛与冬天的气氛相比。他在冬天里更多地依靠自己（依赖自己的才智），而不是依靠外来的帮助。昆生确实在冬天的大部分时间里消失了，靠吃昆虫活着的那些动物也是如此。但高贵一些的动物和人一起忍受严酷的冬季。人移居到自己的内心，移居到永恒的夏天。健

---

① 在《文学批评方法手册》中，威尔弗雷德·L. 古尔灵等把原型分为三个类别：一是作为意象的原型，如火、太阳、圆圈、女性、树、羊，等等；二是作为主题或情节模式的原型，如创世、永生、英雄的死而复生、献祭，等等；三是作为体裁的原型，如弗莱把春、夏、秋、冬分别视为喜剧、传奇、悲剧、讽刺的原型。无论在文学的哪个层次上探讨原型，都必然要追溯到远古的宗教仪式、神话和民间传说中去，因此弗莱说："探求原型，实际上就是一种文学上的人类学。"

② ［美］梭罗：《梭罗日记》，朱子怡译，北京十月文艺出版社 2005 年版，第 74 页。

康的人绝不会对冬天不满。① 从不同季节展现了梭罗在自然中的身体旅程和心路历程，这些篇什中，季节是十分明显的，具体时间和他心灵中的抽象时间，转换之间，季节构成了他文字中原型象征意义，成为梭罗自然文学的特点。②

---

① 〔美〕梭罗：《梭罗日记》，朱子怡译，北京十月文艺出版社 2005 年版，第 94 页。
② 〔美〕梭罗：《秋色》，董继平译，甘肃人民美术出版社 2009 年版，第 2 页。

第四章　道德社会中的自由:现实主义诗学及其表现形态

> 我在我内心发现,而且还继续发现,我有一种追求更高的生活,或者说探索精神生活的本能,对此许多人也都有过同感,但我另外还有一种追求原始的行列和野性生活的本能,这两者我都很尊敬。①
>
> 孔子说得好:"德不孤,必有邻。"②
>
> ——梭罗

现代社会是一个健康自然的世界与病态社会并存的时代,二者在相处并存的同时又时刻处于对立的状态。就个体的人的存在而言,在自然的世界中自由生活,抑或在病态的社会中异化存在,正构成了自近代以来西方思想史上一个具有特殊意义的话题。梭罗的作品中,对这一问题的回答,就是和社会保持一定的距离,自觉拒绝病态社会的侵袭,回避在异化中的自我丧失,最大限度地追求自我的个性存在与人的自由。然而,人的存在具有尴尬的悖谬性。一方面人具有社会的属性,作为存在着的个体,其存在的价值主要是指社会价值,这种社会价值,是人在与他人的关系中显示出来的,所以作为一个社会人,他必然与社会"打交道"。梭罗说:"俗人讲究客套,因为他们没有别的立脚点;而对于世间的伟人,我们无须做什么自我介绍,他们也无须对我们做这类的介

---

① [美]梭罗:《瓦尔登湖》,徐迟译,上海译文出版社 2004 年版,第 197 页。
② 同上书,第 126 页。

绍。"①"农夫与庄稼的生长和四季的周期同步，而商人则与市价的涨落同步。注意一下他们在街上走路的样子有多么不同。"② 另一方面，当人在社会生活中获得存在价值的同时，又不可避免地会被污染，被异化。梭罗通过他的作品，向我们表明了对自然的肯定和对"文明"的忧虑，然而，这种对自然的情有独钟，并没有让梭罗完全地否弃社会。作为生活在社会中的人而言，只有在社会语境中，人的个性、人的自由才能得以真正的彰显和确立。回避社会、回避人与人之间的关系，仅仅是一种孤独的自然的存在。因此，对社会的不满并没有导致梭罗逃避社会，而是成为他改造社会的基本动力，我们在他与社会的对抗行为中，也得以了解了他的自由思想。

从总体上看，梭罗介入社会的方式是超功利主义和超经验主义的，他从一种社会批判的视角，来谈当时文明社会中人的状态，在他的现实主义诗学表现层面上，运用反讽、悖论等叙述策略质疑不合理的社会制度，表达了人应该从社会功利束缚中解脱出来，获得自由的思想。

第一节　梭罗叙述的现实主义诗学形态

一　梭罗现实主义诗学产生的文化语境

梭罗写作的时代，美国的批判现实主义文学尚未形成，但深受欧洲文化影响的梭罗，对欧洲文学发展历程中的写实主义传统却一点儿也不陌生。梭罗现实主义诗学受到欧洲现实主义创作传统的影响。现实主义作为文学写实的创作方法和艺术思维，早在古希腊文学中就已经存在。亚里士多德在他的《诗学》中，以古希腊文学艺术创作为例，概括出了文学创作的"模仿说"理论。这既是对古希腊文学创作的总结，同时也是对现实主义诗学理论的一种朴素而深刻的阐述。这种思想，在古罗马的贺拉斯那里得到了继承和发扬，贺拉斯将亚里士多德的"文学是对生活和行动的模仿"，进一步扩大为文学是对自然的模仿。14 世纪至 17 世纪初文艺复兴时期的人文主义作家，对古希腊以来的那种原始

---

① 〔美〕梭罗：《梭罗日记》，朱子怡译，北京十月文艺出版社 2004 年版，第 10 页。
② 同上书，第 11 页。

写实形态的现实主义创作,作了进一步的扩展与张扬。他们否弃来世,着眼现实,提出了"幸福在人间"[①] 的口号,在文学中真实地表现现实中人的生活,以人性反对神性,以理性反对蒙昧。莎士比亚提倡"举起镜子照自然"[②],在他的笔下,一切当下的现实、历史的现实与想象的现实,无不体现出现实生活的真实性、丰富性与广阔性,其创作理念既代表了文艺复兴的最高成就,同时也是对现实主义艺术诗学的一大发展。18 世纪启蒙主义文学表现出深刻的社会哲理和批判意识,启蒙主义思想家仍介入生活、介入社会、表现现实的倾向十分明显。启蒙主义思想家们大多集文学家、哲学家、思想家、社会活动家于一身,他们惯于以文学作为武器和工具,投身于社会的政治斗争和社会改革活动中,在文学作品中表现出强烈批判精神。梭罗在作品中对社会场景的写实描绘,以及对社会对人的异化的否弃,就是受到亚里士多德以来传统现实主义诗学的影响;梭罗诗学表现中的分析性与批判性,则直接受到 18 世纪启蒙主义哲理小说和现实主义小说的影响。

　　梭罗现实主义诗学还受到美国当时的社会现实的影响。19 世纪中叶,美国经济的工业化开始出现,其时的政府以促进物质增长、保证人民的幸福生活、满足大多数人日益增长的物质需求为由,出台了一系列发展国民经济的政策。这些策略实施的最直接的结果,是带来了整个社会对物质利益的不断追逐。这一切在梭罗看来,是对生活的亵渎,对生命的摧残,对时间的浪费,疯狂的工作带给人们的不是幸福而是灾难。在他看来,自然而自由的生活不是日复一日的工作,而是应该融入自然,尽情地享受生活,即使为了这种自然自由的生活不得不去工作,也只是工作一阵子。物质的获得在于维持人的简朴生活,绝非无休止地去追逐财富和利益。在如何对待人的生活和生命的问题上,梭罗主张人应该为获得生活必需品而工作,而且那完全是个人的事,不应该由政府出面来鼓动人人忘我地工作,因为其结果会使人失去自我。梭罗在大学期间的作品中就曾指出,一个人每星期工作一天足够养活自己。就人的生活方式而言,享受美丽自然的神秘造化远比工作要有意义得多。

---

① ［意］薄伽丘:《十日谈》,方平、王科一译,上海译文出版社 2006 年版,第 2 页。
② 马新国:《西方文论史》,高等教育出版社 2002 年版,第 78 页。

　　梭罗的现实主义诗学也受到美国个人主义思想传统的影响。20 世纪 30 年代以前，美国资本社会的迅速膨胀，在给美国社会带来经济繁荣的同时也带来了诸多的社会弊端。梭罗崇尚个人精神，倡导个性的自由与解放，当资本社会所固有的剥削本性日益暴露，严重阻碍人的个性发展和个人主义张扬的时候，对于种种不自由的现象加以揭露与批判，就必然成为他恪守自由价值观立场的一种反映。在这个意义上，梭罗的创作是对美国个人主义思想的诗性张扬。

　　梭罗现实主义诗学也是欧洲人道主义传统的延承。梭罗对于现实社会以及物质文明的批判，来自于他对民间劳苦大众的同情心，同时也是他将"自然"与"社会"比较后的一种价值选择。与同时代人和社会的主流观念相比较，梭罗思想尤其独特和深邃。在他看来，作为当时物质文明标志的铁路，表面上看是人乘坐在铁路上，但其实铁路在我们的异化劳动中产生，因此是铁路乘坐了人。

　　　　你可曾想到过那些躺在铁路底下的枕木是什么吗？每一根枕木就是一个人，一个爱尔兰人，或者一个新英格兰人哪。铁轨铺在他们身上，他们被黄沙掩埋起来，列车在他们身上平稳地奔跑。他们才是牢固的枕木。①

　　从梭罗的行文中，我们很自然地会联想起马克思在《1844 年经济学—哲学手稿》中曾精辟论述过的劳动异化理论。的确，梭罗在此已隐隐约约地感到，在以资本为中心的现实社会中，人类亲手创造的物质文明已经反过来成为一种压迫人的异己的力量，人类已经成为工具的工具。对压抑人性的现实与令人异化的现实的忧虑，体现了梭罗对人的存在的深切的关怀。

---

　　① ［美］梭罗：《瓦尔登湖》，苏福忠译，人民文学出版社 2004 年版，第 96 页。注：原文"sleeper"，原义为睡觉的人，转义为"枕木"，此处译为"枕木"也有"沉睡的人之意"，表达梭罗对修建铁路的劳工的同情。此处徐迟翻译为："你难道没有想过，铁路底下躺着的枕木是什么？每一根都是一个人，爱尔兰人，或北方佬。铁轨就铺在他们身上，他们身上又铺起了黄沙，而列车平滑地驰过他们。"见梭罗《瓦尔登湖》，徐迟译，上海译文出版社 2004 年版，第 87 页。

二 现实主义诗学在梭罗自由观诗学中的意义

现实主义诗学以自然的观念去观察和反思社会,认为社会也应该是自然状态的,一切违反自然法则的社会现象,在梭罗的诗学表现中,都成为被否定和被批判的对象。

梭罗的现实主义诗学追求艺术的真实模式,对美国社会进行了细致的观察和写实性的描绘。现实主义作家们大多把文学作为他们研究社会的途径,巴尔扎克甚至立志要成为法国社会的书记官,以小说的形式写出真实的法国社会风俗史。现实主义作家特别注重文学艺术表现的客观真实性,他们提倡亚里士多德的"按照生活本来的样子去反映生活"的诗学理念,强调文学作品与生活内容的同源性、文学文本与现实生活的同构性。梭罗偏重于对现实的描绘,把现实生活特别是自然、城市的日常生活作为描写的主要对象,力图通过客观真实的生活画面,反映现实生活的本质。梭罗从不醉心于描写非凡的人物,也从不杜撰非凡奇异的故事,而是善于冷静地观察和客观地描绘社会现实。梭罗一生写了200万字的日记,大部分作品都是描述自己的亲身经历。用文学的手法去评判社会、干预社会,与其他文学家所不同的是梭罗主要是通过对自然的观察和描绘,用现实主义的诗学观念从自然视角去反观社会。

梭罗的现实主义诗学具有批判性,强调文学积极介入生活。梭罗以人道主义情怀去观察、研究社会现实,以强烈的批判精神,揭露现代社会对人的种种束缚。梭罗强调文学要积极介入生活,他以其独特的表现形式,表现了对美国强权政府的严厉批判,倡导"道德律法"高于政府法律,如《论公民的不服从论》;对美国的奴隶制更表示了强烈的不满和抗议,如《马萨诸塞州的奴隶制》;他为底层生活的人发出呼吁,如《为约翰·布朗请愿》。

梭罗的现实主义诗学凸显了作家对人的生存处境、人的命运前途的密切关注。梭罗通过广泛描写自然与社会,展示美国工业社会中人与物、人与社会的矛盾关系,暴露人的异化现象,寻求人的心灵自由,表现出深刻的人道主义精神。梭罗力图通过文学创作细致地展现物化的现实,深入地剖析物欲驱动下人的重负以及异化,从而告诫人类:不可沉湎于物质的追求而忘却人的精神自由本质。在此意义上,梭罗的现实主义诗学在叙述层面反映了西方资本社会在文明历史进程中出现的种种反人性的弊病，最终探讨的是关于人的自由问题。由此，梭罗的现实主义诗学具有很强的现实意义和深远的历史意义。

第二节　批判意识与梭罗的叙述策略

一　梭罗对美国现实的观察与批判

伴随着美国工业化社会的到来，人的社会价值取向、道德观念评判以及文化审美心理等社会政治经济结构与意识形态，都发生了剧烈的变化。[①] 物质金钱成了衡量一切的标准，人与人之间的自然和谐的关系，也被金钱及利益所遮蔽，从而被极大地异化。人从中世纪宗教神学的束缚中获得了人性的自由，从封建制度的枷锁下解放出来，获得了资产阶级所宣扬的自由、平等和博爱，然而，随着资本和商品拜物教的产生，人在对金钱和物质的无休止的追逐中，又一次丧失了作为独立存在的人的自由。人为了改变自己的生存状况而拼命积累财富的过程，也正是人逐渐失去自由而陷入物质泥潭的过程。如果说中世纪宗教神学统治下的人的自由压抑是来自于教会，封建社会时期人的自由的失却，是来自于封建等级制度对人的自由的剥夺的话，那么在现代以金钱为中心的物质世界，人的自由的丧失，则主要表现为在物质对人的统治下，人与人之间关系的恶化。

梭罗是一个冷静的观察家，他通过对美国社会的细致观察，因人的异化所导致的社会与人类存在的局限性，以现实主义诗学的理念，呈现在他的创作中，试图以文学的形式来唤醒被物质和金钱麻痹的人们。他在"经济篇"中指出，我们生活中的大多数人整天干着忙不完的活儿，他们生活在无知和错误之中，对物质利益的盲目追求，使得他们忘却了心灵的需求，

> 或者，终生用一条铁链，把自己锁在一株树下；或者，像毛毛

---

① 涂纪亮：《美国哲学史》，河北教育出版社 2000 年版，第 339 页。

虫一样,用他们的身体来丈量帝国的广袤土地;或者,他们独脚站立在柱子顶上——然而啊,便是这种有意识的赎罪苦行,也不见得比我天天看见的景象更不可信,更使人心惊肉跳。①

梭罗在此给我们展示了一幅世人囿于物质、精神迷失的现实社会图景,在梭罗的描绘中,我们看到了现实中自我的影子——人类整日如苦役犯一般不断地劳作着。

美国社会工业化的进程深刻改变了传统的经济社会结构和人的生活方式,到大城市生活成为世代生活在农村和山区的人们梦寐以求的愿望,于是他们从土地上分离出来,从农作物的生产者,变成了大城市的产业工人。尽管生产的工具和劳动的对象发生了根本的变化,但是在梭罗看来,他们悲惨的生活命运并没有因此而得到丝毫的改变,他们的一切,包括自由无一不被大工业的机器怪兽所吞噬。就人的自由而言,大城市的工人更是缺少了农民和自然自由相处的那种天然的联系。由此,他断言:

　　　　我不相信我们的工厂制度是使人们得到衣服穿的最好的办法。技工们的情形是一天一天地更像英国工厂里的样子了,这是不足为奇的,因为据我听到或观察到的,原来那主要的目标,并不是为了使人类可以穿得更好更老实,而无疑的,只是为了公司要赚钱。②

城市工人的辛勤劳动,仅仅换来雇用他们的老板们的自由快乐的生活,而大多数人在获得可怜的基本生存物质的同时,失去了人生的快乐和自由,从自给自足的自耕农变成了城市的流亡者,从土地的主人变成了机器的奴仆,从自由自在的自然人变成了金钱和物质的奴隶。

　　　　你们时常进退维谷,要想做成一笔生意来偿清债务,你们深陷在一个十分古老的泥沼中,拉丁文的所谓 aes alienum——别人的铜

---

① ［美］梭罗:《瓦尔登湖》,徐迟译,上海译文出版社 2004 年版,第 2 页。
② 同上书,第 23 页。

币中，可不是有些钱币用铜来铸的吗；就在别人的铜钱中，你们生了，死了，最后葬掉了；你们答应了明天偿清，又一个明天偿清，直到死在今天，而债务还未了结；你们求恩，乞怜，请求照顾，用了多少方法总算没有坐牢；你们撒谎，拍马，投票，把自己缩进了一个规规矩矩的硬壳里，或者吹嘘自己，摆出一副稀薄如云雾的慷慨和大度的模样，这才使你们的邻人信任你，允许你们给他们做鞋子，制帽子，或上衣，或车辆，或让你们给他们代买食品；你们在一只破箱笼里，或者在灰泥后面的一只袜子里，塞进了一把钱币，或者塞在银行的砖屋里，那里是更安全了；不管塞在哪里，塞多少，更不管那数目是如何地微少，为了谨防患病而筹钱，反而把你们自己弄得病倒了。①

与大工业相对应的商业经济，在梭罗看来其丑恶程度有过之而无不及。商业的买卖中，生意人将道德良心以及人伦都和商品混合在一起出售，唯一所求的是商业利润。梭罗将社会生活中商人的"生意兴隆"类比成宗教信仰中最亵渎神灵的诅咒，在商人的天平上，上帝也是可以混在商品中出售的，唯一的目的就是能够赚到金钱。梭罗说："商业诅咒它经营的一切事物；即使你经营天堂的福音，也摆脱不了商业对它的全部诅咒。"②

面对异化的工业社会，梭罗以他敏锐的嗅觉和感觉，意识到现代人处在一个悖谬的尴尬境地。

谈什么——人的神圣！看大路上的赶马人，日夜向市场赶路，在他们的内心里，有什么神圣的思想在激荡着呢？他们的最高职责是给驴马饲草饮水！和运输的赢利相比较，他们的命运算什么？他们还不是在给一位繁忙的绅士赶驴马？他们有什么神圣，有什么不朽呢？请看他们匍匐潜行，一整天里战战兢兢，毫不是神圣的，也不是不朽的，他们看到自己的行业，知道自己是属于奴隶或囚徒这

---

① ［美］梭罗：《瓦尔登湖》，徐迟译，上海译文出版社 2004 年版，第 6 页。
② 同上书，第 61 页。

种名称的人。①

他们低着头生存在大地上,忘记了自由的天空;他们建造了房子来不及享受,就居住进了自己建造的坟墓之中;他们梦想获取物质、金钱,忘却了自由生命的更高境界;他们创造了现代城市却被城市摒弃在外;他们创造了财富却不能拥有财富。

> 因为蒙昧愚钝,大多数人,即使生活在这片比较自由的土地上,也被虚妄的焦虑和忙碌的苦役所湮没。操劳过度,双手因粗笨颤抖而无法采撷生命的华美果实。劳作不止的人们因为没有闲暇而无法保有丰盈完美的生命。②

总而言之,在梭罗所见的现实社会中,人在追逐金钱与物质的同时,人与人之间的关系发生了异化,人性发生了变异,对财富的追逐导致了人的自由的失落。当人越来越远离自然、远离大地的同时,也就越来越远离自由、远离诗意。

二 反讽与悖论的叙述策略

反讽(irony)作为一种诗学的叙述策略,在古代希腊文中为 Eiro-neia,最早对这种手法进行界定和使用的,可以追溯到古希腊的柏拉图和阿里斯托芬。Eironeia 最初的含义源自古希腊戏剧中的一种角色类型 Eiron(意为佯作无知者)的一种表达形式。当 Eiron 角色出现的同时,往往伴随着另一种相对的角色 Alazon。Alazon 总是自以为是,无所不知,而 Eiron 表现为知之甚少,说话傻里傻气。他们之间相互对立,同时又相互依存。随着剧情的发展,最终总是自以为聪明的 Alazon 被自诩为无知者的 Eiron 逼问得洋相百出,无言以对。柏拉图在他的《对话录》中就曾描述过苏格拉底与人的对话情景,将苏格拉底说成是 Eiron。

---

① [美]梭罗:《瓦尔登湖》,徐迟译,上海译文出版社 2004 年版,第 6 页。

② David Thoreau:*Walden:a fully annot ated edition*,edited by Jeffrey S. Cramer,Yale University Press,2004,p. 5.

"柏拉图的对话录显示出苏格拉底是一位具有生动幽默感和尖刻机智的人，且令人生畏的就是他的反讽。"① 亚里士多德在《亚历山大修辞学》中为反讽所下的定义是："演说者试图说某件事，却又装出不想说的样子，或使用同事实相反的名称来陈述事实。"② 布鲁克斯则概括反讽为是"语境对于一个陈述语的明显的歪曲"③，在某些语境中可能与其本意恰好相反。在叙事研究中，反讽也是一个重要的概念。韦恩·布斯在《小说修辞学》中指出，如果叙述者同"作者的声音"不一致，读者的理解同叙述者或人物有差异，都可能构成反讽。例如马克·吐温的小说《哈克贝利·芬》中，流浪儿哈克是叙述人，他"声称要自然而然地变邪恶，但作者却在他身后默不作声地赞扬他的美德"④。

　　勒格尔从哲学与逻辑学的角度对反讽进行了美学界定，在他看来，反讽真正的故乡是哲学本身。当人们无法对某些现象进行严密的逻辑论证和哲学思辨的时候，就会运用反讽的方法来加以表达，反讽本质上是哲学思辨中的一种逻辑思维和审美体系。反讽有其特定的艺术技巧、艺术手法和艺术美学的内涵和外延。反讽可以表现为嬉笑怒骂，也可以是顾左右而言他，可以故作愚笨而内含聪慧，也可以含沙射影。总之，反讽不直接指涉被言说的对象，而是与客观对象保持一定的距离，从而在一种似是而非、不合逻辑的嬉戏语境中，传达出别有情致的审美意蕴。

---

　　① 〔英〕罗素：《西方的智慧》，文化艺术出版社 1997 年版，第 99 页。关于反讽的起源，M. H. 艾布拉姆斯在《文学术语汇编》里认为反讽这个术语在古希腊文学中有两个意思：第一，表示"佯装"。它最早出自喜剧里的角色 Eiron（伊隆），这是一个"佯装无知"的人，他的对手是 Alazon（阿拉宗），这是一个"妄自尊大"的人。伊隆在阿拉宗面前总是装得愚蠢而无知，给对方造成错觉，结果在论辩中阿拉宗总是不攻自破。"在大多数批评用法中，反讽仍保留了'佯装'的基本意思，或与事实之不同的意思。"第二，表示"旨在从对方口中套取真言的发问技巧"，"来自苏格拉底的一种富有特色的假装的做法：在辩论中佯装无知，渴望得到启发，并且虚心地接受对方的意见，但是对方的观点在他的一再追问下证明是毫无根据，甚至会引向荒谬的结论"，这又被称为"苏格拉底反讽"。参见王先霈、王又平主编《文学理论批评术语汇释》，高等教育出版社 2006 年版，第 293 页。
　　② 〔古希腊〕亚里士多德：《亚历山大修辞学》，中国人民大学出版社 1997 年版，第596 页。
　　③ 赵毅衡：《"新批评"文集》，《鲁克斯〈反讽——一种结构原则〉》，中国社会科学出版社 1988 年版，第 335 页。
　　④ 王先霈、王又平主编：《文学理论批评术语汇释》，高等教育出版社 2006 年版，第292 页。

悖论(Paradoxa)一词最早源自希腊语 Para(意为"超越",或"在……之上"),它所指涉的是两种或者两种以上都能为我们所接受,但同时又具有相反性质的观点的同时并存。当合理的甲存在的同时也就产生了不合理的乙,然而甲的存在又不得不以乙的存在为前提。在逻辑的层面上,悖论是二律背反的同义语。① M. H. 艾布拉姆斯在《文学术语汇编》中认为悖论"是一种表面上自相矛盾的或荒谬的,但结果证明是有意义的陈述"。传统批评把它视为一种修辞格,新批评派则认为"悖论出自诗人语言的本质"。克林思·布鲁克斯在《悖论语言》中说:"悖论正合诗歌的用途,并且是诗歌不可避免的语言。科学家的真理要求其语言清除悖论的一切痕迹;很明显,诗人要表达的真理只能用悖论语言。"悖论的特征是:"它把不协调的矛盾的东西紧密连接在一起","如果诗人必然忠实于他的诗,他必须说诗既非二,又非一。悖论是唯一的解决办法"。②

梭罗对现实社会的批判主要运用了反讽和悖论的手法,让人们感受到矛盾,从而去自我思考而达到觉悟,但同时他又和读者有意保持一定距离,使其批评的锋芒更富有说服力。罗伯特·史柯尔斯和凯洛格在《叙述的本质》中说:"反讽总是由理解上的差异造成的。凡是出现某人比别人知道或理解得多或少的情形,反讽实际上(或潜在地)便一定存在了。"反讽还被认为是对解释和理解的破坏。美国批评家塞缪尔·海因斯在《哈代诗歌的模式》中说:"反讽是一种生活观,它承认经验对于多重解释的开放性,而在做出解释的人当中,没有一个人是完全正确的;它还承认各种不协调的事物的共存是存在的一种结构。"③例如,在梭罗看来,作为具有自然属性的人,他的家园在自然,即使人类组合成社会,社会也应该是自然的衍生。从这个视角去反观社会,他

----

① 赵毅衡:《"新批评"文集》,《鲁克斯〈反讽———一种结构原则〉》,中国社会科学出版社1988年版,第340页。

② 王先霈、王又平主编:《文学理论批评术语汇释》,高等教育出版社2006年版,第335页。如蒲伯《论人》中的一些诗行就是用的悖论:"犹豫不决,要灵还是要肉,生下只为死亡,思索只为犯错;他的理智如此,不管是想多想少,一样是无知……创造出来半是升华,半是堕落;万物之灵长,又被万物捕食;唯一的真理法官陷于无穷的错误里,是荣耀,是笑柄,是世界之谜。"

③ 同上书,第293页。

认为我们现在的社会是病态的。然而，我们又不得不生活在病态的社会中。梭罗并不是以简单直白的叙述去论证人与病态社会，而是用充满诗学智慧的反讽和悖论揭示这一困境中的矛盾性。他说："在社会中你不会找到健康的，健康只存在于自然中。除非把我们站立于自然中，不然，我们将生病而面无血色。社会总是有病的，越是好的社会病得越重。"① 表面上看起来好和坏是矛盾的，其实得出的观点是正确的。梭罗所表述的主旨是："所谓的好社会其实还是坏社会，越鼓吹得好其实越坏！"②

在反讽和悖论的诗学语境叙说中，《瓦尔登湖》中的梭罗具有隐士和斗士的双重身份。一方面他是一个淡泊名利的隐士，另一方面他又是一个思想锐利的斗士。他以反讽和悖论为"武器"，向异化的社会和传统观念开火，抨击统治者的权威和给现代人生存带来异化的社会制度。梭罗对现代社会生活方式，包括生存的现代性、规则的权威性、分工的合理性、时尚的必然性等一一进行分析和抨击，从而对现代人的种种生活行为和社会存在进行了拷问。在他看来：

> 如果我们不慌不忙而且聪明，我们会认识唯有伟大而优美的事物才有永久的绝对的存在——琐琐的恐惧与碎碎的欢喜不过是现实的阴影。现实常常是活泼而崇高的。由于闭上了眼睛，神魂颠倒，任凭自己受影子的欺骗，人类才建立了他们日常生活的轨道和习惯，到处遵守它们，其实它们是建筑在纯粹幻想的基础之上的。嬉戏地生活着的儿童，反而更能发现生活的规律和真正的关系，胜过了大人，大人不能有价值地生活，还以为他们是更聪明的，因为他们有经验，这就是说，他们时常失败。③

---

① Thoreau, "Natural History of Massachusetts", *Henry David Thoreau: Collected Essays and Poems*, selected by Elizabeth Hall Witherell, *Literary Classics of the United States* Inc., New York, N. Y., 2001, p. 20.

② Thoreau "Natural History of Massachusetts", *Henry David Thoreau: Collected Essays and Poems*, selected by Elizabeth Hall Witherell, *Literary Classics of the United States* Inc., New York, N. Y., 2001, p. 22.

③ ［美］梭罗：《瓦尔登湖》，徐迟译，上海译文出版社 2004 年版，第 90 页。

正是我们的惰性,使得哈姆雷特赞美的那种人的高贵的秉性丧失了,人们被身边习以为常的琐事遮蔽了,被社会的环境湮没了,于是人人变得麻木不仁,谨小慎微。文艺复兴以来从神的奴婢地位解放出来的人,在现代社会中又成为物的奴隶,浑浑噩噩,失却自我。梭罗描绘道:

> 我在康科德旅行了许多地方:无论在店铺,在公事房,在田野,到处我都看到,这里的居民仿佛都在赎罪一样,服役着成千种苦行。我曾经听说过婆罗门教的教徒,坐在四面火焰之中,眼盯着太阳,或者在烈火的上面倒悬了身体……然而,即便是这种有意识的赎罪苦行,也不见得比我天天看见的景象更不可信,更使人心惊肉跳。①

梭罗认为人类辛勤地劳作,起早贪黑,其本质实际上是对生命和劳动的浪费,因为他们的种种行为对人的自由生存而言,毫无用处。梭罗认为现代人处在一种荒谬的悖论之中,他们为了所谓的需要、奢望而拼命地劳作,而这种行为的本身又不是他们源自内心的真正的自我需要,人生活在虚妄之中,看来是在为自己存在而奋斗努力,其实正是这种为了更好地生存的本能,使得人失去了存在的自由,本该放飞的心灵被机器的履带碾得粉碎。他进一步说:

> 这个大陆上的妇人们,编织梳妆用的软垫,以便临死时之用,而对自己浪费的时间及命运丝毫也不关心;人们撒谎、拍马、投票,把自己缩进了一个规规矩矩的硬壳里,或者吹嘘自己,摆出一副稀薄如云雾和慷慨大度的模样,只是让人们信任你,以便揽一些做鞋子、帽子或上衣以及代买食品之类的活计;人们为了谨防患病而筹钱,反而把自己弄得病倒了。②

---

① [美] 梭罗:《瓦尔登湖》,徐迟译,上海译文出版社 2004 年版,第 2 页。
② 同上书,第 5 页。

　　梭罗认为，人类实际上是在以最可怕的近乎自我毁灭的方式，试图去解决人类的生存问题，而正是现代社会的人类赖以生存的急功近利的劳动方式，使得人类失去了自由存在着的人的本真意义。

　　　　农夫们常想用比问题本身更复杂的方式，来解决生活问题。为了需要他的鞋带，他投机在畜牧之中。他用熟练的技巧，用细弹簧布置好一个陷阱，想捉到安逸和独立性，他正要拔脚走开，不料他自己的一只脚落进陷阱里去了。他穷的原因就在这里；而且由于类似的原因，我们全都是穷困的，虽然有奢侈品包围着我们，倒不及野蛮人有着一千种安逸。①

因而梭罗说：

　　　　等到农夫得到了他的房屋，他并没有因此就更富，倒是更穷了，因为房屋占有了他。依照我所能理解的，莫墨斯曾经说过一句千真万确的话，来反对密涅瓦建筑的一座房屋，说她"没有把它造成可以移动的房屋，否则的话就可以从一个恶劣的邻居那儿迁走了"；这里还可以追上一句话，我们的房屋是这样不易利用，它把我们幽禁在里面，而并不是我们居住在里面；至于那需要避开的恶劣的邻居，往往倒是我们的可鄙的"自我"。我知道，在这个城里，至少有一两家，几乎是希望了一辈子，要卖掉他们近郊的房屋，搬到乡村去住，可是始终办不到，只能等将来寿终正寝了，他才能恢复自由。②

　　梭罗对历史上的劳作现象进行了深入的探究，在对人类最早的劳作与现代社会异化劳作的对比中，对人与劳作现象做了精辟的阐述。他在"经济篇"中说：

---

① 〔美〕梭罗：《瓦尔登湖》，徐迟译，上海译文出版社 2004 年版，第 29—30 页。
② 同上书，第 30 页。

古代的诗歌和神话至少提示过，农事曾经是一种神圣的艺术，但我们匆促而杂乱，我们的目标只是大田园和大丰收。我们没有节庆的日子，没有仪式，没有行列了，连耕牛大会及感恩节也不例外，农民本来是用这种形式来表示他这职业的神圣意味的，或者是用来追溯农事的神圣起源的。现在是报酬和一顿大嚼在吸引他们了。现在他献牺牲不献给色列斯，不献给约夫了，他献给普鲁都斯这恶神了。由于我们没有一个人能摆脱掉的贪婪、自私和一个卑辱的习惯，把土地看作财产，或者是获得财产的主要手段，风景给破坏了，农事跟我们一样变得低下，农民过着最屈辱的生活。①

所以，在现代社会中如果还是将农事与劳作当作神圣的艺术来对待的话，无疑是自欺欺人。在梭罗的观念中，他赞美赫西俄德的农事诗《工作与时日》，古希腊人为生存而自由劳动，那种劳动是一种近乎神圣的艺术，而现代社会中人们为获得财富而无休止地劳作，则是对人的自由的戕害和羞辱。古希腊的神圣劳作，是对现代劳作异化的一种反讽。同样的劳作，对人而言的确既可以是神圣的，也可以是低俗的，既可以是艺术的，也可以是庸俗的，其间充满了悖谬。梭罗认为，同样的现象充斥着现代社会，例如人们拼命学习，但其目的已从人类知识和智慧的传承下分离出来，仅仅是为了凭此在社会中赚到更多的钱，借此体现个人的价值，获得社会的称赞而已。人们发明了望远镜和显微镜，虽然可以更加清晰地观察世界万物，但是人们不再会用肉眼去认识世界。梭罗以自己被投入监狱为例证，以反讽的手法表达了现实社会的悖谬，他在《论公民的不服从》中说：

当我尚未支付州政府要求我为自己不需要的保护付的税金时，州政府已抢劫了我；当我维护了它敢于宣布的自由时，它自己已束缚了我……无论在拥有奴隶还是在征服墨西哥的问题上，谴责州政

---

① ［美］梭罗：《瓦尔登湖》，徐迟译，上海译文出版社 2004 年版，第 155 页。

府引入战争和奴隶制度，碰巧我都不希望同马萨诸塞州有任何瓜葛。①

　　法律原本是以保护自由的面目出现的，州政府乃至美利坚合众国也一直以社会自由而自豪，然而谁来制定法律呢？法律由谁来执行呢？法律由谁来制约呢？法律与自由之间，并不存在必然联系，以法律的名义，以州政府甚至国家的名义要求梭罗支付税金，以至于把梭罗关入监狱的行为，本身就是对法律的亵渎，对自由的绑架。在反讽的叙说和悖论的描述中，梭罗告诫人们对公民的自由应该有独立的思考和认识。再好的法律或政府，只要其本质是对人的自由的剥夺，失去了人得以生存的自然的本性，都应该被推翻。梭罗的观点深刻体现了公民的自由精神，即自由在公民中，而不是在法律和政府中。

　　官方话语中的自由在梭罗的眼中已经变了味，仅仅是作为一种时髦的词汇存在，使人们在许多场合下看到它的时候都觉得充满了讽刺意味。梭罗提倡自由而反对奴隶制，也曾在实际生活中帮助奴隶逃亡。但他发现今天的人们已经将奴隶追求自由的历史遗忘了，对他们而言，获得的仅仅是一种词语上的而非现实观念上的民主自由。梭罗以他的家乡康科德地区的历史背景为例，来反讽美国社会对自由认识的悖谬。康科德所在的马萨诸塞州是美国自由的发祥地，这里曾爆发了第一次美国革命战争。梭罗在他生活的瓦尔登湖附近的林子里，曾亲眼看到过那些被解放的奴隶及其后代，他们远离社会远离文明，成为现代社会中被遗忘的角落，然而他们始终在追求和向往大革命中所承诺给他们的自由。令人遗憾的是，他们的自由被种族偏见遮蔽，现代社会表面上对奴隶自由推崇备至，而实际上却充满了对奴隶的偏见与歧视。他写道：

　　　　在勃立斯特山上，住着勃立斯特·富理曼（Brister Freeman），一个机灵的黑人，一度是肯明斯老爷的奴隶——这个勃立斯特（Brister Freeman）亲手种植并培养的苹果树现在还在那里生长，成

---

　　① ［美］梭罗：《论公民的不服从》，赵一凡编《美国的历史文献》，蒲隆等译，生活·读书·新知三联书店 1989 年版，第 163 页。

了很大很古老的树，可是那果实吃起来还是野性十足的野苹果味道。不久前，我还在林肯公墓里读到他的墓志铭，他躺在一个战死在康科德撤退中的英国掷弹兵旁边——墓碑上写的是"斯伊比奥·勃立斯特"——他有资格被叫做斯基比奥·阿非利加努斯——"一个有色人种"，好像他曾经是无色似的。墓碑上还异常强调似的告诉了我，他是什么时候死的；这倒是一个间接的办法，它告诉了我，这人是曾经活过的。和他住在一起的是他的贤妻芬达，她能算命，然而是令人非常愉快的——很壮硕，圆圆的，黑黑的，比任何黑夜的孩子还要黑，这样的黑球，在康科德一带是空前绝后的。①

Freeman 在这里不仅仅是黑人奴隶的姓氏，而是具有浓郁的作为"自由人"的反讽意味。人物的命运、社会的评价、作者的情感，都昭然若揭。Freeman 与 Negro 同时出现的瞬间，Freeman 的意义已经消失，仅仅是奴隶向往自由的一种美好的愿望而已，自由的黑奴犹如自由的乞丐和自由的囚徒，自由的属性已经荡然无存，那种悖论中所体现的人物命运的凄惨和悲凉，以及对美国奴隶制下黑人奴隶丧失自由的愤慨，因为反讽手法的运用显得更加强烈。通过反讽和悖论等诗学修辞手段，事物的本质被从多重遮蔽下澄清，这可以让我们更加深入和全面地理解社会现象，从不同层次、不同视角去观察和认识事物，而不至于被眼前的假象所蒙蔽。

悖论在逻辑学上属于一种推理，即以一个命题 B 为前提，进行推理后，得出一个与前提相矛盾的结论非 B——悖论；或以非 B 为前提，同样可推出 B，那么，这个命题 B 也是一个悖论。悖论叙事在梭罗散文作品中普遍存在，采用这种叙事策略的意义在于，它能够使我们对习以为常的事物产生质疑，从而促使我们反思蕴藏在这些事物背后的不合理性与非理性。例如在《瓦尔登湖》的"经济篇"中有这样的叙述：

许多国家沉迷在疯狂的野心中，要想靠留下多少雕琢过的石头

---

① ［美］梭罗：《瓦尔登湖》，徐迟译，上海译文出版社 2004 年版，第 240 页。

来使它们自己永垂不朽。如果他们用同样的劳力来琢凿自己的风度，那会怎么样呢？一件有理性的事情，要比矗立一个高得碰到月球的纪念碑还更加值得留传。我更喜欢让石头放在它们原来的地方。像底比斯那样的宏伟是庸俗的。一座有一百个城门的底比斯城早就远离了人生的真正目标，怎能有围绕着诚实人的田园的一平方杆的石墙那么合理呢。野蛮的、异教徒的宗教和文化倒建造了华丽的寺院；而可以称之为基督教的，就没有这样做。一个国家锤击下来的石头大都用在它的坟墓上。它活埋了它自己。①

野心家总是认为，要使自己"永垂不朽"的最好的办法是建造雄伟壮观的纪念碑，而且，他们认定纪念碑建造得越是雄伟壮观（甚至建造得能"碰到"月球了），就越可能被人牢牢记住。无疑，这是一个命题 B，但结论怎么样呢？结论是人们只记得观赏那些纪念碑本身，很快就忘记了那些野心家曾经的存在，甚至怀疑那些野心家是否曾经真的存在过，这样，就形成了悖论非 B——纪念碑并不能使野心家永垂不朽。真正的纪念碑是建在人的心中的，它不是用石头砌成的，它是用智慧、心力和对人类的贡献砌成的。李白有诗云："屈平辞赋悬日月，楚王台榭空山丘"，恰好与梭罗的悖论叙事形成了超时空的对接。疯狂地动用人力物力去建造纪念碑，只能使野心家走向穷途末路，埋葬野心家的也正是这些无言而坚硬的石头。

梭罗的思想走得很远，他从人类文明史的高度来反思人类的所谓"文明生活"时，惊异地发现，在人类沉溺于自己所取得的文明硕果的时候，其实已经离自然的本性越来越远了。诗人再也写不出好诗来了，圣人也只知道在书斋中指点江山。面对一个洞穴，无论是诗人还是圣人，都不再兴奋，内心的麻木皆缘于本性的蒙尘，这也许是人类不得不直面的最大的悖论：圣人和诗人都曾经希冀文明社会的到来，但当文明社会真的降临，人类却极有可能丧失对美的体验。

我们可以想象那个时候，人类还在婴孩期，有些进取心很强的

① ［美］梭罗：《瓦尔登湖》，徐迟译，上海译文出版社 2004 年版，第 52 页。

人爬进岩穴去找荫蔽。每个婴孩都在一定程度上再次重复了这部世界史，他们爱户外，不管雨天和冷天。他们玩房屋的游戏，骑竹马，出于本能。谁不回忆到自己小时候窥望一个洞穴，或走近一个洞穴时的兴奋心情？我们最原始时代的祖先的天性还遗留在我们的体内。从洞穴，我们进步到上覆棕榈树叶树皮树枝，编织拉挺的亚麻的屋顶，又进步到青草和稻草屋顶，木板和盖板屋顶，石头和砖瓦屋顶。最后我们就不知道什么是露天的生活了，我们的室内生活比我们自己所想的还要室内化得多。炉火之离开田地可有很大的距离。如果在我们度过白昼和黑夜时，有更多时候是和天体中间没有东西隔开着的，如果诗人并不是在屋脊下面说话说得那么多，如果圣人也不在房屋内住得那么长久的话，也许事情就好了。鸟雀不会在洞内唱歌，白鸽不会在棚子里抚爱它们的真纯。①

第三节　道德良知的律法与个体精神解放的途径

本节从"简朴生活"和"道德良知的律法"两个方面探讨了梭罗现实主义诗学的具体表现。"简朴生活"的倡导在现实主义诗学来说构成了双重视角，既是梭罗观察和批判欲望社会的视角，也是透视个体心灵迷障的视角。而"道德良知的律法"说明良知就是最高的律法，而现实社会使人的道德良知受到蒙蔽，所以要去蔽，从而使人的良知显现，每个人只要遵从他内心良知这一最高法则，人就不会受到约束，进而自然地进入社会自由状态，最终才能获得彻底的自由。

一　简朴生活与自我解放的途径

梭罗探究了 19 世纪中叶以来美国人苦役般的生活现状之后，认为这种生活并非出自人的本意。他认为上帝原本已赋予人高贵的性灵，人原本应该生活得更体面，为此他向人们指出了通往这种"更体面生活"的途径。他认为，首先我们应当正视自己的心灵，"愚蠢地与别人一

① ［美］梭罗：《瓦尔登湖》，徐迟译，上海译文出版社 2004 年版，第 24—25 页。

致，是头脑幼稚者的魔障，信赖自己，才是每个人心灵激荡的金科玉律"①。这样，我们就会对自我充满自信而具有独立性，人对自我以外的人或事就不会听之任之，唯他人是从。其次，他规劝人们应该重新审视充斥在我们周围的无处不在的规则和常识，"最平常的常识可能是睡着的人的意识，在他们打鼾中表达出来"②。因此我们完全没有必要对周围的一切唯唯诺诺，胆战心惊，任由这些东西来规范和摆布我们。对周围的事物，我们尽可以取用对我们有用的东西，而这种取舍的标准，不能以他人给我们制定的规范为原则，而应遵从我们内心的需要，以自我的自由为唯一准则。这样做我们不仅获得了个体的独立和自由，也为我们短暂的生命存在节约了大量的时间、精力，从而使我们获得心灵的自由与解放。他向人们发出呼吁：

　　　　让我们如大自然一般谨慎地过一天吧！不要因硬壳果或掉在轨道上的蚊子的一只翅膀而出了轨。让我们黎明即起，用或不用早餐，平静得并无不安之感；让人去人来，让钟去敲，孩子去哭——下个决心好好地过一天。为什么我们要投降，何至于随波逐流？③

　　作为生活在现实世界中的人们，如何才能达到这样的境界，获得人的自由呢？梭罗提出了他著名的"简朴生活"理念。梭罗亲自在瓦尔登湖进行了两年零两个月简朴生活的实践。这种隐居的简朴生活不是一种与世隔绝的遁世行为，而是"试图不依赖现代社会的生活模式，在没有人们习以为常的舒适生活用品的生活中，去感受纯真的人的自然生存状态，去体验人的快乐和自由"④，以此来实践梭罗所主张的快乐源自人精神的自由的理念。从现实主义诗学的意义上看，对简朴生活的倡导实际上构成了一种复合性的视角，它既是梭罗观察和批判欲望社会的

---

　　① Henry David Thoreau：*The Journal of Henry David Thorean* (Dover Publications，1962，Vol. 13)，p. 45.

　　② Ibid.，p. 60.

　　③ Ibid.，p. 61.

　　④ Emerson，Ralph Waldo. *In Walden and Civil Disobedience*. Owen Thomas (U. S.：W. W. Norton & Company Inc.，1962)，p. 241.

视角，也是透视个体心灵迷障的视角，因此，梭罗现实主义诗学是值得我们深入研究的文学现象。

在西方文化渊源中，将财富看成是心灵羁绊的观念由来已久。宗教改革家马丁·路德将财富的追求与人内心的自由追求相对应，认为简朴生活是达到人内心自由的途径。他曾说：

> 钱财是世界上最微末的东西，是上帝恩赐中最小的。它和上帝的道相比，算得什么呢？它和我们身体上的恩赐，如美丽和健康等相比，算得什么呢？它和我们理智的禀赋，如理解力及智慧等相比，又算得什么呢？但是世人竟这样热衷钱财，而不计任何劳力、痛苦和冒险。其实钱财算不得什么，既不是物质因，也不是形式因，也不是功效因，又不是终结因，又不是任何好东西。因此，上帝通常是把钱财给那些得不到他属灵恩赐的人。[①]

在东西文化中简朴生活都是被提倡的，儒家学说的开创者孔子所说的"饭疏食饮水，曲肱而枕之，乐亦在其中矣"[②]，就隐含着对简朴生活的倡导与欣赏，粗茶淡饭的生活，可以使人其乐融融。东西方文化中对简朴生活的倡导，都强调淡化对物质的追求而代之以对精神生活的向往，而认为纯粹的物质财富的追求，对人的自由快乐而言，常常会起到干扰、阻碍和消解的作用。因而苏格拉底在传授知识的过程中绝不收受学生酬金，陶醉于斯巴达式的旷野生活；基督教禁欲主义思想中对财富的蔑视，在物质极度匮乏的时代，具有积极的救赎意义；佛教的自甘贫穷普度众生的思想，以及印度教中的出家苦修的精神等，无一不折射出人类在漫长的历史长河中，对简朴生活的倡导与向往，把这种超然于物质财富之上的对精神自由、心灵快乐的追求，作为人类最美好的终极目标。从这个意义上说，梭罗的简朴生活理念，与传统的自甘贫穷、简朴生活的思想一脉相承。梭罗在《瓦尔登湖》中写道：

---

① ［德］马丁·路德：《路德选集》，徐庆誉、汤清译，宗教文化出版社 2010 年版，第 300 页。

② 张燕婴译注：《论语·述而》，中华书局 2006 年版，第 92 页。

　　中国、印度、波斯和希腊的古哲学家都是一个类型的人物，外表生活再穷没有，而内心生活再富不过。我们都不够理解他们。然而可惊的一点是，我们居然对于他们知道得不少呢。近代那些改革家，各民族的救星，也都如此。唯有站在我们所谓的甘贫乐苦这有利地位上，才能成为大公无私的聪明的观察者。①

　　在梭罗充满哲理的阐述中，称赞了那些简朴而伟大的哲学家、思想家和艺术家，认为他们虽然物质生活极为清贫，但他们的精神生活却无比富有和充实。

　　对梭罗"简朴生活"思想具有直接影响的，应首推以《圣经》为代表的基督教思想。梭罗在《瓦尔登湖》中说，即使我们得到了物质的财富，我们享受着一切人世的欢乐，然而：

　　　　在森林中你只要闭上眼睛，转一次身，你就迷路了——到那时候，我们才发现了大自然的浩瀚与奇异。不管是睡觉或其他心不在焉，每一个人都应该在清醒过来之后，经常看看罗盘上的方向。非到我们迷了路，换句话说，非到我们失去了这个世界之后，我们才开始发现我们自己，认识我们的处境，并且认识了我们的联系之无穷的界限。②

　　梭罗的灵感直接源于《圣经》。梭罗本人并不回避他的理念与基督教之间的渊源关系，他甚至直接认为耶稣就是"简朴生活"的典范，认为耶稣是第一个将现世生活的贫穷与未来天国的快乐连接在一起的人，"因为你的财宝在哪里，你的心也在哪里"③。人们舍弃现世的物质利益而一心一意追随上帝，向往天国的幸福，即使他们有足够的财富而富甲一方，也远不如到处漂泊的僧侣来得幸福快乐，因为他们专心于对基督福音的传播。反之，《路加福音》中说："骆驼穿过针眼，比财主

---

① 〔美〕梭罗：《瓦尔登湖》，徐迟译，上海译文出版社 2004 年版，第 12 页。
② 同上书，第 160—161 页。
③ 《圣经·新约·马太福音》6：21。

进上帝的国还容易呢?"[1] 中世纪著名的修士圣弗朗西斯（St. Francis）[2]不断提到钱财如粪土，逃避钱财就应该像逃避魔鬼一样。他信奉《圣经》中的"登山宝训"：

> 虚心的人有福了，因为天国是他们的，哀恸的人有福了，因为他们必得安慰，温柔的人有福了，因为他们必承受地土，饥渴慕义的人有福了，因为他们必得饱足，怜恤人的人有福了，因为他们必蒙怜恤，清心的人有福了，因为他们必得见神，使人和睦的人有福了，因为他们必称为神的儿女，为义受逼迫的人有福了，因为天国是他们的。[3]

他相信，贫穷可以使人特别亲近上帝。信徒应该为了基督的缘故而成为最贫穷的人，并且以贫穷为自己的配偶和最大的财富。他虽然出生在一个富裕的商人家庭，却抛弃了荣华富贵，四处漂泊，终其一生所拥有的只是裤子、罩袍、系衣服的绳子，正如《马太福音》所说："腰带里不要带金银铜钱；行路不要带口袋；不要带两件褂子，也不要带鞋和拐杖。"[4] 亦如《雅各书》所言："上帝……拣选了世上的贫穷人，叫他们在信上富足。"[5]

梭罗还以清教徒为例，来为自己的理念寻找理论和现实的依据。梭罗在《瓦尔登湖》中开宗明义地写道：

> 我乐意诉说的事物，未必是关于中国人和桑威奇岛人，而是关于你们，这些文字的读者，生活在新英格兰的居民，关于诸君的遭

---

① 《圣经·新约·路加福音》18：25。

② 圣弗朗西斯出生在意大利亚西西，又称亚西西的圣方济各或圣法兰西斯（San Francesco di Assisi），文化典籍中通用的译名圣弗朗西斯是照英文名字（St. Francis）翻译的；"方济各"一词，原意为"小法国人"，因为他母亲是法国人，他父亲给他起了这个名字。圣弗朗西斯以谦卑善良著称，致使许多教外的学者名士都对他推崇备至。

③ 《圣经·新约·马太福音》5：3–12。

④ 《圣经·新约·马太福音》10：9–10。

⑤ 《圣经·新约·雅各书》2：5。

遇的，特别是关于生逢此世的本地居民的身外之物或环境的。①

　　这里梭罗所说的"新英格兰的居民"，指的是生活在美国东北部包括梭罗家乡马萨诸塞州在内六州中的英国清教徒移民。至今生活在那里的居民，大多数还是清教徒的后裔。他们从欧洲远渡重洋来到北美，其祖先崇尚节俭和清贫，在险恶而陌生的环境下拓荒耕种，在蛮荒之地建立自己的家园。他们贫穷却幸福，感受着上帝带给他们的快乐。然而随着物质财富的追逐，一个世纪后，相同的人种，相同的地域，相同的信仰，人们的内心世界却发生了翻天覆地的变化，"人类在过着静静的绝望的生活"，"仿佛都在赎罪一样，从事着成千种的惊人的苦役"。这种变化源于人们对物质财富的无尽的追逐，他们得到了超出自己生存所需要的物质金钱，并且不断地追逐名利，从而放弃了他们原本拓荒生产的目的——追求天国的幸福。他们在现实中舍本逐末，在物质的享乐中失去了精神的快乐和自由，在对物质的无尽的追逐中导致了自我的异化。在梭罗的人生框架中，要实现"真正的人的生活"，人就必须充分地像祖先那样，自甘于清贫，满足于简朴，在精神生活的丰盈中获得自由和幸福。

　　当年的清教徒移民的简朴生活，固然是他们信奉基督、宣扬教义的一种壮举，信奉与"上帝之约"而走入荒野，舍弃奢侈享乐的生活，清心寡欲，以达到和上帝沟通的目的。简朴生活的理念，使得清教徒超越现世的浮华，回到最初摩西与耶和华"十戒"相约，人类得到拯救的岁月中，一种人类集体无意识中的归宿感、神圣感，在简朴生活的旗帜下油然而生。梭罗的自然简朴生活与清教徒的禁欲简朴生活不谋而合，在唤起人们对祖先的怀念和崇敬之心的同时，也将简朴生活的理念植入现代人的观念之中，以此来与现代社会的浮华奢侈与荒谬异抗衡。布伊尔认为，简朴生活作为社会伦理的一种参照系一直存在着，它"服务于美国民族的良心，一直提醒着美国人，他们的缔造者们希望他们成为什么样的民族，因此对渗透了物质主义精神的个人主义提供了一

---

　　① 〔美〕梭罗：《瓦尔登湖》，徐迟译，上海译文出版社 2004 年版，第 2 页。

个富有生气的关照"①。总之，梭罗所倡导的简朴生活就是一种"摆脱
外在物质束缚，达到内在精神自由的生活"。

为了更进一步阐述与强调简朴生活对现代人生活的意义，梭罗将瓦
尔登湖畔他亲身经历的简朴生活与笛福笔下《鲁滨逊漂流记》中鲁滨
逊的生活相比较，对现代人忘却人生目的而一味追求奢侈享乐生活，进
行了无尽的嘲讽。人为了物质财富积累的目的而活，忘却了短暂人生过
程中的欢乐自由和轻松愉悦。在这种不乏讽刺意味的对比下，让人们更
加看清了自己处境的本质。

从叙说个人的荒野生活经历来看，《瓦尔登湖》中梭罗的生活与
《鲁滨逊漂流记》的主人公的荒岛生活似乎是一样的，与世隔绝，独处
一地。然而，两者的生活性质却有着本质的区别。梭罗是自愿去体验回
归自然的感受，鲁滨逊则是被迫流落在荒岛；梭罗是细心体验春夏秋冬
的变迁以及花鸟鱼虫等动植物的生长变化，期间时刻感悟着人与自然融
合下的自由与快乐，鲁滨逊则是度日如年，生活在一种孤独痛苦的处境
中。《瓦尔登湖》从梭罗自愿的迁居开始，以获得实验生活的圆满而自
愿离开瓦尔登湖结束，"我离开森林，就跟我进入森林，有同样好的理
由"②。梭罗依依惜别他的湖畔小屋，与其说是他回归了社会，不如说
是他在思想中找到了真正的归属——自然与自由。在《瓦尔登湖》的
结尾处，我们看到鲜红的太阳又一次升起，花儿含苞开放，动物自由徜
徉，处处生机盎然，梭罗在这样的境遇中呼吸着自然的空气，感悟着自
由生活的舒心。鲁滨逊则是鼠窜般逃离荒岛回到大陆，荒岛的生活对他
而言不啻是一场恐惧的梦魇。

梭罗与鲁滨逊在荒野中生活的主观目的是不一样的。18世纪初期
是欧洲资产阶级资本原始积累时期，新生的资产阶级的崛起，和他们的
冒险开拓以及扩张野心是紧密相连的。《瓦尔登湖》给我提供了一个人
间乐园，在那里人与自然完全融为一体，人物与动物、植物，乃至与日
月星辰、风雪雷雨，相互共存，自由平等。而《鲁滨逊漂流记》中当

---

① Lawrence Buell, The Environmental Imagination: *Thoreau, Nature, and the Formation of A-merican Culture*. Cambridge: The Belknap Press of Harvard University Press, 1995, p. 146.

② ［美］梭罗：《瓦尔登湖》，徐迟译，上海译文出版社 2004 年版，第 299 页。

鲁滨逊离开岛屿时，他把他在岛上的一切东西，恩赐似地给予他人，整个岛屿都是他的，别人仅仅是替他看管而已。当他又一次来到岛上时，犹如统治者视察他自己的领地一般。梭罗在"我生活的地方：我为何生活"一章中十分形象地复现了鲁滨逊视察岛屿的场景：鲁滨逊情不自禁地说道："我勘察一切，像一个皇帝，谁也不能否认我的权力。"显然，鲁滨逊不是自然万物中的一员，而是侵入自然、拥有自然的殖民者形象。

梭罗在《瓦尔登湖》的生活内容及其追求与《鲁滨逊漂流记》中鲁滨逊是背道而驰的，两者的本质区别是："为物质欲望所累的不得轻松的生活和超越物质追求精神自由的生活。"① 梭罗的木屋生活与鲁滨逊的荒岛生活都远离社会文明而处在一种与世隔绝的状态中，他们都生活在极度的贫困与简约之中，他们都与自然打交道。然而，表面的生活环境的相同，并不意味内心追求的信念相同，目标相同。梭罗是以欣赏和体验的状态，自愿选择过一种自然简朴、远离社会的生活的，他所探究的是当人远离社会，抛弃现有物质享受的情况下，人的生存状态将会怎样？人对生命的特殊感悟是什么？因而梭罗在小木屋的生活，虽然远离社会，远离人群，他并不感觉孤独。他将自己融入瓦尔登湖的自然之中，与湖中的自然景物平等相处，自己也成为自然的一部分。梭罗因而说，"在任何自然的事物中，都能找到最甜蜜的温柔，最天真和鼓舞人的伴侣"，"我从不觉得寂寞，也一定不受寂寞之感的压迫"。② 总之，他对孤独和寂寞抱着一种欣赏的态度：

　　　　大部分时间内，我觉得寂寞是有益于健康的。有了伴儿，即使是最好的伴儿，不久也要厌倦，弄得很糟糕。我爱孤独。我没有碰到比寂寞更好的同伴了。到国外去厕身于人群之中，大概比独处室内，格外寂寞。一个在思想着在工作着的人总是单独的，让他爱在哪儿就在哪儿吧，寂寞不能以一个人离开他的同伴的里数来

① Lawrence Buell, *The Environmental Imagination: Thoreau, Nature, and the Formation of American Culture.* Cambridge: The Belknap Press of Harvard University Press, 1995, p. 149.

② ［美］梭罗：《瓦尔登湖》，徐迟译，上海译文出版社2004年版，第123页。

计算。①

梭罗在孤独与寂寞中，反思社会、反思人生。在瓦尔登湖畔独自生活、漫步的梭罗，始终在观察着、聆听着、感悟着自然，他在瓦尔登湖畔获得了诗意栖居的自由。鲁滨逊则完全不一样，他的简单而朴素的贫穷生活，完全是被迫的，而这种贫穷生活如梦魇般始终萦绕着他，鲁滨逊无时无刻不在努力地试图摆脱这种困境。梭罗对瓦尔登湖以及他身边的自然万物有一种亲近感，无论是眼前的"瓦尔登湖"，还是远处的"村子"，抑或是"冬天的访客"，都被赋予了浓郁的情感，都会吸引他去亲近、去观察、去体验。鲁滨逊则是把荒岛上的一切，包括人与物，都清楚地划分为"有利用价值的"和"没有利用价值的"，他的行为以"合目的性"为唯一标准，比如为了建造渡船，为了安全围建栅栏，他可以大量砍伐和烧毁那些高大而珍贵的树木，自然界的一切仅仅是为实现他的目的而存在的，鲁滨逊成为荒岛上的各种自然之物的占有者，他发现的荒岛，他看到的一切自然资源，都成为他的个人财产。鲁滨逊在荒岛上的不停劳作，也仅仅是为增加他的财富，这种劳作对他来说，本身就是一种咬紧牙关的痛苦历练。鲁滨逊所重建的荒岛世界，其实就是在建造资产阶级的个人王国，而他就是这个王国中的统治者。

信奉简朴生活的目的，是解放人自己，让人从繁复的社会生活和劳作中解脱，以达到心灵的自由。在梭罗看来，自古希腊以来，西方文化一直在探索人性，追求人生幸福，然而在现实中人们往往将其偷换成了享受快乐，人们以放纵人欲、及时行乐代替了更广泛的包括心灵欢愉在内的幸福追求。如何让世人能够接受和相信简朴生活会给人类带来幸福？如何理解简朴生活的价值和意义以及它给人带来的精神自由和快乐生活？梭罗在《瓦尔登湖》中以自己的简朴生活为优美图景，以自己的生活实践为载体，阐述他的简朴生活理念。

梭罗努力纠正人们对"简朴生活"的错误认识。"简朴生活"并不是让人们远离生活，与世隔绝，简朴生活也不是中世纪禁欲主义式的自残行为，其与早期清教徒的清贫生活也有根本的区别。"简朴生活"本

---

① ［美］梭罗:《瓦尔登湖》，徐迟译，上海译文出版社 2004 年版，第 127 页。

身也是一种对现实生活的热爱和向往，是一种将精神的、心灵的自由快乐放在第一位的人生态度，不是对生活的拒绝与回避。人在简朴生活中去感受自然、感受人生，而不是如清教徒那样仅仅是为了感悟上帝。在简朴生活下的人们将物质财富的需求降到最低点，它所排斥的是过度的奢侈生活与对金钱的迷恋，因为在那样的状态中，人们将耗费掉全部的时间、精力和智慧，甚至生命。而简朴生活则是在得到基本的生活需求后，将全部的时间和精力投入到自我心灵的需求和满足中去，过度的物质积累会将人的心灵对美的追求消磨殆尽。精神的追求犹如植物的根，是人得以存在的基础，物质财富之类外在的东西，犹如植物的花叶，只有根系茁壮了，植物才能"更自信地向上伸展"，枝叶才能更加茂盛。只有精神的满足，才能使生命更有意义，更有存在的价值。瓦尔登湖独居的木屋生活，就是梭罗为自己的精神世界，为自己的生命注入活力的源泉。他认为那是"一种有深度的生活，吸吮生活的精髓"：

> 我能这样仅仅依靠双手劳动，养活我自己。我发现，每年之内只需工作六星期，就足够支付我所有生活的开销。整个冬天和大部分夏天，我都在自由而畅快地读书……简单一句话，我已经确信，根据信仰和经验，一个人要在世间谋生，如果生活得比较单纯而且聪明，那并不是苦事，而且还是一种消遣。①

梭罗通过《瓦尔登湖》小木屋的生活证实了人类回归自然的可行性，也证实了"简朴生活"的可行性。梭罗戏称他在小木屋和湖滨之间踩出的小径为"传统和陈规的辙印"。梭罗并没有把自己的实验看成最好的现代人类的生活方式，它只是人类为摆脱社会对人性异化的一种方式，是人为了追求精神的自由和心灵的自由的探索，这种探索和追求，是一种人类历史上由来已久的传统，是否用小木屋的生活模式，是否用亲近大自然的方法，都无关紧要，关键是人在"简朴生活"中所体验到的人的自由精神和心灵解放。梭罗"简朴生活"理念的内核是简朴，而且是自觉自愿享受简朴生活。信奉"简朴生活"理念的本身，

---

① 〔美〕梭罗：《瓦尔登湖》，徐迟译，上海译文出版社2004年版，第62页。

并没有任何的功利性，它本身是在自愿的基础上的一种对物质财富的超越，否定了人为金钱利益而日夜操劳的异化生存状态，也就摆脱了为获得幸福而过着忙碌而痛苦的日子的怪圈，从而更关注人生的过程和这个过程中的生命个体的独立和自由，真正掌握自己的命运，成为自我存在的主人。

人对物质生活的需求简约化以后，就有更多的时间和精力观察自然、欣赏自然，从而更好地反观、反思自己。当人与自然融成一体的时候，人也就会淡化和抵御外部世界的诱惑，达到人与自然的高度融合，从而获得心灵的自由和欢乐。梭罗以大量的具体的简朴生活内容，展示出一幅幅诗情画意般的生活场景：美丽的颜色、芬芳的气味、如歌的湖水涨落，如彩的太阳升降，春夏秋冬亘古不变的四季轮回，日升月落的昼夜交替，大自然的一切是那样完美。当梭罗远离社会，远离物质，尽情欣赏大自然的优美时，心灵完全得到净化。他用在瓦尔登湖中捡来的浮木做燃料，亲手种植土豆、豆角做美食，以康科德原野中的草葛充饥，一切是那么的自然美好。与动物的近距离接触交流，看着植物的生长凋谢，仿佛自己也成了它们中的一员。在梭罗看来，恐惧贫穷、追逐财富的人生观无法给人类带来真正的快乐，只能让人们在无尽的烦恼和痛苦中耗尽生命。梭罗认为"大部分的奢侈品，大部分的所谓生活的舒适，非但没有必要，而且对人类进步大有妨碍。所以关于奢侈和舒适，最明智的人生活得甚至比穷人更加简单和朴素"①，"要做一个哲学家的话，不但要有精美的思想，不但要建立起一个学派来，而且要这样地爱智慧，从而按照智慧的指示，过着一种简单、独立、大度、信任的生活"②。梭罗对简朴生活理念的推崇明确告诉我们，人类只有抛却对物质财富的追逐，在轻松自由的简朴生活中，才能感悟自然，真正体验自然的美妙与奇幻。在简朴生活中，人虽然占有最少的物质财富，却获得了最多的心灵自由。亲近大自然的另一个功能，是可以将人类从社会的异化状态中解脱，自然是一剂治疗心灵创伤的良药，物质上的简朴贫乏并没有让梭罗有任何的卑微、痛苦之感，反而给梭罗以一种前所未

---

① ［美］梭罗：《瓦尔登湖》，徐迟译，上海译文出版社 2004 年版，第 12 页。
② 同上。

有的美的享受。

梭罗以在瓦尔登湖中小木屋的生活实践，证实了自己的观念：人可以在简陋的住所中依靠简单的食物和衣物而健康生存；人在简单生活中依然可以拥有丰富的精神世界和信仰自由，梭罗从来没有"试图放弃它们"。同时，梭罗进一步认为，简朴生活理念的提出，与开创、开拓的美国精神并不矛盾，相反，它与美国社会历来追求新文化、新道德、新思想，提倡人的独立与自由的精神一脉相承，因为从本质上说，简朴生活的理念就是让人摆脱物质利益的束缚而获得精神的自由和独立。

随着《瓦尔登湖》的被广泛传阅，"简朴生活"理念逐渐被人们所接受，尤其是20世纪以来，随着人的异化的进一步加剧，人们更加怀念和向往梭罗瓦尔登湖畔的小木屋生活，"简朴生活"也因此成为现代人广为推崇的一种生活模式。远离喧嚣，拒绝异化，在走向自然的同时，回归自我，走向自由，实现人的精神解放的目的。这就是梭罗"简朴生活"带给现代人的最大启迪。

二　去蔽而澄明的社会自由之路

梭罗在《论公民的不服从》中描述了他心中理想国的蓝图，而建构其理想国的根基就是他的权宜统治理论——政府是临时的设施，我们所要做的是放大个人而非政府在民主政治运作中的比例，因为每个人身上都具有神性，人人皆可以成为天使，所以个人的良知道德可以取代法律而成为社会的最高法则。在梭罗的社会政治观念中，人的伦理道德和良心，要远远高于社会的法律法规。他指出：

> 存在一个超出国家与政府之外的纯粹属于个体的领域，即良心的领域。在此领域中国家的要求是没有效力的，这个领域中只有一条法则，即康德说的："不论是谁在任何时候都不应把自己和他人仅仅当作工具，而应该永远看作自身就是目的。"只有在这样的目的王国中，人才完全具有人格的尊严，人才是人。[1]

---

① ［美］梭罗：《论公民的不服从》，张礼龙译，见《美国的历史文献》，赵一凡编，蒲隆等译，生活・读书・新知三联书店1989年版，第157页。

所以，梭罗认为在理想国中社会的公平正义是靠道德而非法律达成的。良知高于一切法则，或者说，良知就是最高的法则。异化的现实社会使人的道德受到蒙蔽，所以要去蔽，使人的良知澄明出来，每个人都遵从自己内心良知这一最高法则，人就不会受到束缚，进而自然地进入社会自由状态，这样，人才能获得彻底的自由。

梭罗的政治思想经历了一个过程。早期的梭罗深信，有一种比现行的法律更为神圣和崇高的"道德律"，这个观点显然是受了康德的影响，康德就认为:"意志自律是一切道德律和与之相符合的义务的唯一原则:反之，任意的一切他律不仅根本不建立任何责任，而且反倒与责任的原则和意志的德性相对立。"① 政府制定的法律，从根本上来说，对于社会公众的行为，都仅仅起到一种他律的作用。道德律则不同，它是源于公众内在的一种自律行为，它的功能和作用，都要远远高于法律。在中世纪法律十分薄弱的时代，当社会出现分化动乱，人们的行为失去理性尺度的时候，社会上唯利是图、尔虞我诈、贪官污吏横行、民不聊生，最后导致民族分裂，国家政治腐朽衰落。于是出现了但丁的《神曲》，但丁试图通过地狱、炼狱和天堂的预设，来规范人们的道德行为，从而实现民族的复兴和人性的复归。但丁就是试图以道德律代替法律来对社会进行一种规范和制约。因而梭罗主张，无论是个人、团体，还是政府，都应该返回到每个人的内心中来，回归到人本的道德中来，在"善"与"恶"的对比中，建立起与社会文化相对应的道德律，在善恶的道德价值取向中，来确认自我。

但入狱事件的发生，击碎了他柏拉图式的社会梦想。梭罗在《瓦尔登湖》中叙述了入狱事件的过程。

> 有一天下午，在我的第一个夏天将要结束的时候，我进村子里去，找鞋匠拿一只鞋子，我被捕了，给关进了监狱里去，因为正如我在另外一篇文章里面说明了的，我拒绝付税给国家，甚至不承认这个国家的权力，这个国家在议会门口把男人、女人和孩子当牛马

---

① [德] 康德:《实践理性批判》，邓晓芒译，人民文学出版社 2003 年版，第 43 页。

一样地买卖。我本来是为了别的事到森林中去的。但是，不管一个人走到哪里，人间的肮脏的机关总要跟他到哪里，伸出手来攫取他，如果他们能够办到，总要强迫他回到属于他那共济会式的社会中。真的，我本可以强悍地抵抗一下，多少可以有点结果的，我本可以疯狂地反对社会，但是我宁可让社会疯狂地来反对我，因为它才是那绝望的一方。①

在入狱事件之前，梭罗一直与具体的政治活动保持着相当大的距离。他曾如是说："相对而论，政治这个东西是如此的浅薄，而且尤其的非人道，我从来不认为它会引起我丝毫的兴趣。"② 1846 年 5 月，正当梭罗耕读于瓦尔登湖畔时，美国发动了对墨西哥的战争。梭罗反对这场战争，并以政府企图扩张奴隶制至得州为由，拒绝缴纳人头税。1846 年 7 月，梭罗去镇上取修好的鞋子，路遇警察，因为他拒绝缴纳人头税而受罚，被警察山姆关进了镇监狱。梭罗入狱之后，一位不愿透露姓名的人为他交了税款，据说可能是梭罗的姑妈玛利亚。第二天早上，梭罗被释放，但他并不愿意离开监狱，而是被山姆赶出监狱的。

在狱中，梭罗反思的是这个现行政府在不断制造个体自由的麻烦，不对其进行改革，个体自由将始终只能是空中楼阁。这种反思坚定了梭罗对麻州政府进行"沉默的宣战"的决心，"尽管我从不尊重与我近在咫尺的政府，我只要关心我自己的事情，无视于政府的存在，我愚蠢地相信我还是可以设法在这里生活下来。但最终我发现我要失去一个国家了！对我而言，当麻州政府将无辜之人推入奴隶世界，我旧日之前的追求与对生活的投注，已大为不值"。③ "在一个可以用非正义的方式把任何人关入监狱的政府的统治下，对于一个正义的人来说，他的真正住所

---

　　① ［美］梭罗：《瓦尔登湖》，徐迟译，上海译文出版社 2004 年版，第 161 页。

　　② Thoreau "Life Without Principle", *Henry David Thoreau: Collected Essays and Poems*, selected by Elizabeth Hall Witherell, Literary Classics of the United States Inc., New York, N. Y., 2001, p. 365.

　　③ Thoreau "Life Without Principle", *Henry David Thoreau: Collected Essays and Poems*, selected by Elizabeth Hall Witherell, Literary Classics of the United States Inc., New York, N. Y., 2001, p. 367.

也就是监狱。今天，马萨诸塞州给它的那些比较自由、比较不那么顺从的居民提供的适当住所，甚至唯一住所，就是它的监狱。"①梭罗对此打了个比方，好比你发现你所拥有的优雅的图书馆竟在地狱之中，你的生活也将毫无价值。他愤懑地说："我所居住的麻州，我一刻都不愿意承认这个支持奴隶的政府也是我的政府。"② 这样的政府应该是优先改革的对象。梭罗于1848年1月，走上了康科德的讲演厅，发表了题为《论个人与政府的关系》的讲演。

　　入狱事件以后，梭罗从对自然美景的留恋，转向了对道德社会的关注和全面反思。他在一系列社会问题的论说中，表达了对美国政府的强烈不满，一是他认为号称自由的美利坚合众国，至今还没有废除奴隶制，相反，却制定了对向往自由而逃亡的奴隶实施严惩的法律；二是1846年美国政府发动了一场非正义的对墨西哥的侵略战争，他认为这场战争是一个强国对一个弱国的野蛮掠夺。他因此而入狱后，虽感到非常耻辱，但却认为自己是正义的，在监狱中继续坚持自己的主张。梭罗认为，如果美国现行的法律是不公正的，那么，我们是否还应当去服从这样的法律呢？是消极地等待修改法律后再去服从，还是现在就应该反对它呢？如果我们服从已经看到的不公正的法律，那无疑就是将自己投入了监狱，与其如此，还不如就住进监狱。如果等待着现行法律的修改，或者停用现行的法律，在大多数人看来更行不通，那会造成更大的混乱。梭罗认为，对于糟糕的不公正的法律的修改或者停用，即使造成混乱，错都在政府而不在人民。政府作为现行法律的制定者、修改者和执行者，应当预见到不公正法律将给人们带来的不公，政府应该及时为修改不公正的法律提供服务，直至公正、公平的法律制定出来。在梭罗看来，公民有反抗强暴和腐败政府的权利，有对不公正的法律的不服从的权利。他鲜明地指出："所有的人都承认有革命的权利；这就是说，有拒绝对政府表示忠顺和反抗的权利，只要这个政府

---

　　①　［美］梭罗：《论公民的不服从》，张礼龙译，见《美国的历史文献》，赵一凡编，蒲隆等译，生活·读书·新知三联书店1989年版，第153页。
　　②　同上书，第155页。

的残暴或无能十分严重，令人无法容忍。"① 当梭罗反观当时的社会生活和社会环境时，他认为美国政府已处于这样的状况，公民与政府之间不再是被服务者与服务者之间的关系，所有的公民，仿佛都成了政府的奴隶，他愤怒地说："我一刻也不能把那个同时也是奴隶主的政府的政治组织，看作是我的政府。"② 因为在那样的社会中，人们不是社会的主人，而是政府的奴隶，时时处在一种蒙受耻辱的境地之中。

　　梭罗由此进一步对法律存在的合法性都提出了质疑。在他看来，法律是保证民主社会得以顺利运行的一种社会制度的体现，是在符合大多数人的利益，被大多数人所认可的情况下产生的。然而，大多数人对少数人的否定，并不代表着正义对非正义的否定。现行的不公正的法律正是打着代表多数人的意见而通过政府制定下来，成为民主公正的代表和象征。政府的不作为，政府的不公正，都在大多数人拥护的说辞中被遮蔽了。换言之，政府以大多数人的民主的名义制定的法律，其实并不一定能真正体现法律的公正性和正义性。由此，梭罗对现有的法律持否定态度，对政府以大多数人的代表自居，并以这样的民主观念去执行法律持怀疑态度。他认为美国现有的法律并不能使所有的美国人获得自由，蓄奴制的存在就是最好的例子。既然法律对每个人来说是不公正的，那么人们可以在感到不公平时选择否弃法律，不必去做法律规定做的事情。人们对自己的行为负责，而不必对不公正的法律负责。因此，梭罗说："我认为我们应当首先是人，然后才是臣民。培养一种对法律的敬重，正如对正确的敬重那样，那并不是很恰当的。我有权利承担的唯一责任就是在任何时候都做我认为是正确的事情。"③

　　基于这一理念，梭罗对不公正的法律、不公正的政府，提出了消极抵抗与"和平革命"的主张。他主张当法律不公正时，就应该自觉地抵制它，当政府功能出现问题时，就应该与其发生磨擦，以示反抗，以期不公正的法律得到修正，不公正的政府得以停止运行。在《论公民

---

　　① ［美］梭罗：《论公民的不服从》，张礼龙译，见《美国的历史文献》，赵一凡编，蒲隆等译，生活·读书·新知三联书店 1989 年版，第 150 页。
　　② 同上书，第 151 页。
　　③ 同上书，第 155 页。

的不服从》中，梭罗呼吁道："投上你整个的选票吧！那不单单是一张小纸条，而是你全部的影响。少数服从多数则软弱无力；它甚至还算不上少数。但如果尽全力抵制，它将势不可挡。一旦让州政府来选择出路：要么把所有的人都关进监狱，要么放弃战争和奴隶制。我想它是会毫不迟疑的。要是今年有一千人拒交税款，那还算不上是暴力流血的手段。我们若交了税，则使政府有能力实现暴力，造成无辜流血。"梭罗进一步宣称："这就是和平革命的定义"，假如"当臣民拒绝效忠，官员辞去职务"的话，那么，我们的消极抵抗，我们的和平革命就会获得成功。

我们看到，梭罗对民主和自由精神的推崇，达到了一个前所未有的高度，他也因此成为一名真正的民主自由的斗士。他在《论公民的不服从》中最后断言："从绝对的君主制到有限的君主制，再从有限的君主制到民主制就是通向真正尊重个人的进程。我们所知道的民主制是否就是政府可能做的最后改进？难道就不能再迈进一步，承认并组织人权？州政府必须将个人作为一种更高和独立的力量而加以承认，并予以相应的对待，因为政府所有的权力和权威都来自这一力量。在此之前，决不会有真正自由和文明的州。"梭罗对自己的理论主张身体力行，在发表《论公民的不服从》之后，他继续谴责政府延续奴隶制，后来一直投身于"地下铁路"等废奴运动之中。他曾不止一次地帮助黑人奴隶逃往美国北方或加拿大。1854 年，他写过《马萨诸塞州的奴隶制》（*Slavery in Masschusetts*）一文。1859 年 11 月，当黑人领袖约翰·布朗（John Brown）被判处死刑后，梭罗到处奔走，在市会堂发表了题为《为约翰·布朗队长请命》（*A Plea for Captain John Brown*）的演说，为布朗辩护。当一切努力宣告徒劳、布朗被处死后，梭罗又敲响市会堂的大钟，召集群众开追悼会。[①] 梭罗的行动在当时产生了很大影响，有人称他是"保持自尊，敢拒绝服从政府的命令"[②] 的斗士。梭罗的社会观，尤其是对政府的抵抗和批判精神，极大地启示了后人，如马丁·路

---

① 刘岩：《中国文化对美国文学的影响》，河北人民出版社 1999 年版，第 58 页。

② ［美］罗伯特·塞尔编：《梭罗集》（下），陈凯、许崇信、林本椿等译，生活·读书·新知三联书店 1996 年版，第 1157 页。

德·金和甘地就深受梭罗的影响。

但毕竟梭罗不是一个职业政治家，他不可能一直从事政治活动。在布朗事件之后，他对政治的热情开始减弱，事实上，他更愿意探讨那些人类普遍存在的问题，换句话说，他始终没有放弃的是对人的彻底解放问题的思考，对其"理想国"的建构从未终止。他开始重新宣扬其"道德良知的律法"的主张，当然，这次"复归"在理论中包含了更多社会反思。道德律要求以人们的自我道德良知作为一切行动的准则，体现了梭罗对人与社会的终极关怀。人作为一种个体的自由存在，毕竟不是物，可以由冰冷的法律任意管束，尤其是在不公正的法律下，一切的人道、人性都将不复存在。

梭罗认为对自己良心的负责，就是对社会的负责、对他人的负责、对政府的负责。如果一种法律是不公正的，而执行法律的人有良知，那么他就可以弥补法律的不公正。如果一个政府是没有良知的，但只要这个政府中的个体是有良知的，那么，这个政府也可以是有良知的政府。人人都以自我良知的原则去待人处事，人人都以内心的"善"为最高准则，那么，人人都会成为本真的人，成为独立而自由的人。道德律是以"善"为最高法则的，它的推行，是改善社会、维护正义、祛除邪恶、制约政府的最好途径。当个体的良知被唤醒时，本真的自我不再关注个体以外的事物，而仔细聆听自我内心的呼唤，从而感知本真的自我的存在。虽然海德格尔是针对此在存在对"不在状态"中有罪的感悟而言①，但个体的良知在此在本身中的重要作用，与梭罗对道德律的界说如出一辙。海德格尔实际是从哲学的角度论证了梭罗主张的正确性与可行性。

从以上论述中不难发现，梭罗的现实主义诗学是一种深刻的参与社会的诗学。这种"深刻"，与其说来自于梭罗的明察秋毫和直言不讳，还不如说来自于其对"美国梦想"的坚守与忧虑，来自于其对自由观的现实化与社会化，来自于其对具有普遍意义的社会困境的救赎情怀。梭罗的现实主义诗学不仅体现在他的具有政治色彩的论说中，而且大量

---

① ［德］海德格尔：《存在与时间》，陈嘉映、王庆节译，生活·读书·新知三联书店1987年版，第335—344页。

地体现在散文叙事中。正因为现实主义诗学的存在,即使梭罗那些"笑傲山林"之作如《瓦尔登湖》,也显示了其积极的入世精神与情怀,从而使梭罗的散文叙事在诗情画意之外,呈现了其"金刚怒目"的一面。

第五章 宗教性体验中的自由:超验主义诗学及其表现形态

> 最接近万物的乃是创造一切的一股力量。其次靠近我们的宇宙法则在不停地发生作用。
>
> ——梭罗

> 大地的法则根植于脚下,为众人设立;天上的法则绽放于头上,为君子设立,君子是众人的升华和延伸。能将大地与天上的法则分智妥当,矢志遵循,是世上最幸福的人。[①]
>
> ——梭罗

梭罗的宗教观是一种个体宗教观,他受超验主义哲学思潮的影响极深,同时也受到基督教文化以及东方文化的影响。梭罗的宗教观强调不用通过教会或宗教文化权威等媒介,而是通过个体自身的感悟,求得与上帝的感应,因为人是小宇宙,上帝跟人的本真存在的神圣性息息相通。梭罗自由观的实质在于人去蔽澄明的本真存在,因此,超验主义诗学构成了表现其自由观的一个重要维度。

第一节 梭罗的超验主义诗学形态

本节从哲学基础、宗教基础和社会基础三个方面分析了梭罗超验主

---

① Harding, Walter and Carl Bode, eds.: The Correspondence of Henry David Thoreau (New York University Press, 1958), p. 247。见刘岩《中国文化对美国文学的影响》,河北人民出版社 1999 年版,第 58 页。

义诗学产生的文化语境,认为这种诗学的产生是一种历史必然。梭罗超验主义诗学强调人的潜在神性,认为通过直觉就可感知上帝、感知世界;同时,它将自然万象看作宇宙精神的象征,从而赋予超验主义诗学以明显的象征主义特质。

一 梭罗超验主义诗学产生的文化语境

"超验"(transcendency)一词来源于拉丁语,它的本意是"超越界限"。德国哲学家康德给"超验"做过这样的解释:"凡一切知识不与对象相关,而唯与吾人认知对象之方法相关,且此种认知方法又限于其先天的可能者,我名此种知识为先验的。此一类概念之体系,可以名为先验哲学。"[①] 事实上,康德的超验思想对爱默生影响甚大,爱默生某种程度上就是接受了康德的超验思想,如其所言:"有一类非常重要的思想和绝对必要的形式并不来自经验,相反,人们则是通过它们获得了经验,它们是心灵本身的直觉,康德称之为'超验的形式'。"[②] 在超验主义者看来,人的内心体验不用通过中介就可以抵达真理,因此他们非常重视和强调直觉的作用。梭罗是超验主义阵营的中坚,他师从爱默生,与康德哲学的渊源也较深,但鉴于其自由观的立场,他更强调个体的独立意识,主张个性自由而反对所有权威专制,尤其是反对当时盛行的加尔文主义和唯一神教。总体看来,梭罗超验主义诗学的产生有着现实而广泛的哲学基础、宗教基础和社会基础。

超验主义强调在经验之外存在着一种超感觉的实在,精神、心灵、观念就是最基本的、首要的实在。它推崇直觉,贬低理智,用想象中的创造力取代分析性的推理判断。它强调人具有一种被称为"直觉"的特殊能力,这种能力使人能够超越物理感官的领域,而获得关于那个超感觉的实在的知识。它认为每个有思维能力的人都能够获得普遍真理,因为正如洞察自然界的秘密就能显示上帝的本性一样,每个人通过对自己的内在意识的反思就能获得关于自我的真正知识。每个人的心灵就是

---

① [德]康德:《纯粹理性批判》,蓝公武译,商务印书馆 2005 年版,第 134 页。

② [美]爱默生:《爱默生集》(上),吉欧·波尔泰编,赵一凡、蒲隆等译,生活·读书·新知三联书店 1993 年版,第 87 页。

宇宙的缩影，对自己的心灵的反思是获得普遍真理的可靠途径。真理不是通过观察、经验等手段一点一滴地积累而成，而是通过直觉从人的心灵中直接涌出的。真理不是可望而不可即的，而是清楚地直接地存在于人的心灵中的。在如何获得知识、认识真理等问题上，超验主义者的观点与理性时代中居于主导地位的洛克和牛顿等人倡导的经验论是直接对立的。超验主义者贬低自然科学的方法和手段，认为推理思维是一种低层次的思维方式，并强调要把关于自然规律的科学观念与关于上帝的宗教观念结合到一起，从宇宙的有序性与和谐性中来发现宇宙设计的完美性。超验主义者虽然反对理性时代人们对理性和科学的高度颂扬，但他们对社会进步充满信心。不过，在超验主义者中间，这种信念建立在他们关于自我信赖的学说之上，这一学说的核心思想在于，任何一个坚定地和诚实地探索自己内心的人，都一定能在自己内心发现具有普遍意义的真理。超验主义者十分重视心灵的自由，反对任何不利于心灵自由思考的障碍或限制。在他们看来，科学、传统，以及种种因袭的规章制度、道德规范乃至教会组织，都在不同程度上妨碍或限制心灵的自由，以不同方式使精神规范化或组织化，因此都是应该抵制的。许多超验主义者之所以脱离教会，就是出于这种考虑，认为只有这样才能使自己的心灵获得充分的自由。

超验主义者认为上帝是直接与人的心灵说话的，不需通过《圣经》或信条、教会或传教士等媒介。他们认为，上帝在宇宙中是无处不在的，这就是说，上帝存在于宇宙的任何地方，存在于一切有生命的和无生命的事物之中，存在于每个人的心灵之中。上帝在任何一个时刻、任何一个地点都向每个心灵说话。因此，人们对上帝的了解等同于他的心灵对其自身的了解。而且，既然上帝存在于自然界的各个部分之中，那么，心灵通过对自然界的思考就能了解它自己，同时也能了解上帝，上帝正是通过自然规律来启示他自己的。因此，人要了解和接近上帝，并不需要通过教会或传教士，那些媒介都是多余的。超验主义者主张给予信众以更多的宗教自由，反对教会的种种限制和约束，它用一个仁慈的上帝取代了以往那个愤怒的上帝，认为人不是生来有罪，不是注定要受苦，而是自由的和能够享有永恒幸福的。上帝不是把幸福只赐予少数选民，而是赐予每一个人。

　　超验主义者强调个人的地位和作用，强调个人的民主权利。梭罗在《瓦尔登湖》的"结束语"中说："一个人若能自信地向他梦想的方向行进，努力经营他所想望（向往）的生活，他是可以获得通常还意想不到的成功的。他将要越过一条看不见的界线，他将要把一些事物抛在后面；新的、更广大的、更自由的规律将要开始围绕着他，并且在他的内心里建立起来；或者旧有的规律将要扩大，并在更自由的意义里得到有利于他的新解释，他将要拿到许可证，生活在事物的更高级的秩序中。"① 其中所表达的就是超验主义者的个人观。有人认为，超验主义者"在肯定个人自由和权利方面和他的前辈是完全一致的，但它具有心智和超验的特点。它超出了政治、社会和经济的范畴，进入道德、哲学和形而上的层次"②。在超验主义者看来，每个人都拥有一种内在的尊严和平等的权利，每个人都拥有一种向自己的直觉求教的能力和权利。因此，他们认为奴隶制是一种不可饶恕的道德罪恶，他们当中的许多人后来成为废奴运动的领导人。他们也呼吁尊重妇女的地位和权利，要求加强国民教育，反对屈服于非正义的势力，主张捍卫自由的社会生活。他们反对社会组织对个人自由的限制，特别是对个人的思想自由的限制。如果社会的措施与个人的道德良心相抵触，个人有权利加以抵制，公民的不服从是公民的一种最高职责。他们力图使个人从各种传统的习俗和制度的约束中解脱出来。不过，随着美国社会的工业化，个体经济遭到排挤，他们逐渐改变了极端个人主义的观点，开始承认个人在一定情况下对社会的依赖性，承认社会生活具有集体性。他们的民主观念内涵也发生了变化，民主不仅要使个人得到完善，而且要使社会得到完善。

　　由以上分析不难看出，梭罗超验主义诗学的产生有着深厚的历史文化土壤。哲学基础为其扫清了认识论上的迷雾，使他认识到人的精神、心灵、观念等才是人的最基本的实在，每个个体的心灵就是宇宙的缩影，个体对自己心灵的反思是获得普遍真理的可靠途径。正是基于这样的认知，梭罗超验主义诗学极为重视直觉、重视心灵的真实体验，并极

---

① ［美］梭罗：《瓦尔登湖》，徐迟译，上海译文出版社 2004 年版，第 300 页。
② 钱满素：《爱默生和中国》，生活·读书·新知三联书店 1996 年版，第 208 页。

为注重人的精神生活。宗教基础对梭罗的影响同样至关重要，因为在超验主义者看来，上帝存在于自然界的各个部分之中，因此，心灵通过对自然界的思考就能了解它自己，同时也能了解上帝，上帝正是通过自然规律表现出他自己的。因此我们也就能理解，梭罗超验主义诗学为什么特别重视从大自然中领悟各种启示，也不难理解，梭罗为什么反对宗教教条和僵化的宗教礼仪。从社会基础来看，超验主义是一种对个体权利的捍卫，力图使个体从各种传统的习俗和制度的约束中解脱出来，当然，其与奴隶制更是水火不容。

二　超验主义诗学对梭罗自由观叙述的意义

梭罗是一个既坚持超验主义理想，又注重实践，而且是能够将理论与实践相结合的超验主义者。他认为："要做一个哲学家的话，不但要有精美的思想，不但要建立起一个学派，而且要这样地爱智慧，从而按照智慧的指示，过着一种简单独立、大度信任的生活。解决生命中的一些问题，不但要在理论上，而且要在实践中。"① 他用诗句这样表达："快把你的视线转向内心，/你将发现，你心中有一千处地区未曾发现。/那末去旅行，/成为家庭宇宙志的地理专家。"② 梭罗在其探索中，始终思考着人如何才能得到彻底的身心解放的问题，人如何超越生命、超越自我而达到一种澄明而自由的状态，超验主义诗学对梭罗的表达起到了桥梁作用。以《瓦尔登湖》而论，它不是内心成长历程的记录，其中所载事件并不连续，它以论题来组织，与一般的按年月顺序的叙述方式相去甚远，梭罗描绘的是有主旨的林中生活，而不是日复一日的流水账，即使和季节相关的事件描写也被他从两年压缩成了一年，他是以保持一定距离的表述方式来构架有关瓦尔登湖的回忆的，然而，《瓦尔登湖》的整体叙述隐含着内在的诗学逻辑结构，通过这个内在的审美逻辑，呈现出了"我生活的地方；我为何生活"中的主张。

超验主义诗学观认为，自然是超验的宇宙精神的物化与表征。在梭

① ［美］梭罗：《瓦尔登湖》，徐迟译，上海译文出版社 2004 年版，第 12 页。
② 同上书，第 297 页。

罗的文学视域里,作为物质世界的自然,并不是与人的主体存在截然对立的客体存在,而是具有神圣启示意义,是与人的生命可以相通的宇宙精神的呈现。人的灵魂中的那种直觉感知能力可以沟通个人心灵与超验的宗教精神,并使两者得以交流,由此达到个人精神与宇宙精神的统一,而只有在自然界中才能获得这种最高的精神体验。所以,为了达到这种最高的天人合一境界,人应该回归自然、沉浸其中,完善自我、完善精神。如梭罗所言:"在大自然的任何事物中,都能找到最甜蜜温柔……即使是对于愤世嫉俗的可怜人和最最忧郁的人也一样。只要生活在大自然之间而还有五官的话,便不可能有很阴郁的忧虑。"① 超验主义者主张以全新的眼光去审读大自然,从审美的角度,而不是从实用的角度,去体会和捕捉大自然的灵性,从而发掘出其中蕴含的全部精神意义。如爱默生所指,只有将自然和灵魂合二为一方为宇宙,自然在这里具有双重的含义:物质意义上的自然和精神意义上的自然,人只有接近并感受大自然,心灵与大自然达成和谐一致,才能真正体验到精神的存在。在梭罗看来,离开大自然的生活如"居所无鸟,犹肉之无味"一样。正是在回归自然、领悟人生的过程中,梭罗开始了对人生真谛、人的存在意义的思考。自然法则是上帝给予人的不朽启示,在宗教信仰普遍衰落的时代,大自然却可以"用它所有壮丽景色来增进人的宗教情感"②。正如梭罗在《瓦尔登湖》的"声篇"中所写的那样,即使"难听"的猫头鹰的鸣叫也是好的:

> 还有一只叫个不停的猫头鹰也向我唱起小夜曲来,在近处听,你可能觉得,这是大自然中最最悲惨的声音,好像它要用这种声音来凝聚人类临终的呻吟,永远将它保留在它的歌曲之中一样——那呻吟是人类的可怜的脆弱的残息,他把希望留在后面,在进入冥府的入口处时,像动物一样噪叫,却还含着人的啜泣声,由于某种很美的"格尔格尔"的声音,它听来尤其可怕——我发现我要模拟

① [美]梭罗:《瓦尔登湖》,徐迟译,上海译文出版社 2004 年版,第 122 页。
② [美]爱默生:《论自然》,《爱默生集》(上),吉欧·波尔泰编,赵一凡等译,生活·读书·新知三联书店 1993 年版,第 32 页。

那声音时，我自己已经开始念出"格尔"这两个字了——它充分
表现出一个冷凝中的腐蚀的心灵状态，一切健康和勇敢的思想全都
给破坏了。这使我想起了掘墓的恶鬼，白痴和狂人的号叫。可是现
在有了一个应声，从远处的树木中传来，因为远，倒真正优美，
霍——霍——霍，霍瑞霍；无论是白天还是黑夜，无论是夏天还是
冬天，这种声音给人带来的只是愉快的联想。……我觉得有猫头鹰
是可喜的。让它们为人类作白痴似的狂人号叫。这种声音最适宜于
白昼都照耀不到的沼泽与阴沉沉的森林，使人想起人类还没有发现
的一个广大而未开化的天性。它可以代表绝对愚妄的晦暗与人人都
有的不得满足的思想。整天，太阳曾照在一些荒野的沼泽表面，孤
零零的针枞上长着地衣，小小的鹰在上空盘旋，而黑头山雀在常春
藤中嗫嚅而言，松鸡、兔子则在下面躲藏着；可是现在一个更阴
郁、更合适的白昼来临了，就有另外一批生物风云际会地醒来，在
那儿表达大自然的含义。①

在超验主义者看来，人属于自然的一部分，而上帝之于这个自然是
全在的；人的心灵通过对自然界的思考既能了解自己，也能了解上帝，
上帝正是通过自然规律表现出他自己，因此，大自然的一切都是上帝对
人的启示。这样，超验主义者为人们提供了一个认识自然的新观念，大
自然不仅仅是物质的，也是精神或上帝的象征，充满了生命力，昭示着
上帝的存在。大自然又是宇宙精神或圣灵的外衣，它能使人的道德走向
净化与圣洁，能够修复与救赎人的精神沉沦。如果个体能够完全沉浸于
自然世界，并与自然世界融为一体，就必然能够得到精神的升华。当自
然被人情感化或神化之后，自然几乎成为上帝的切实存在，成为人的慰
藉者。梭罗流连于康科德美丽的乡野，自然的无限性与永恒性引起了他
对社会的反思，从而也更清楚地意识到人类的有限和短视，以及诸多世
俗事务的无意义。

超验主义强调通过直觉感知世界。超验主义者尤其重视直觉的作
用，并将其看作超验主义把握世界的基本方法，不仅哲学家反复论述这

---

① ［美］梭罗：《瓦尔登湖》，徐迟译，上海译文出版社 2004 年版，第 117 页。

一基本原理,诗人和作家也都坚持这一点。直觉不包含逻辑的或知性的成分,完全是个体的和独立的精神活动,与过去、未来发生的事件都不构成直接的联系。在使用直觉这种方法时,允许出现前后矛盾或不连贯等情况。如爱默生,就不担心其飘忽不定、胡思乱想的心理状态可能将其引向不可预测结果。超验主义者认为凡是存在于理智之中的东西,无不首先存在于感觉之中,人们的一切知识都来源于感觉,感官是人们可以获得任何知识的窗子。感官为人们提供了感觉,人们通过对感觉进行反思,把感觉提纯为观念,因此观念是一种变了形的感觉。

超验主义直觉对于梭罗而言,不仅表现在对自然景观的捕捉上,而且也表现在对社会景观的批判中。在《瓦尔登湖》中,处处充盈着直觉性的感受,如下述的例子:

> 我们周围的空间该说是很大的了。我们不能一探手就触及地平线。蓊郁的森林或湖沼并不就在我的门口,中间总还有着一块我们熟悉而且由我们使用的空地,多少整理过了,还围了点篱笆,它仿佛是从大自然的手里被夺取得来的。为了什么理由,我要有这么大的范围和规模,好多平方英里的没有人迹的森林,遭人类遗弃而为我所私有了呢?最接近我的邻居在一英里外,看不到什么房子,除非登上那半里之外的小山山顶去瞭望,才能望见一点儿房屋。我的地平线全给森林包围起来,专供我自个享受,极目远望只能望见那在湖的一端经过的铁路和在湖的另一端沿着山林的公路边上的篱笆。大体说来,我居住的地方,寂寞得跟生活在大草原上一样。在这里离新英格兰也像离亚洲和非洲一样遥远。可以说,我有我自己的太阳、月亮和星星,我有一个完全属于我自己的小世界。从没有一个人在晚上经过我的屋子,或叩我的门,我仿佛是人类中的第一个人或最后一个人,除非在春天里,隔了很长久的时候,有人从村里来钓鳘鱼——在瓦尔登湖中,很显然他们能钓到的只是他们自己的多种多样的性格,而钩子只能钓到黑夜而已——他们立刻都撤走了,常常是鱼篓很轻地撤退的,又把"世界留给黑夜和我",而黑夜的核心是从没有被任何人类的邻舍污染过的。我相信,人们通常

还都有点儿害怕黑暗，虽然妖巫都给吊死了，基督教和蜡烛火也都已经介绍过来。①

梭罗在林中生活，体会到这里是他个人的一方天地，这里有他自己的日月星辰。虽然生活在新英格兰，但感觉如生活在千里之遥的亚洲和非洲。梭罗感受到自己遗世独立，仿佛是来自太古走向洪荒的唯一的人。梭罗不禁想起英国托马斯·格雷的诗《墓园挽歌》："把世界留给黑夜和我。隐约可见的景物慢慢从视野淡去，所有空气都包含着一种凝重的静寂。"基督的福音和烛火的光明驱散了一切，驱散了邪恶的女巫。在无尽的夜里，离群索居的梭罗通过直觉感悟世界。

超验主义诗学肯定人的神性。如梭罗所言："贞洁是人的花朵；创造力、英雄主义、神圣等等只不过是它的各种果实。当纯洁的海峡畅通了，人便立刻奔流到上帝那里。我们一会儿为纯洁所鼓舞，一会儿因不洁而沮丧。自知身体之内的兽性在一天天地消失，而神性一天天地生长的人是有福的，当人和劣等的兽性结合时，便只有羞辱。"②超验主义者对于人类的命运持积极的态度，如爱默生就深信，每个个体都是具有神性的，人本身就是一切，世界是因为人而存在的，人的发展潜力巨大，如果肯积极向上，极有可能成为完人，从而推动世界的进步。在超验主义者的社会观中，还包含着反对保守而提倡革新的内容，为人的进步和社会的完善发出了真诚的呐喊。某种意义上说，是超验主义吹响了美国精神独立的号角，新大陆从此开始了自己的独立思考，着眼于本国的现实创造，将具有美国特色的超验主义思潮推上了高峰。在寻找和发现人的神性方面，梭罗更注重人的"自助"精神，主张在大自然的场景中感受与发现人的自然本性，而只有在物质生活的极度简单而精神生活的高度丰富的时刻，人才能切实体验到上帝的存在，并最终发现自己的神性。在《瓦尔登湖》的"更高的规律"中，梭罗说："每一个人都是一座圣庙的建筑师。他的身体是他的圣殿，在里面，他用完全是自己的方式来崇敬他的神，他即使另外去琢凿大理石，他还是有自己的圣殿与

---

① ［美］梭罗：《瓦尔登湖》，徐迟译，上海译文出版社 2004 年版，第 122 页。
② 同上书，第 205 页。

尊神的。"①

梭罗的荒野生活使他有更多的时间和精力投身大自然，寻找自我，恢复精神自由。这也给他提供了向人们证明超验主义的重要论点的机会，这就是：在大自然中，通过直觉，就能感受到圣灵的存在。梭罗还坚信，在浩瀚无边的自然界还有一种神圣的道德力量，潜隐于大自然的所有事物中。人们眼中的世界，远不是冷冰冰的没有规则的物的组合，而是存在着一种能够把所有东西都聚合在一起的流动着的力量，这就是"宇宙存在之流"。《瓦尔登湖》中的"我"弃绝了精神的空虚，摆脱了僵化枯燥的凡俗生活，而发现了一个新的、灌注着"宇宙存在之流"的灵魂世界。梭罗认为，个体完全可以认识乃至把握"宇宙存在之流"，即使在日常生活中也能感受到"宇宙存在之流"。同时代作家霍桑曾谈到他对梭罗的自然生活的印象：

> 作为对他的爱的回报，自然似乎将他收养为特殊的孩子向他展示其他人不容许看到的秘密。他熟悉猛兽、鱼、飞禽和爬行动物……同样，花草，无论它们生长在哪里，在园地还是在荒野中都是他熟悉的朋友。他与云的关系也很密切，看到云的飘移就预知暴风雪的来临。②

超验主义诗学还具有明显的象征主义特征。生生不息的大自然，不仅向人类显示着自身的价值和规律，而且更能让人们获得道德抑或真理的启示，获得精神意义上的体验。超验主义的这一思想取向对 19 世纪的美国作家和诗人，以及其后的作家和诗人在创作精神上产生了深远的影响，更直接开阔了美国早期的象征主义文学的视野。美国早期的象征主义文学作品往往是暗示多于解释，含蓄表达多于直白的描述，这一切皆受惠于超验主义的写作经验。象征主义诗学渴望和憧憬的，也是通过某一具体事物而使人产生深刻的顿悟，以及一种精神上的启示，从而收到言有尽而意无穷的效果。爱默生于 1836 年发表的《论自然》是其最

---

① ［美］梭罗：《瓦尔登湖》，徐迟译，上海译文出版社 2004 年版，第 207 页。
② 常耀信：《美国文学史》（上），南开大学出版社 1998 年版，第 80 页。

重要的一部著作，也是超验主义思想的集中呈现。在该著中，爱默生着力探究了自然、人及灵魂之间的密切关系，并对自己的自然观做了周详的论证。爱默生认为，大自然和人的心灵世界无不充盈着精神的存在，连物质本身也是精神的象征，他主张只有全身心地投入大自然的怀抱中，通过直觉感受到大自然的启示，才能真正把握自然、人和灵魂之间的密切关系。这样的观点在梭罗的散文中得到了具体和详尽的发挥，广袤连绵的森林就是上帝存在的体现，大自然就是百科全书，大自然中的一切，都被注入了上帝的智慧，所以，他要追问"为什么我们不可以跟宇宙建立起一种更直接的关系呢"！

当然，梭罗的"大自然"还包括另外一层意思，那就是现实生活。任何作家或诗人，只有深入现实生活中，并通过他们自己的眼睛来观察上帝和自然，才有希望创作出真正具有精神内涵的作品。这无疑是对那些脱离现实生活、躲在书斋里向壁虚构的作家或诗人的忠告。世界是一个象征的体系，流动的河水标示着宇宙间永不止息的运动，四季与人的一生相对应，即使是蚂蚁——这个身体微小、心脏很大、辛勤劳作的小生灵，也是人的崇高形象的缩影。作为超验主义的最重要的作品，梭罗在其散文叙事中必然要充分展现象征主义的特征，仅在《瓦尔登湖》中的"湖"中就不乏显例，如：

> 一个湖是风景中最美、最有表情的姿容。它是大地的眼睛；望着它的人可以测出他自己的天性的深浅。湖所产生的湖边的树木是睫毛一样的镶边，而四周森林蓊郁的群山和山崖是它的浓密突出的眉毛。①
>
> 在这样的一天里，九月或十月，瓦尔登是森林的一面十全十美的明镜，它四面用石子镶边，我看它们是珍贵而稀世的。再没有什么像这一个躺卧在大地表面的湖沼这样美，这样纯洁，同时又这样大。秋水长天。它不需要一个篱笆。民族来了，去了，都不能玷污它。这一面明镜，石子敲不碎它，它的水银永远擦不掉，它的外表的装饰，大自然经常地在那里弥补；没有风暴，没有尘垢，能使它

---

① 〔美〕梭罗：《瓦尔登湖》，徐迟译，上海译文出版社2004年版，第174页。

常新的表面黯淡无光——这一面镜子,如果有任何不洁落在它面上,马上就沉淀,太阳的雾意的刷子常在拂拭它——这是光的拭尘布——呵气在上,也留不下形迹,成了云它就从水面飘浮到高高的空中,却又立刻把它反映在它的胸怀中了。①

第二节 梭罗超验主义诗学及其宗教观和神话思维

梭罗超验主义诗学的生成与其个体宗教观是分不开的,梭罗主张要使宗教性体验与人的内心净化达成一致,在世俗的生活中体验到某种神圣的宗教情感。他的宗教观是以超验主义的诗学形式,以隐喻、象征、暗示、神话等文学表现方式,来表达对现实人生,对生命存在的本真思考。在梭罗的叙事文本中,神话思维同样是广泛存在的,但我们应该从两个层面上来理解:一是梭罗将神话资源大量引入了具体的叙事中;二是梭罗以"创造神话"的方式进行叙事。

一 超验主义诗学与个体宗教观

要论及梭罗的超验主义及其超验主义诗学,显然离不开梭罗的个体性宗教观。梭罗认为,宗教存在于每个人的内心,每个个体都热爱自身的灵魂之美,个体的心灵无需借助教会的引导而可以直接和上帝交流。而且,梭罗主张宗教的多元化,不主张皈依某种具体的宗教信仰。他一生从未加入过任何教会或教派。梭罗个体宗教观的形成源于对制度化、机构化的宗教的抵制,更受到爱默生、超验主义和现代自由主义神学等方面的影响。

在梭罗自由观形成的 19 世纪上半叶,美国哲学思想、宗教思想以及社会政治思想出现了一次重大转向,就是从 18 世纪下半叶较为激进的"理性时代"转向 19 世纪上半叶偏于保守的时代。当时,夺得政权的美国资产阶级和地主阶级热衷于保护既得利益,在政治上转向保守,经历战争折磨的民众也渴望获得安宁平静的生活,革命热情降低,精力

---

① 〔美〕梭罗:《瓦尔登湖》,徐迟译,上海译文出版社 2004 年版,第 176—177 页。

转向发展经济。于是，在哲学思想、宗教思想以及社会政治思想等方面，都出现一种与"理性时代"不同的或者相反的发展趋向。梭罗的自由观可以看作对这种保守时代的强力反弹。

在哲学领域内，人们对唯物主义的态度发生了显著变化。在理性时代，洛克和牛顿等人的唯物主义哲学对北美产生过巨大影响，他们的著作成为美国许多启蒙思想家的常备读物。在超验主义运动时期，爱默生认为每个唯物主义者都将会成为唯心主义者，可是，唯心主义者却绝不会倒回去成为唯物主义者。通过爱默生等人的著书立说，四处讲演，超验主义唯心论在19世纪上半叶成为美国哲学中居主导地位的哲学思潮。超验主义者认为自然科学的作用有限，不能起到哲学或宗教所具备的发人深思或安抚人心的作用，不能把人类引向道德王国。他们认为人的进步在于上升到一个比自然界更加崇高、更加纯洁的领域，人对自然界具有至高无上的权威，应当以人为中心，从人的立场上去观察自然；应当摒弃过去那种通过观察、实验以发现自然规律的做法，因为这种做法表现出人们屈服于自然界的威力，而未显示出人的自由和尊严。人们在研究自然时所关心的并不是自然界本身究竟是什么，而是自然界对人来说意味着什么，对人的需要起什么作用。而且，人对自然界的控制并不依赖于科学家的精确观察，而依赖于诗人、艺术家以及哲学家的艺术活动和哲学沉思，他们才是自然界的真正主人。

在宗教界，爱默生否认基督教教义中上帝的权威，而强调个人的主体性与权威性。在他看来，"历史上的基督教已蜕变成一种祸害，它使我们传达所有宗教情感的企图都归于失败"①，而"如果一个人有正义的心，他就因此是上帝"。② 爱默生并不否定宗教的存在，他认为人需要宗教，需要宗教感情，但前提是这种宗教应该与人的主体性结合起来。爱默生的宗教观无疑对梭罗影响很大，梭罗不仅接受了爱默生的宗教观，而且发展了爱默生的宗教观，其发展的路径是将宗教世俗化、日常化及体验化。如其所言："耶和华虽然对我们而言已具备一些新品

---

① ［美］爱默生：《自然沉思录》，博凡译，上海社会科学院出版社1993年版，第104页。

② Carl Bode & Malcolm Cowley, ed. *The Portable Emerson*. New York: Penguin Books USA Inc., 1981, p. 74.

质,但比起朱庇特,他更专制、更难以接近,倒不是更神圣。他不是谦
谦君子,不是那么彬彬有礼、宽宏大量,他不似许多希腊神灵那样对自
然界施予如此亲切温和的影响。我该害怕这全能的人无穷的力量和严明
的赏罚,他至今几乎未被奉若神明。"① 同样在《瓦尔登湖》中,梭罗
还指出:

> 如果我们不慌不忙而且聪明,我们会认识唯有伟大而优美的事
> 物才有永久的绝对的存在——琐琐的恐惧与碎碎的欢喜不过是现实
> 的阴影。现实常常是活泼而崇高的。由于闭上了眼睛,神魂颠倒,
> 任凭自己受影子的欺骗,人类才建立了他们日常生活的轨道和习
> 惯,到处遵守它们,其实它们是建筑在纯粹幻想的基础之上的。嬉
> 戏地生活着的儿童,反而更能发现生活的规律和真正的关系,胜过
> 了大人,大人不能有价值地生活,还以为他们是更聪明的,因为他
> 们有经验,这就是说,他们时常失败。我在一部印度的书中读到,
> "有一个王子,从小给逐出故土之城,由一个樵夫抚养成长,一直
> 以为自己属于他生活其中的贱民阶级。他父亲手下的官员后来发现
> 了他,把他的出身告诉了他,对他的性格的错误观念于是被消除
> 了,他知道自己是一个王子。" 所以,那印度哲学家接下来说:
> "由于所处环境的缘故,灵魂误解了他自己的性格,非得由神圣的
> 教师把真相显示了给他。然后,他才知道他是婆罗门。" 我看到,
> 我们新英格兰的居民之所以过着这样低贱的生活,是因为我们的视
> 力透不过事物表面。我们把似乎是当作了是。如果一个人能够走过
> 这一个城镇,只看见现实,你想,"贮水池"就该是如何的下场?
> 如果他给我们一个他所目击的现实的描写,我们都不会知道他是在
> 描写什么地方。看看会议厅,或法庭,或监狱,或店铺,或住宅,
> 你说,在真正凝视它们的时候,这些东西到底是什么啊,在你的描
> 绘中,它们都纷纷倒下来了。人们尊崇迢遥疏远的真理,那在制度
> 之外的,那在最远一颗星后面的,那在亚当以前的,那在末代以后

---

① 〔美〕梭罗:《在康科德与梅里马克河上一周》,《梭罗集》(上),罗伯特·塞尔编,
陈凯、许崇信等译,生活·读书·新知三联书店 1996 年版,第 56 页。

的。自然，在永恒中是有着真理和崇高的。可是，所有这些时代，这些地方和这些场合，都是此时此地的啊！上帝之伟大就在于现在伟大，时光尽管过去，他绝不会更加神圣一点的。只有永远渗透现实，发掘围绕我们的现实，我们才能明白什么是崇高。宇宙经常顺从地适应我们的观念；不论我们走得快或慢，路轨已给我们铺好。让我们穷毕生之精力来意识它们。诗人和艺术家从未得到这样美丽而崇高的设计，然而至少他的一些后代是能完成它的。①

梭罗在众多叙述中都有关涉宗教、宗教观及宗教情感的文字，宗教性体验对梭罗来讲意味着一种诗学的指向。我们将以《瓦尔登湖》为例来加以说明。"天性难于克制，但必须克制。如果你不比异教徒纯洁，如果你不比异教徒更能克制自己，如果你不比异教徒更虔敬，那你就算是基督徒又怎么样呢？我知道有很多被认为是异教的宗教制度，它们的教律使读者感到羞愧，并且要他作新的努力，虽然要努力的只不过是奉行仪式而已。"② 梭罗在这里揭示了宗教仪式的荒诞性，一个内心充满了邪恶的人，无论再怎么虔诚地奉行清规戒律都不能使其内心纯洁，繁文缛节不过是遮人耳目的障眼法罢了。这样的说法，是为了给神圣的宗教仪式"祛魅"，从而使宗教性体验世俗化。当然，梭罗的宗教性体验世俗化并非现实利益的世俗，而是使宗教性体验与人的内心的净化达成一致，在世俗的生活中体验到某种神圣的宗教情感，这才是他的本意。

　　在康科德郊外，有个田庄上的寂寞的雇工，他得到过第二次的诞生，获有了特殊的宗教经验，他相信自己由于他的信念的关系已经进入了沉默的庄重和排斥外物的境界，他也许会觉得我们的话是不对的；但是数千年前，琐罗亚斯德走过了同样的历程，获有同样的经验；因为他是智慧的，知道这是普遍性的，就用相应的办法对待他的邻人，甚至据说还发明并创设了一个使人敬神的制度。那

① ［美］梭罗：《瓦尔登湖》，徐迟译，上海译文出版社 2004 年版，第 91 页。
② 同上书，第 207 页。

末，让他谦逊地和琐罗亚斯德精神沟通，并且在一切圣贤的自由影响下，跟耶稣基督精神沟通，然后，"让我们的教会"滚开吧。①

梭罗在这段文字里显然指出了宗教性体验的自主性，智慧的人是不会被盲目的宗教观念所束缚的，只有那些堕入红尘太深的人才会迷信宗教。宗教性体验在更本质的意义上，是一种世俗人生的深刻体验，也就是从世俗人生的流程中能够体验出具有宗教意味的东西来，而要有如此体验，则须超越宗教教义的束缚而获得某种想象力。

> 每一个早晨都是一个愉快的邀请，使得我的生活跟大自然自己同样地简单，也许我可以说，同样地纯洁无瑕。我向曙光顶礼，忠诚如同希腊人。我起身很早，在湖中洗澡；这是个宗教意味的运动，我所做到的最好的一件事。据说在成汤王的浴盆上就刻着这样的字："苟日新，日日新，又日新。"我懂得这个道理。黎明带来了英雄时代。在最早的黎明中，我坐着，门窗大开，一只看不到也想象不到的蚊虫在我的房中飞，它那微弱的吟声都能感动我，就像我听到了宣扬美名的金属喇叭声一样。这是荷马的一首安魂曲，空中的《伊利亚特》和《奥德赛》，歌唱着它的愤怒与漂泊。此中大有宇宙本体之感；宣告着世界的无穷精力与生生不息，直到它被禁。②

在梭罗的表述中，我们可以看到，作为存在着的人，只有精神超越了日常生活和现实的阴影，人类才能够更接近宇宙，接近自然，接近崇高，才能到达人的澄明而崇高的生命自由的境界。宗教以及上帝的存在，绝不是虚无缥缈的存在，"上帝之伟大就在于现在伟大，时光尽管过去，他绝不会更加神圣一点的。只有永远渗透现实，发掘围绕我们的现实，我们才能明白什么是崇高"。宗教的、上帝的存在，在梭罗的宗教观念中，其实就是一种现实的、无处不在的自然的存在，明显具有泛

---

① ［美］梭罗：《瓦尔登湖》，徐迟译，上海译文出版社 2004 年版，第 101 页。
② 同上书，第 83 页。

神论的倾向。在上述段落中，一个简单的日常化的行为——"在湖中洗澡"也变成了一个具有宗教意味的运动，其要义正在于"体验"，也就是从大自然中体验到一种宗教的存在，"成汤王"、"荷马安魂曲"、"空中的《伊利亚特》和《奥德赛》"这些意象的连接，与梭罗自由奔放的想象力有很大关系。这样，我们也就不难概括宗教性体验中的自由对梭罗超验主义诗学的意义了，个性的宗教、多元的宗教，在梭罗那里其实并非要去宣传何种宗教，宣扬某个教派的主张，他的宗教观是以超验主义的诗学形式，即以隐喻、象征、暗示、神话等形式来表达对现实人生，对生命存在的本真思考。所以，人们才以"向天空伸展"来比喻梭罗的超验主义诗学。

　　而在我们看来，梭罗的宗教性体验中的自由及由此达成的超验主义诗学，完全可以用"一个空中翱翔的鹰的形象"来比喻。鹰出生于大地却住在离地很远的高处，始终朝着天空翱翔，然后向下翻滚，正如梭罗在每次上升受挫后向下运动一样。然而，鹰的向下翻滚绝不是因为失败，而是一次欢快的、有毅力的、有创造性的动作，它在空中的翱翔和向下的翻滚比自然界中的任何事物都更令人激动。鹰表面上看起来是孤寂的，但它的自信和崇高使它俯瞰的尘世真正显得"孤寂"。尽管鹰像梭罗一样不需要观众，但却对人类负有某种特殊的"使命"，它发出了唤醒那些困在大地上的邻人的叫声，却没有对好像限制了它的飞翔的上苍表示不满。梭罗必然将他的渴望和挫败理想化为奇妙的上升和下降的循环，就像他笔下的那只鹰，在空中翱翔翻滚并且等待。

　　　　我听到了一种奇特的响声，有一点像小孩子用他们的手指来玩的木棒所发出来的声音，这时我抬头一看，我看到了一只很小、很漂亮的鹰，模样像夜鹰，一忽儿像水花似的飞旋，一忽儿翻跟斗似的落下一两杆，如是轮流，展示了它的翅膀的内部，在日光下闪闪如一条缎带，或者说像一只贝壳内层的珠光。这一幅景象使我想起了放鹰捕禽的技术，关于这一项运动曾经伴随着何等崇高的意兴，抒写过多少诗歌啊。这好像可以称为鵗隼了，我倒是不在乎它的名字。这是我所看见过的最灵活的一次飞翔。它并不像一只蝴蝶那样翩跹，也不像较大的那一些鸳鹰似的扶摇，它在太空中骄傲而有信心地嬉戏,发出奇异的咯咯之声,越飞越高,于是一再任意而优美地下降,像鸢鸟般连连翻身,然后又从它在高处的翻腾中恢复过来,好像它从来不愿意降落在大地上,看来在天空之中,鸷鸟之不群兮——它独自在那里嬉戏,除了空气和黎明之外,它似乎也不需要一起游戏的伴侣。它并不是孤寂的,相形之下,下面的大地可是异常地孤寂。孵养它的母亲在什么地方呢? 它的同类呢,它的天空中的父亲呢? 它是空中的动物,似乎它和大地只有一个关系,就是有过那样的一个蛋,什么时候在巉岩的裂隙中被孵了一下;难道说它的故乡的巢穴是在云中一角,是以彩虹作边沿,以夕阳天编成,并且用从地面浮起的一阵仲夏的薄雾来围绕住的吗? 它的猛禽巢在崖岩似的云中。①

二　超验主义诗学与神话思维

　　梭罗的宗教观是一种特别看重宗教所呈现的神人之间的关系,尤其是立足于人的神性的看法。如果我们沿着梭罗式的宗教观继续追踪,就可以从梭罗叙事中体察到另一种与诗性智慧并生的思维方式的存在——神话思维方式。梭罗的神话思维的形成与其超验主义经历有着密切的关系。爱默生指出,超验主义是一种理想的精神实体,它超越于经验和科学的地方,只能用直觉来把握。超验主义者强调精神的巨大作用,并且认为它是宇宙至为重要的存在因素。在超验主义者看来,自然界是精神的外衣,它是有生命的,是人格化的,人既生存在一个可见的经验世界中,也生存在一个不可见的超验时空中。超验主义作为一种哲学,的确为梭罗提供了超越世俗社会和追求人生自由的生命理念。超验之思是一种诗化思维,也可以说是一种神话思维,是人类深藏于心中的超验的冲动。梭罗以超验主义方式看待宗教哲学,认为个体都可能成为"神",这个神就是他宗教想象的结果,人必须把自己的宗教意识转化为神话式的想象,也只有在这种神话式的想象与叙事中,人才能获得真正的神性(自由)。卡西尔在其著作《神话思维》中指出:"神话具有哲学真理

---

　　①　[美]梭罗:《瓦尔登湖》,徐迟译,上海译文出版社2004年版,第292—293页。

性，因为它不仅表达一种思想而且表现了人类意识与神的真正关系，因为它是绝对物，因为它是神本身，神在神话中从最初的'自在'之神力进展到'异在'之神力，并经由神话达到完美的自为存在。"① 神话思维对梭罗意义重大，它的运作实际构成了其超验主义诗学的一个重要维度。

神话思维是与同诗性智慧共生，并且密切相关的思维方式。它也多启发于原始人的认知与思维方式。在某些情况下神话思维同诗性智慧是互动、互通的，比如在对天地万物的形象化、人格化等方面就是如此。但两者毕竟还是有所区别，神话思维可以说是诗性智慧的合理延伸，它在叙事中更加强调某种虚构性、神秘性与象征性，如中国神话中的女娲补天、精卫填海、后羿射日的故事，就体现了上述特征，属于典范的神话思维的产物。在梭罗的叙事文本中，神话思维同样广泛存在，但我们应该从两个层面上来理解：一是梭罗将神话资源大量引入具体的叙事中；二是他以"创造神话"的方式进行叙事。通常来说，借助神话资源来叙事的范例比较容易理解，梭罗经常在叙事中列举古希腊神话故事、基督教神话故事等，如《瓦尔登湖》的"经济篇"说："当法厄同要证明他的出身是神，恩惠世人，驾驶日轮，只不过一天，就越出轨道时，他在天堂下面的街上烧掉了几排房子，还把地球表面烧焦了，把每年的春天都烘干了，而且创造了一个撒哈拉大沙漠，最后朱庇特一个霹雳把他打到地上，太阳为悲悼他的丧命，有一年没有发光"②，这是以神话故事来说理；而"创造神话"的思维方式，也就是像原始初民那样，通过创造某种奇特的形象来阐释其自由观，相对而言就比较费解了，但它也是我们必须要面对的问题。我们还是从文本出发，来析解梭罗神话思维的具体表征。

別的鸟雀静下来时，叫枭接了上去，像哀悼的妇人，叫出自古以来的"鸣——噜——噜"这种悲哀的叫声，颇有班·琼生的诗

---

① ［德］恩斯特·卡西尔：《神话思维》，黄龙保等译，中国社会科学出版社1992年版，第15页。

② ［美］梭罗：《瓦尔登湖》，徐迟译，上海译文出版社2004年版，第68页。

风。夜半的智慧的女巫！这并不像一些诗人所唱的"啾——微"，"啾——胡"那么真实、呆板；不是开玩笑，它却是墓地里的哀歌，像一对自杀的情人在地狱的山林中，想起了生时恋爱的苦痛与喜悦，便互相安慰着一样。然而，我爱听它们的悲悼、阴惨的呼应；沿着树林旁边的颤声歌唱；使我时而想到音乐和鸣禽；仿佛甘心地唱尽音乐的呜咽含泪，哀伤叹息。它们是一个堕落灵魂的化身，阴郁的精神，忧愁的预兆，它们曾经有人类的形态，夜夜在大地上走动，干着黑暗的勾当，而现在在罪恶的场景中，它们悲歌着祈求赎罪。它们使我新鲜地感觉到，我们的共同住处，大自然真是变化莫测，而又能量很大。①

这是《瓦尔登湖》之"声"中的一个段落，其行文叙事充分展示了梭罗的神话思维方式。猫头鹰是一种昼伏夜出的鸟类，其鸣叫声本来没有什么稀奇，但经过梭罗神话思维的运作，这里的"猫头鹰"便具有强烈的神话性质。它的鸣叫声先是像"哀悼的妇人"，其鸣也哀；紧接着变成了"夜半的智慧的女巫"，开始被赋予神话色彩。至"它却是墓地里的哀歌，像一对自杀的情人在地狱的山林中，想起了生时恋爱的苦痛与喜悦，便互相安慰着一样"，其叙事的虚构性、象征性和神秘性陡然间呈上升趋势，叙述者超拔的想象力更是凌空而至，将我们带到了一个阴森恐怖且尚存一丝人间温情的黑暗世界，"一对自杀的情人在地狱的山林中"可谓神来之笔，没有神话思维的运作是不可想象的，而它将猫头鹰的悲戚声给人造成的极为复杂的感受和盘托出。梭罗的思维却没有就此打住，而是继续沿着神话思维的轨道运行，将猫头鹰看作"一个堕落灵魂的化身"，并推溯其前世"有人类的形态"，但也许他们作为人时绝非善类，而是强盗、匪贼之类，"夜夜在大地上走动，干着黑暗的勾当"，现在转生投胎作为恶禽，也只能"在罪恶的场景中""悲歌着祈求赎罪"。在这个段落中，梭罗的神话思维称得上是神出鬼没，他游刃有余地给我们创造了两个神话，一个神话是"自杀的情人"，另一个神话是"堕落灵魂的化身"，但是，这两个神话都是纯粹

---

① [美] 梭罗:《瓦尔登湖》，徐迟译，上海译文出版社 2004 年版，第 116 页。

虚构的,而具有浓郁的神秘性与象征性,其神秘性使神话故事本身鬼气森森,读起来让人不寒而栗,但它们说的却都是一种现实的鸟类——猫头鹰,这又是一种象征性的表现。

这里需要注意的是,不能将神话思维简单地等同于比喻,比喻一般针对的是单个的语句,而神话思维作为一种叙事方式,其基本单位是故事,拿梭罗在这里创造的两个神话来说,就有故事的模样,而且还有一定的故事情节,如"自杀的情人"神话中出现的情节,"生时恋爱的苦痛与喜悦"、"互相安慰"。神话思维在梭罗叙事中的广泛使用,使其充满了耐人寻味的文学气象,隐喻、象征、互文等修辞手段纷至沓来,充分显示了梭罗过人的文学功力和想象力。在这个段落中,同样值得注意的是"我"的存在,在猫头鹰悲戚、哀怨的鸣叫声中,"我"的心境是怎么样的呢?"然而,我爱听它们的悲悼、阴惨的呼应,沿着树林旁边的颤声歌唱;使我时而想到音乐和鸣禽;仿佛甘心地唱尽音乐的呜咽含泪,哀伤叹息",猫头鹰也是大自然的一分子,它与"我"一样都属于大自然,在"我"看来它有权按自己的本性生存,它与"我"一样是自由的,"它们使我新鲜地感觉到,我们的共同住处"。这是"自由"的具象表达,梭罗关注物象而不执着于物象,正所谓携物同游而超然物外。

第三节　超验主义的诗意栖居与生命超越

梭罗超验主义诗学是诗意地感受自然、感受自我,从而达到超越人间桎梏,从而到达一个诗意葱茏的艺术审美境界,其间是富于神性的生命本真的存在。这种诗意的栖居是对现实人生的规避,同时也是对自我智慧的肯定与尊重。

一　诗意栖居中的思与诗

梭罗在《瓦尔登湖》中说:

> 这湖当然是一个大勇者的作品,其中毫无一丝一毫的虚伪!他用他的手围起了这一泓湖水,在他的思想中,予以深化,予以澄

清，并在他的遗嘱中，把它传给了康科德。我从它的水面上又看到了同样的倒影，我几乎要说了，瓦尔登，是你吗？

> 这不是我的梦，
>
> 用于装饰一行诗；
>
> 我不能更接近上帝和天堂，
>
> 甚于我之生活在瓦尔登。
>
> 我是它的圆石岸，
>
> 飘拂而过的风；
>
> 在我掌中的一握，
>
> 是它的水，
>
> 它的沙，
>
> 而它的最深邃僻隐处，
>
> 高高躺在我的思想中。①

梭罗给我们描绘了一个优美的"诗意地栖居"的画卷，不由得让我们想起荷尔德林的诗句"充满劳绩，然而人诗意地，栖居在这片大地上"，两首诗的情感体验、生命感悟和诗意生活有异曲同工之妙。海德格尔认为，自启蒙运动后人类落入了精神沉沦的深渊，面临着种种危机，而这与人对技术缺乏反思有关，他通过论述工业社会对人性的扭曲和对人的生存空间的异化，提出人类可以通过"诗意地栖居"来实现终极自由。"诗意地栖居"中"栖居"这个词的本源意义是持守、逗留，海德格尔将此解释为"置身在平静中，持守在平静中"，"平静"意味着不受伤害和防止危机。"栖居，即置身在平静中，意味着在自由和保护中持守在平静里，这种自由让一切守身在其本性之中……一旦我们考虑到，人存在于栖居中，确切点说，人是作为终有一死者逗留在大地上，那么整个栖居领域便向我们开显出来。"②

梭罗居于瓦尔登湖，每日散步、沉思。在"寂寞"中，他写道：

---

① ［美］梭罗：《瓦尔登湖》，徐迟译，上海译文出版社 2004 年版，第 181 页。

② ［德］海德格尔：《海德格尔选集》，孙周兴选编，上海三联书店 1996 年版，第 347 页。

这是一个愉快的傍晚，全身只有一个感觉，每一个毛孔中都浸润着喜悦。我在大自然里以奇异的自由姿态来去，成了她自己的一部分。我只穿衬衫，沿着硬石的湖岸走，天气虽然寒冷，多云又多风，也没有特别分心的事，那时天气对我异常地合适。牛蛙鸣叫，邀来黑夜，夜鹰的乐音乘着吹起涟漪的风从湖上传来。摇曳的赤杨和白杨，激起我的情感使我几乎不能呼吸了；然而像湖水一样，我的宁静只有涟漪而没有激荡。和如镜的湖面一样，晚风吹起来的微波是谈不上什么风暴的。虽然天色黑了，风还在森林中吹着，咆哮着，波浪还在拍岸，某一些动物还在用它们的乐音催眠着另外的那些，宁静不可能是绝对的。①

梭罗在此所表现的正是诗意栖居的自由之思。诗意栖居是一种从本源处敞开来的存在状态，这正是一种自由的体现。自由是存在的澄明之境，自由的本质是"让存在"：让万物自在，自己自在，自在就是自由。

达到"诗意地栖居"的途径是思与诗的对话。海德格尔所理解的"思"不是企图构造普遍规律的理性思维，不是认知的工具，而是人们经验世界和创建价值的方法。精神沉沦的时代，精神作为与物质相对立的要素成了主体的人可以制造的"文化"，在"文化"中，精神丧失了对时代的"思"，只追求支持技术的知识，而对知识的欲求是无法把人类带入一种运思的追问中的。"思"即反思存在，是对自我存在的一种勘探和追问。在存在被物质遮蔽的技术时代，人遗忘了其所以为人的本质，对存在的思考使"存在"在人的意识层面呈现。

海德格尔认为，诗人绝不是只表达精神感受，而是在语言的敞开中把存在的真理显现出来。诗在本质上是对存在的词语性创建，诗通过命名存在者而给世界以意义和价值，作为人存在的内在尺度启示着人生存在世界与大地之间的根本处境，存在之真理和人生之价值就被诗意地建立起来了，诗所建构的这种"存在"即诗性存在。

在《瓦尔登湖》的"更高的规律"篇的结尾，梭罗写道：

———————————

① ［美］梭罗：《瓦尔登湖》，徐迟译，上海译文出版社 2004 年版，第 121 页。

　　在一个九月的黄昏，约翰·法默尔做完一天艰苦的工作之后，坐在他的门口，他的心事多少还奔驰在他的工作上。洗澡之后，他坐下来给他的理性一点儿休息。这是一个相当寒冷的黄昏，他的一些邻人担心会降霜。他沉思不久，便听到了笛声，跟他的心情十分协调。他还在想他的工作，虽然他尽想尽想着，还在不由自主地计划着、设计着，可是他对这些事已不大关心了。这大不了是皮屑，随时可以去掉的。而笛子的乐音，是从不同于他那个工作的环境中吹出来的，催他沉睡着的官能起来工作。柔和的乐音吹走了街道、村子和他居住的国家。有一个声音对他说——在可能过光荣的生活的时候，为什么你留在这里，过这种卑贱的苦役的生活呢？同样的星星照耀着那边的大地，而不是这边的——可是如何从这种境况中跳出来，真正迁移到那里去呢？他所能够想到的只是实践一种新的刻苦生活，让他的心智降入他的肉体中去解救它，然后以日益增长的敬意来对待他自己。①

　　梭罗在此写了农夫的诗性之思。农夫约翰·法默在做了一天艰苦的工作之后坐下来沉思，当他的邻居们还在担心是否会降霜时，他却在遐想中听到有人在吹笛，尽管他的脑子里装的也是工作的事，但笛子的曲调，来自他的工作领域之外，笛声传进他的耳朵，提醒他身上沉睡的某些官能起来工作。曲调飘飘然吹得他不知身在何方，不知他所住的街道、村落和国家。有个声音告诉他——你在有可能过着光荣的生活时，为什么要待在这里过着这种卑微辛苦的生活呢？他思考着"同样的星星在那边大地的空中闪闪发光而不是在这边——但怎样才能走出这种境况，真正迁移到那？他所想到的只是实践某种新的简朴严肃的生活，让他的心灵降入他的肉体内去解救它，并以与日俱增的尊敬之忱去对待自己"。

　　在《瓦尔登湖》"豆田"篇中，梭罗把自己种豆锄豆的劳动变成了诗和音乐，"当我的锄头碰在石头上发出叮当声时，音乐之声便回响在

————————————
① ［美］梭罗：《瓦尔登湖》，徐迟译，上海译文出版社2004年版，第207页。

林中和空际，成为我劳动的伴奏，即时产生出无法估量的收获。这不再是我用锄为之松土的豆子，也不是我在用锄为豆子松土。""我所栽培的那些豆子，愉快地返回到它们的野生原始状态上去，而我的锄头则给它们唱起牧歌。"① 当劳动仅仅只是劳动，是赢利的手段时，劳动者也就成了自己的工具，此在的本质被遮蔽，只有当劳动与享受结合成为一种游戏时，劳动者才能超越感性物化的局限和理性欲求的羁绊，显示出此在本真的自由。"一切凝神之思都是诗，而一切诗都是思……诗启示人们去思，而思即是诗意地思，诗与思的本性是作为诗意语言将未道说的带向道说。"② 诗与思的本性都是突破物质设置的蒙蔽，将未被言说的存在呈现，使人重新返回存在的澄明之境。

二　时间的永恒性启示

我们生活在时间之中。在时间中我们获得经验、知识，以及全部人生。奥古斯丁在他的《忏悔录》中感叹道："什么是时间？无人问我时，我还知道；若要我向人解说，我却不知道了。"③ 谈及时间，我们立刻意识到的是，时间共有过去、未来、现在三个维度，这是最一般的时间观念。人们都有这样的时间观念，它们体现在所有的语言中，无论这些语言之间就语法而言有多么的不同。时间概念就建立在对这三个时间维度的理解基础上。对时间进行解释，就是解释过去、未来、现在是怎样的，以及其相互间的关系是怎样的。先哲们对时间也做过各种各样的阐释。赫拉克利特认为，时间（年岁、时间、永恒等义）是一个玩骰子的儿童，"儿童掌握王权！"④ 柏拉图定义时间为"永恒之运动的影像"。亚里士多德把时间定义为"时间是关于前后运动的数"。在基督教经验那里，时间成为通往永恒的通道。⑤ 尼采的瞬间永恒轮回思想认为："一切东西都会重现：'无限次地再次经历它，且毫无新意。'在时

---

① ［美］梭罗：《瓦尔登湖》，徐迟译，上海译文出版社 2004 年版，第 150 页。
② ［德］海德格尔：《海德格尔选集》，孙周兴译，上海三联书店 1996 年版，第 287 页。
③ ［古罗马］奥古斯丁：《忏悔录》，周士良译，商务印书馆 1963 年版，第 48 页。
④ 屈万山主编：《赫拉克利特著作残篇译注》，陕西师范大学出版社 1987 年版，第 1 页。
⑤ 汪民安：《文化研究关键词》，江苏人民出版社 2007 年版，第 304 页。

间上，它是环行的。"① 尼采在《查拉图斯特如是说》中提出："你现在和过去的生活，你将再过一遍……存在之轮永恒运转。"② 就此，反驳了柏拉图主义——基督教的时间——永恒关系，因为一切都在重复轮回，就不会有一个上帝和天国在未来等着我们。

康德在其《纯粹理性批判》的"先验感性论"中把空间和时间视为"先天感性形式"。先天感性的直观形式，即空间和时间是认识的前提条件，它们直接规定了为我们所认识的对象的性质。在其"图式论"中，时间则被视为连接完全异质的现象和纯粹知性范畴的中介，因为只有时间才既是纯粹的、无任何经验内容的，同时又是感性的。③

时间因它特有的物理性质，决定它是流逝的和具有单一性的指向，时间一去不复返。梭罗从中既看出自然界的变化，也可以看到人生老病死的过程，从而领悟生命的意义。在人所能经历的有限时间内，尽管单个人的生命时间有限，但生命本身的意义是永恒的。在生命轮回的过程中，显示一种富有神性的永恒存在。永恒与不朽就构成了梭罗富有张力的散文表达。

梭罗在自然中感悟时间背后存在的永恒启示。梭罗说："就像孩子期盼夏天的到来，我们也会暗自怀着快乐期盼季节循环的重现永远不会耽搁。当这么多年都忠贞不渝的春天再度降临之时，我们会出去赞美和重新装饰我们的伊甸园，而且绝不会感到疲倦。"虽然度过了一个季节，但季节的再度降临总会忠贞不渝地来临，说明在人所拥有的时间流逝的基础上，大自然的生命时间是永恒和富有神性的。梭罗通过时间看到了事物间的永恒关系。他说："有时仿佛是透过朦胧的烟雾，我们看到事物处于其永恒的关系之中；它们就像史前巨石群和金字塔那样矗立着，令我们感到诧异：是谁建起它们，建它们是出于什么目的。"④

梭罗还从绿草的死亡与生长看到了生命的短暂与永恒。他说："小草像春火在山腰燃烧起来了，好像大地送上了一个内在的热力来迎候太阳的归来；而火焰的颜色，不是黄的，是绿的——永远的青春的象征，

---

①　汪民安：《尼采与身体》，北京大学出版社 2008 年版，第 217 页。

②　同上书，第 221 页。

③　同上。

④　［美］梭罗：《梭罗日记》，朱子怡译，北京十月文艺出版社 2005 年版，第 21 页。

那草叶，像一根长长的绿色缎带，从草地上流出来流向夏季。是的，它给霜雪阻拦过，可是它不久又在向前推进，举起了去年的干草的长茎，让新的生命从下面升起来。它像小泉源的水从地下淙淙的冒出来一样。它与小溪几乎是一体的，因为在六月那些长日之中，小溪已经干涸了，这些草叶成了它的小道，多少个年代来，牛羊从这永恒的青色的溪流上饮水，到了时候，刈草的人把它们割去供给冬天的需要。我们人类的生命即使绝灭，也绝灭不了根，那根上仍能茁生绿色的草叶，至于永恒。"[①]

在这里，梭罗把小草在时间中的死亡和生长看成是短暂和永恒的生命启示。小草是永恒生长的一个象征，它的叶片就像长长的绿带。从春到夏，嫩绿的小草又向前推进了，大地如绿色的生命在燃烧，生机蓬勃。经历了严冬，小草枯黄了，可是仍顽强地举着前一年枯萎干草的长矛，掩护着下面的新鲜生命。早春时分，草丛里的新绿嫩芽慢慢崭露头角，蔓延开来，生命又在大地上复苏。小草这种生长坚定得如同从土地里喷涌而出的溪流。小草的生命如同生命之水一样具有永恒性。梭罗对小草可以替代水的功用进行了生动的说明。"因为在六月那些生命力旺盛的日子里，溪流一旦干涸，草叶便成了动物们唯一的取水途径。而年复一年，畜群'饮用'这绿色的溪流，割草人取用这不断得到补充的资源——就这样满足了多种需要。"[②] 因此，透过时间我们看到了生命的本质和大自然的神圣。生命在时间的循环中永不衰竭，因为生命的消亡只是大自然的表面现象，而它的绿叶却伸向了永生。当土地积雪消尽，几个温暖的日子已使其表面变得干燥。比较一下刚出土的幼小生命分外柔弱的迹象与经受过冬天的枯萎植物庄严的美，实在是饶有趣味的事情。"还未播撒下种子的大蓟，优雅的芦苇和灯心草——它们在冬天里比在夏天更加华丽和庄重，仿佛要到这个时候，它们的美才臻于成熟。赞美它们弯成弓形、低垂的束状顶部，我从不感到厌倦。就像我们喜欢在冬天里回想夏天，最受画家喜爱的景物之一也许是野生的燕麦，它们在作品中获得永生，这永恒生命的代表此时已进入它们的秋季。它

---

①　[美]梭罗：《瓦尔登湖》，徐迟译，上海译文出版社 2004 年版，第 287 页。

②　[美]梭罗：《梭罗日记》，朱子怡译，北京十月文艺出版社 2005 年版，第 28 页。

们是冬季永不枯竭的粮仓，它们的种子款待了最先飞临的鸟类。"①

梭罗说大自然的生命现象"让灰心失望的人们懂得大自然并不存在衰退的迹象"。由此我们领悟到存在的只是普遍的不间断的生命力，衰败和毁灭都只不过是一时的现象。"谁曾窥见自然女神的额头上长出一道皱纹，有过经历风吹雨打的痕迹，或者头顶有了一根白发，衣服裂开了缝？大自然在谁看来都那么年轻和生气勃勃，没有历史的负担。如今当我们想象自己受雇于诸神，便可以与大自然建立相应的交往。我们活着就是要与河流、森林、山峦交往，包括人类与兽类的交往。我们与这些事物结交得太少太少了！"②梭罗在自然的体验中领悟时间的真谛，以及积极生命的价值和意义。"今天云雀飞落在草地里歌唱，知更鸟唧唧地叫，蓝知更鸟老幼一起重访它们的窝，仿佛只要大自然允许，它们乐意一而再地过着夏天，不被冬天打断。"③"就像恒星和我们的太阳，在自然元素中无可争议地超群绝伦。在一切生命产生的某个阶段，光无疑是和热一起出现。光引导生命萌芽，生命力存在于光和热之中。"④

三　超越生命与感悟自由

超越有限的生命并且感受生命过程的酣畅自由，是人类自古以来的梦想。但生命的法则是生老病死，谁都无法摆脱，而生命过程又无时不产生着精神痛苦。惟其如此，那些智者的智慧人生总是体现在其精神境界上，他们对生命的有限性与无限性有着透彻的洞察与表述，并寻找着生命过程通向自由的可能途径，梭罗就是这样的一个智者。梭罗一生所寻找的，就是个体内心精神与物质世界的平衡。梭罗一再提醒大家，在人与自然一体的观念中，人并非自然唯一的中心。在今天，关于个体永恒的精神生活的探讨已不是哲学命题，而成了常识。人类学习与自然的和平共存，也就是寻求人与自然的和谐，这更是需要人们迫在眉睫达成的共识，但人类追求圆满与自然平衡生命时，依然时时缠绕着迷思与诱惑，似乎这也是个不解的魔咒。这也正是寻求返璞归真、强调个人自由

---

① ［美］梭罗：《梭罗日记》，朱子怡译，北京十月文艺出版社 2005 年版，第 28 页。
② 同上书，第 29 页。
③ 同上书，第 23 页。
④ 同上书，第 24 页。

的梭罗人生哲学的魅力所在，它的前瞻性智慧，与时俱进，永不褪色，难怪他的著作总是有人一读再读。在此，我们将整理梭罗超验主义著述中有关"超越有限生命"与"感悟永恒自由"的经典陈述，从"生命与死亡"、"真理"、"智慧"、"德行"、"时间"等几方面加以汇集，并做简短的分析，从而增强读者对梭罗自由思想的具象认识。

（一）超越生命

对生命的超越往往体现在对生命价值的尊重上，但尊重生命价值，又往往首先表现为对死亡的穿透与把握。海德格尔甚至把"死"作为其哲学体系的核心而展开，他主张个体直面死亡，真正达到"向死而生"的精神境界。海德格尔的死亡观呼唤人们由"死"而反观"生"，真正把握死对人存在的巨大意义，更真切地热爱此生此在，在有限生命中充分展示"生"的辉煌。梭罗在《为约翰·布朗上校请愿》一文中表达了与海德格尔相似的观点，他认为："美国似乎还没有人真正死过，因为在死亡之前，必先有生存。我听到很多人假装求死或自认为已经死亡。真是无稽之谈！我会阻止他们如此说。因为他们还没有活到这个份上，一个人的言行如果无法达到虽死犹生的地步，那么，他的死亡可能是对他的言行的最大讽刺。"死亡并非生命的终结，而是生命的延续，以伟大的思想家柏拉图而言，其死早逾千年，但他仍然活在世上，虽死犹生。为什么呢？因为他智慧的思想和他的行为达到了高度一致，其言行流传千古堪称典范。在梭罗看来，许多人从未曾"生存"，因此其死亡便无从谈起。言行相悖、言行分离乃世人常犯的错误，梭罗最鄙视的就是这种错误。

当死亡临近，一般的庸碌之辈常常表现得垂头丧气，而真正的智者却不是这样。苏格拉底在临近死亡的时候，谢绝了人们的营救逃亡的计划，送走了痛哭流涕的妻子，平静地对狱友说："我何必忧虑死的到来？因为死，我回到那智慧而善良的神身边。"他"当时的行为和语言都显得相当快乐"，"高尚地面对死亡，视死如归"①。能坦然面对死亡者才是真正享受过生命自由的人，凡夫俗子因为有太多的"放不下"，

---

① ［古希腊］柏拉图：《柏拉图全集》第1卷，王晓朝译，人民出版社2002年版，第58页。

致使其生命充满了痛苦与羁绊。许多人名义上是自由的，实际仍然没有解除奴隶的身份，他们做的是名利的奴隶，因为从懂事起便为名利而奔忙，最后劳累而死，他们只是使用过生命却从未享受过生命以及生命自由的乐趣。梭罗在临终之时，表现出了与苏格拉底相似的坦然，他在给友人的一封信中平淡地说道："我想我没有多少日子可活了，当然，我对此一无所知。我要补充说明的是，我很享受在世时的一切，了无遗憾。"

面对死亡，梭罗为什么会如此镇静？因为他的一生从不盲从，他的热血从未停滞过。如其所言，"我们的生命应该是一趟积极与进取的旅程"①，他还认为，"我们应该从远方、历险和危难中，带着新的经验与个性回家，并发现每一天的不同"②。生命的意义也许在于改变，那远方的呼唤、荒野的历险和不断面临的危难，都会使平凡的生命充满激情与奇迹，既然如此，我们就不应该蒙昧混沌地消磨生命。梭罗虽英年早逝，但他的思想却影响和感召了无数人，原因就在于他的生命中充满了激情。

生命过程的魅力更多地表现在激情的生成与释放，普通人由于唯唯诺诺，缺少自我意识，总有一天其热血会停滞，精神世界也会变得荒芜，由此，魔鬼便成为他们梦中的常客，生命本身也开始狰狞起来。梭罗告诫世人："人心的魔鬼不光是热血的停滞，也是精神的沉闷。"任何人的生命都必然遭遇曲折，而经历的曲折太多可能会使很多人从此消沉，变得怨声载道。对此，梭罗的态度是："生命不是用来抱怨的，而是用来满足的。"③ 梭罗还指出："很多人都过着绝望的生活，而导致这个现象发生的是盲从。"④ 多年来人们都以为瓦尔登湖深不可测，从而限制了人们去发现真相的行动，而梭罗不过是以吊线悬以石块，即轻易

---

① Thoreau. *Henry David Thoreau*. *Journal*, July 14, 1852. *Walden*, *Civil Disobedience*, *and other writings* (*Norton Critical Editions*). Edited by William Rossi, W. W. Norton & Company, 2008, p. 353.

② ［美］梭罗：《瓦尔登湖》，徐迟译，上海译文出版社 2004 年版，第 195 页。

③ Henry David Thoreau. *Letter to Daniel Ricketson*, November 4, 1860. *Walden*, *Civil Disobedience*, *and other writings* (*Norton Critical Editions*). Edited by William Rossi, W. W. Norton & Company, 2008, p. 376.

④ 原文为 "The mass of men lead lives of quiet desperation. What is called resignation is confirmed desperation." 笔者引用时略有改动。参见［美］梭罗《瓦尔登湖》，徐迟译，上海译文出版社 2004 年版，第 11 页。

触底，测得湖水深度为 107 英寸，梭罗在这里也是讽喻人性的"盲从"必然养成认命的惰性。

生命的过程原本就是时间的过程，因此，在"超越生命"这个话题中，梭罗关于"时间"提出了很多真知灼见。"每一个早晨都是一个愉快的邀请，使得我的生活跟大自然自己同样地简单，也许我可以说，同样地纯洁无瑕。我向曙光顶礼，忠诚如同希腊人。我起身很早，在湖中洗澡；这是个宗教意味的运动，我所做到的最好的一件事。"① "一日之计在于晨"的道理浅显明白，但又有多少人能够真正实践这一浅显的道理？当一个浅显的道理变得妇孺皆知而没有人去实践的话，就成了一个大问题了。重要的不是"知"，而是怎么"行"。梭罗还在《瓦尔登湖》的"春天"中里说："一天正是一年的缩影。夜是冬季，早晨是春天，傍晚是秋天，中午是夏季。"② 浪漫主义诗人布莱特曾在诗中说过"一沙一世界，一花一天堂"，拓而展之，一日即一年之浓缩，一日即为一生之象征又何尝不可？可悲的是，有些人的生命中只有正午、傍晚和夜晚，就是没有早晨。如果我们珍爱生命，就应该从早晨开始。生命中的分分秒秒都值得珍惜，一天之中的早晨更是辉煌的开端，就更需要珍惜。梭罗经常在夜晚反思自身，确认自我存在，"当夜色加深，月光越亮时，我开始分辨自己是谁，且身在何处，也意识到自己的存在"③。达摩祖师④也正因为发出了"我是谁"的疑问，并为了破解这个疑问，才走上了禅宗之路，终成一代宗师。而普通人却从不问"我是谁"，这就注定他们将在浑浑噩噩中走完生命的旅程。趋同于别人，却不明白为什么这么做，为什么要走那条道。人世间大多数人不仅盲目，而且缺少判断，这就是梭罗给我们的启示。

（二）感悟自由

梭罗不仅探讨了生命自由的可能性，而且在著述中更探讨了实现生

---

① ［美］梭罗：《瓦尔登湖》，徐迟译，上海译文出版社 2004 年版，第 83 页。

② 同上书，第 278 页。

③ Henry D. Thoreau *Walden*, *Civil Disobedience*, *and other writings*, ed. William Rossi（A Norton Critical Editions, Thied edition, New York. London: W. W. Norton & Company, 2008），p. 365.

④ 达摩祖师是梭罗的四大精神导师之一。见 Stephen Hahn. *On Thoreau*（Wadsworth Thomson Learning, Inc., 2000），p. 4.

命自由的可能性。梭罗提出的实现自由途径是智慧、真理与德行。

在梭罗看来，一般人的失败并不是缺少知识，而是缺少智慧。知识不如聪明，聪明不如智慧。禅宗里也有所谓"所知障"的说法，意思是知道得越多，反而越难顿悟。基督教神学中亦有同样的观点，认为过分地追求知识，反而会遮蔽对神圣真理的体认。梭罗在此想表达的是，有些人只知道书本上的东西，却不重视如何让自己的头脑聪明起来，这样的知识者其实远不如那些聪明的文盲。沾沾自喜于小聪明，而不想追寻真理，同样是我们常犯的错误。什么是智慧？智慧就是能使我们的心灵得到彻底解放的途径。"去了解生活"，这是梭罗所极力主张的。一个知识者最容易故步自封，以为书本上的知识最重要，岂不知知识的源头是生活，生活才是活生生的生命体现，知识只有在与鲜活的生命相融时，才会变成智慧。以过去几十年、几百年的知识为满足的知识者如何能够产生智慧？又如何在平凡的生命中体悟到自由的存在呢？诚如梭罗所言，智慧经常被人误用。一个不比别人更了解生活的人，何谈智慧？最伟大的思想家也会表现出某些无知，更何况原本就不怎么思考的人。无知并不可怕，可怕的是将无知视为有知，并由此产生某种自我迷信。有了自我迷信并不可怕，可怕的是这样会离生命的自由境界越来越遥远。梭罗认为，"任何有智慧的人都以时代为其疆界，但仍有其无知。这只有观察那些最伟大的思想所产生的迷信，便可知晓"。

举凡红尘中人，多为爱情、金钱和浮名所累，能看淡这一切的，才是真正的智者。那么，梭罗在追求什么呢？真理。真理又是什么？真理就是通往心灵自由的道路。"要对大自然作一次恰如其分的研究，感知其真实的意义是多么必要。有一天真相会成长为真理。时令会有成熟的那一天，使已经得到培养的悟性结出果实。只知道积累真相的人们——为大师们搜集材料——就像生长在幽暗森林中的植物，它们'只长叶子不开花'。"① 因此，梭罗说："不必给我爱，不要给我钱，不要给我名，给我真理吧。"② 真理是智慧的硕果，是看不见的稀世珍宝，但并不是每个人都具备观察和把握它的能力，因此，人们宁愿相信一块冰激

① ［美］梭罗：《梭罗日记》，朱子怡译，北京十月文艺出版社2004年版，第4页。
② ［美］梭罗：《瓦尔登湖》，徐迟译，上海译文出版社2004年版，第306页。

凌的真实，也不相信真理的存在。梭罗曾经忧愤地说，这个世界对冰激凌的需求胜过了对真理的需求。一个注重现实享受的时代，必然是一个奢侈的时代，而一个只注重现实享受的国家则是没有希望的国家。这并不是危言耸听，而是一个真正的智者面对功利主义对一个民族正在造成的巨大伤害时敲响的警钟。科学是否与真理相对？这也是一个值得关注的问题，梭罗认为，所有的科学都不过是临时的替代，是一种永远达不到目的的手段。科学给人类带来了便利，但也带来了不祥，因为当代的许多疾病都源于科学的副作用。可怕的是，科学一旦和消费主义联合在一起，便成为扼杀人性的利器。因此，梭罗反对那些以科学的名义遮蔽人的心灵自由的做法，认为倘若科学的发展，不能促进人的自由而是阻碍人的心灵的解放，那么，这样的科学就应该遭到否定。

要真正感受到自由的在场，个体不能不重视道德的修养，而道德的意义体现在平凡生活的任何方面。不要以为一棵树你愿意砍多少斧子就能砍多少斧子，它也是有生命的，不要以为一只奔跑的蚂蚁你愿意踩死就随时可以踩死。当你砍死一棵树的时候，其实砍死的是你的正在生长着的尊严；当你踩死一只蚂蚁的时候，踩死的何尝不是你的善良呢？因为正如梭罗所言："我们的整个生活都充满了道德意义。"① 尊重所有别的生命，我们才有可能感受到生命的真正自由。善良的心灵是上帝给予人类最好的馈赠，但在消费主义时代，善良被看作愚蠢的代名词，真是可悲至极！人心本善良，是谁诱惑人类走向了邪恶？在消费主义时代，善良可能被异化，善良之人可能不断受到伤害，也使善良之人对善良失去信心。这都说明人们的善良还没有达到一定的境界，有要求回报之嫌。耶稣基督曾训斥法利赛人在街上吹角行善的虚伪，在梭罗看来，真正的善良恰如风行水上，与回赠和报答无关，而应该与个体本身的心灵自由相关，因为："善是唯一的授予，永不失败。在全世界为之振鸣的竖琴音乐中，善的主题给我们以欣喜。"②

---

① ［美］梭罗：《瓦尔登湖》，徐迟译，上海译文出版社 2004 年版，第 204 页。参考徐迟译本，本书引用时略有改动。

② 同上。

第四节　梭罗超验主义诗学与东方文化

毋庸置疑的是，梭罗超验主义诗学的发生，主要源于欧美文化的滋养。但我们同样可以发现，其超验主义诗学也与东方文化也有着千丝万缕的关联，特别是它吸收了中国古代的儒家、道家学说，也汲取了其他东方国家的古代哲学的营养。由此可见，梭罗超验主义诗学也是兼容性的、开放性的诗学形态，值得研究者反复探究与挖掘。

一　超验主义诗学与道家学说

作为超验主义者的梭罗，表现出了浓郁的东方文化情结，尤其表现出对中国古代文化的浓厚兴趣。他的超验主义观念及其超验主义诗学，与中国的儒家和道家思想有着密切的关系。梭罗早在就读于哈佛大学期间，就翻阅了很多西方人书写的关于中国的游记和历史评论。

当然，梭罗的中国情结不会只停留在物质文化层面，他更多地汲取了古代中国哲学家的思想，并将其作为一种必要的元素，灌注于其诗学之中。梭罗早年浸淫于希腊罗马的古典文学、17 世纪英国文学和 18 世纪末期欧洲浪漫主义文学，深受歌德、华兹华斯、柯勒律治等诗人作家的影响。此外，他经常涉猎其他著作，如自然史、州郡志、年鉴、古迹传说，以及东方经典等，这种广博汲取塑造了梭罗极为特殊的超验主义的文学风格。在文体方面，梭罗先是师法爱默生，但在思想上，他最神往的还是东方思想，通过其个人对于东方经典的领悟，写出了弥漫着东方神秘风格的作品。梭罗在阅读了古代印度的史诗《摩诃婆罗多》和《罗摩衍那》时，就不但肯定了印度经典对他的影响，而且还进一步追寻历史的证据和经验来解释他的思想。在为《日晷》编纂的《孔子格言》和《中国的四书》中，他摘录了许多格言警句。另外，梭罗对佛教的熟悉程度令人吃惊，虽然在其著述中真正引用佛教经典的地方并不多。

在《瓦尔登湖》的"结束语"中梭罗说:"我愿我行我素，不愿涂脂抹粉，招摇过市，引人注目，即使我可以跟这个宇宙的建筑大师携手共行，我也不愿——我不愿生活在这个不安的、神经质的、忙乱的、琐细的十九世纪生活中，宁可或立或坐，沉思着，听任这十九世纪过去。人们在庆祝些什么呢？他们都参加了某个事业的筹备委员会，随时预备听人家演说。上帝只是今天的主席，韦勃斯特是他的演说家。那些强烈地合理地吸引我的事物，我爱衡量它们的分量，处理它们，向它们转移；——决不拉住磅秤的横杆，来减少重量——不假设一个情况，而是按照这个情况的实际来行事；旅行在我能够旅行的唯一的路上，在那里没有一种力量可以阻止我。"[1] 在瓦尔登湖畔独居，梭罗徜徉于沉静和谐的大自然里，抵达了自我和大自然的融合之境，那时的梭罗每日都要在康科德荒野和森林里度过数小时。在大自然里，梭罗宛若一个与天地万物相融合的"道家"哲人。陈长房在《梭罗与中国》里认为梭罗和中国道家思想相契合。梭罗对于大自然的喜爱与执着，与同时代的美国作家相比，更接近纯朴的心境。他的气质与中国的道家思想颇为接近，虽然梭罗是否有机会阅读《道德经》仍然是个悬案。[2] 在他的超验主义诗学观中，对于世俗蹈袭的传统和政府不义的干涉所表现出的厌恶，乃至于他对自然和原始荒野的喜爱，都显示出他道家似的风骨——不愿压抑自我的情感以与世俗合流。梭罗发现，不论在东方还是在西方，人类其实从未过上真正自然的生活。他希望能直接和大自然的原始质朴的面貌相接触，并且无意中融会了道家的"无为"思想。梭罗认为，只要自我能听任心智活动，无所挂碍，即可证明自我力量的无穷。他在大地上寻觅大自然美妙的流动，从而在宇宙和谐一体中觅得了欢乐，依循自我的本性生活以达与万物同游之境，并凭借大自然的简朴和生生不息的特质，体悟到了生命的奥秘。

梭罗在《瓦尔登湖》的"声篇"中这样开篇：

> 一个夏天的早晨里，照常洗过澡之后，我坐在阳光下的门前，从日出坐到正午，坐在松树，山核桃树和黄栌树中间，在没有打扰的寂寞与宁静之中，凝神沉思，那时鸟雀在四周唱歌，或默不作声

---

① ［美］梭罗：《瓦尔登湖》，徐迟译，上海译文出版社 2004 年版，第 305 页。

② Arthur Christy，The Asian Legacy and Anerican Life（New York，1945），转引自陈长房《梭罗与中国》，台北三民书局 1995 年版，第 62 页。

地疾飞而过我的屋子，直到太阳照上我的西窗，或者远处公路上传来一些旅行者的车辆的辚辚声，提醒我时间的流逝。我在这样的季节中生长，好像玉米生长在夜间一样，这比任何手上的劳动好得不知多少了。这样做不是从我的生命中减去了时间，而是在我通常的时间里增添了许多，还超产了许多。我明白了东方人的所谓沉思以及抛开工作的意思了。大体上，虚度岁月，我不在乎。①

这个段落描写了梭罗空灵的心境，这是静谧而诗意的叙述，若说像个印度教徒，还不如说像道家哲人更为恰当。每当梭罗漫步于荒野世界，总觉得身心早已浸润流布于大自然之中，心灵与宇宙融为一体，这些都与道家"天地与我并生，万物与我同游"的观念相合。梭罗一直向往与宇宙万象合为一体时的欢乐。人是自然万象里不可或缺的部分，但是人却并不等于自然。只有在精神的层面超越了自然，在了悟自然宇宙的内涵之后，人才有可能领悟到人性与神性的交融，也只有置身于自然宇宙的内涵之中，人才能获得最大的喜悦和力量。

梭罗十分了解自然万象和人的精神存在这两种层次，有了这种认识才能达到心物合一的境界。梭罗表面那种终日无所事事，悠闲地游荡于林中看花观草，聆听鸟鸣虫吟，对镇上的农夫而言，不啻为懒散怠惰的表现。镇上的居民也许永远不会明白，梭罗静观宇宙万象，早已达到与自然物我合一的境界。梭罗和庄子一样，强调平静的心灵是保存人类精神力量的途径。两位东西方哲人不期而遇地肯定闲适安详心境的重要。庄子鼓励人们要在闲适中觅取珍贵的生命精髓，厌恶虚掷生命的琐碎生活，这正如梭罗不断向康科德的蝇营狗苟的居民发出的警告："人已经成为他们自己的工具了。那个肚子饿了便独立地摘下果子的人成了一个农人，而站在树下栖身的人则成了一个家庭主妇。我们不再搭起帐篷过夜，而在大地上安家落户，把天堂忘在了脑后。我们信奉基督教，只是把它当做了改善农业的一种方法。"② 梭罗和庄子所反对的，当然并非工作本身，而是那种视工作为目的而非手段的心态。高度工业化的结

---

① ［美］梭罗：《瓦尔登湖》，徐迟译，上海译文出版社2004年版，第105页。
② ［美］梭罗：《瓦尔登湖》，苏福忠译，人民文学出版社2004年版，第37页。

果，亦是人类与自然逐渐疏离，人不成其为人，反倒成了制度的祭品。梭罗不认为人应长期辛劳地工作，他说："人就这样把自己美好的部分有如肥料犁入泥土中。在一般所谓必要的命运下，他们必须受雇工作积累财富，这些财富再被虫咬，锈坏，或被小偷盗取。临终前，他们发现自己过了愚蠢的一生。"① 对于东方的哲人，梭罗一直流露着仰慕之情，尤其对他们所肯定的精神生活更是心仪不已。他说："中国、印度、波斯和希腊的古哲学家都是一个类型的人物，外表生活再穷没有，而内心生活再富不过。"②

梭罗对于生死荣辱的体悟更像道家，即使死亡在即也不能使他惊慌失措。有人回忆说，梭罗病重期间，深感自己将不久于人世，但一直泰然自若。梭罗说疾病和健康是相同的，就好像人类，有时穷困有时富有，这两样都没有什么不好。③ 梭罗对于生死的达观，与庄子对于死亡的超越何其相似：集幽默、智慧、哲理于一身，形成了一种亘古不变的豪迈。庄子临死时，弟子们打算厚葬他，庄子却拒绝了："庄子将死，弟子欲厚葬之。庄子曰：'吾以天地为棺椁，以日月为连璧，星辰为珠玑，万物为赍送。吾葬具岂不备邪？何以加此？'弟子曰：'吾恐乌鸢之食夫子也。'庄子曰：'在上为乌鸢食，在下为蝼蚁食，夺彼与此，何其偏也！'"④ 宇宙自然死生循环不已，死亡不是生命的结束而是一个新的开始，梭罗所认识到的死亡与再生的宇宙观，事实上正是秉承宇宙万象的生生不息而来。

二　超验主义诗学与儒家学说

梭罗在《瓦尔登湖》的"我生活的地方；我为何生活"中叙述了这样一个与孔子相关的场景。"如果你能判断，谁是难得看报纸的，那末在国外实在没有发生什么新的事件，即使一场法国大革命，也不例外。什么新闻！要知道永不衰老的事件，那才是更重要得多！蓬伯玉

---

① Henry David Thoreau：Waldden：a fully annotated edition，edited by Jeffrey S. Cramer，Yale Univeristy Press，2004，p. 3.

② ［美］梭罗：《瓦尔登湖》，徐迟译，上海译文出版社 2004 年版，第 12 页。

③ Mary French. *The Last Days of Thorea*. New York，1928，p. 33.

④ 《庄子·列御寇》，孙通海译注，中华书局 2007 年版，第 351 页。

（卫大夫）派人到孔子那里去。孔子与之坐而问焉。曰：夫子何为？对曰：夫子欲寡其过而未能也。使者出。子曰：使乎，使乎。"① 在"寂寞"篇中引用孔子之言来说明道德的重要性，"我们是一个实验的材料，但我对这个实验很感兴趣。在这样的情况下，难道我们不能够有一会儿离开我们的充满了是非的社会——只让我们自己的思想来鼓舞我们？孔子说得好，'德不孤，必有邻'"②。梭罗心目中的孔子，不但是中国的至圣先师，还是一位高瞻远瞩的思想家。诚如所有古代文明所孕育出的先圣贤哲，梭罗体认最为深刻的是和孔子一样追求真理，加强自我修养，"就像我们面对面和在明朗的白天里悟到真理那样，我们也在背地里和在黑暗中与真理不期而遇"③。

在《瓦尔登湖》中，梭罗摘引了不少《四书》中的格言，从"独善其身"到"全面的道德重整"，正是《瓦尔登湖》中"我生活的地方；我为何生活"篇的主题。《大学》中有这样的说法："古之欲明明德于天下者，先治其国；欲治其国者，先齐其家；欲齐其家者，先修其身；欲修其身者，先正其心；欲正其心者，先诚其意；欲诚其意者，先致其知。致知在格物，物格而后知至，知至而后意诚，意诚而后心正，心正而后身修，身修而后家齐，家齐而后国治，国治而后天下平。自天子以至于庶人，壹事皆以修身为本。其本乱而末治者，否矣。其所谓厚者薄，而其所薄者厚，未之有也。此谓之本，此谓之至也。"④ 人人都要先从个体的修身开始，而后推己及人，兼济天下。梭罗在《瓦尔登湖》中的"春天"中，摘引了《孟子》的一段名言："虽存乎人者，岂无仁义之心哉？其所以放其良心者，亦犹斧斤之于木也，旦旦而伐之，可以为美乎？其日夜之所息，平旦之气，其好恶与人相近也者几希，则其旦昼之所为，有梏亡之矣。梏之反复，则其夜气不足以存；夜气不足以存，则其违禽兽不远矣。人见其禽兽也，而以为未尝有才焉者，是岂人之情也哉？"⑤ 梭罗一如孟子，认为人类往往在俗世生活蝇

① ［美］梭罗：《瓦尔登湖》，徐迟译，上海译文出版社 2004 年版，第 89 页。
② 同上书，第 126 页。
③ ［美］梭罗：《梭罗日记》，朱子怡译，北京十月文艺出版社 2004 年版，第 3 页。
④ 《大学·中庸》，王文锦译注，中华书局 2008 年版，第 2 页。
⑤ 《孟子·告子上》，杨伯峻译注，中华书局 2008 年版，第 65 页。

营狗苟的追求中，丧失了真正的自我，人性的迷失，犹如山上的树林被砍伐一样。因此，在"种豆"中，梭罗提出了栽植"美德种子"的观点，"我还获得了下面的更丰富的经验：我对我自己说，下一个夏天，我不要花那么大的劳力来种豆子和玉米了，我将种这样一些种子，像诚实，真理，纯朴，信心，天真等等，如果这些种子并没有失落，看看它们能否在这片土地上生长，能否以较少劳力和肥料，来维持我的生活，因为，地力一定还没有消耗到不能种这些东西。"①"诚实"正是儒家思想奉为圭臬的美德，"信"在儒家看来，关系到君子的立身之本，而在梭罗看来，也是恢复赤子之心的途径之一。梭罗在《春天》篇中所引《孟子》文字，说明君子所关怀的是如何存养美德。

梭罗在《瓦尔登湖》的"我生活的地方；我为何生活"一篇中，叙述了他撰写《瓦尔登湖》的目的，就在于"唤醒芸芸众生"，梭罗鼓励人类成为"自己的川流和海洋的探险家"，"认识你自己"一直是梭罗对芸芸众生的规劝，"你得做一个哥伦布，寻找你自己内心的新大陆和新世界，开辟海峡，并不是为了做生意，而是为了思想的流通"。②梭罗同时力图唤醒全人类，企望其能"把视线转向内心"，发扬人性中的精神光辉，终而能使芸芸众生都可获得心灵的解放与自由。

三　超验主义诗学与东西融合的视域

梭罗的超验主义自由诗学观具有东西融合的视域，与东方文化，尤其是东方哲学有着千丝万缕的联系。其中既有梭罗深受东方文化与哲学影响的原因，也有梭罗融合东西方文化而建构自己的超验主义诗学的理念。梭罗在《河上一周》中多处提及《薄伽梵歌》、《摩奴法典》，引用孔孟语录，将他所理解的东方文化精神渗透于自己的散文作品之中。

在《瓦尔登湖》的"经济"篇中，梭罗说："很久以前我丢失了一头猎犬，一匹栗色马和一只斑鸠，至今我还在追踪它们。我对许多旅客描述它们的情况、踪迹以及它们会响应怎样的叫唤。我曾遇到过一二人，他们曾听见猎犬吠声，奔马蹄音，甚至还看到斑鸠隐入云中。他们

---

① ［美］梭罗：《瓦尔登湖》，徐迟译，上海译文出版社2004年版，第153页。
② 同上书，第297页。

也急于追寻它们回来，像是他们自己遗失了它们。"① 人们一直在猜测梭罗所说的丢失了的猎犬、栗色马和斑鸠，究竟有什么含义？可是在就此询问梭罗时，梭罗只说"请原谅我说话晦涩"。当爱默生的弟弟爱德华询问这段话是什么意思时，他也没有回答，而是反问他："你没有失去吗？"这里的猎犬、栗色马和斑坞究竟是指什么呢？

如果从梭罗的叙述文本与东方哲学文本的文本间性角度来看，梭罗的超验主义诗学观与东方文化的关系就显得更为紧密。梭罗在《日晷》杂志摘录的儒家格言《士篇》中的一段，有一个关于寻找失物的意象。这段文字源自《孟子·告子上》："仁，人心也；义，人路也。舍其路而弗由，放其心而不知求，哀哉！人有鸡犬放，则知求之；有放心而不知求。学问之道无他，求其放心而已矣。"② 说人们自家的鸡和狗都丢失了，知道找回来，可心丧失了，应不应该找回来呢？这里的"心"即是"仁义"。如此看来，梭罗实际上是将孟子的思想化用在了自己的散文里，表达了同样的意象。

《瓦尔登湖》文中的猎犬、栗色马和斑鸠的描写，和孟子要"找回失物"有着相似的内涵，即人类美好的天性和品德。在人性面临异化危机的工业化社会中，梭罗其实是在让人反省，"你没有失去原本的天性吗"？应与此类似，孟子也期盼大家去找回失去的心，"放心"就是找回并放下丢失了的本心，就是被我们生活中玷污了的"善"的本性，孟子的感叹和梭罗的寓言，都是期许人类寻回失去了的道德良心。

　　我还是目睹比较不平和的一些事件的见证人。有一天，当我走出去，到我那一堆木料，或者说，到那一堆树根去的时候，我观察到两只大蚂蚁，一只是红的，另一只大得多，几乎有半英寸长，是黑色的，正在恶斗。一交手，它们就谁也不肯放松，挣扎着，角斗着，在木片上不停止地打滚。再往远处看，我更惊奇地发现，木片上到处有这样的斗士，看来这不是决斗，而是一场战争，这两个蚁民族之间的战争，红蚂蚁总跟黑蚂蚁战斗，时常还是两个红的对付

---

① ［美］梭罗：《瓦尔登湖》，徐迟译，上海译文出版社2004年版，第14页。
② 《孟子·告子上》，杨伯峻译注，中华书局2008年版，第79页。

一个黑的。在我放置木料的庭院中，满坑满谷都是这些迈密登。大
地上已经满布了黑的和红的死者和将死者。这是我亲眼目击的唯一
的一场战争，我曾经亲临前线的唯一的激战犹酣的战场；自相残杀
的战争啊，红色的共和派在一边，黑色的帝国派在另一边。两方面
都奋身作殊死之战，虽然我听不到一些声音，人类的战争还从没有
打得这样坚决过。①

　　梭罗通过蚂蚁大战表达了自己对战争的厌恶，他因为反对 1847 年
美国对墨西哥的战争而拒交人头税，以致被关进监狱。庄子的时代，诸
侯纷争、暴师经岁。"争地以战，杀人盈野；争城以战，杀人盈城。"
对此，庄子在诙谐嬉笑之中表示了自己的愤慨："有国于蜗之左角者，
曰触氏；有国有蜗之右角者，曰蛮氏。时相与争地而战，伏尸数万，逐
北，旬有五日而后反。"② 在庄子的眼里，诸侯间的为"争地而战"，就
像蜗牛头上左右两只角相争。

　　梭罗在他的作品中广泛地引用了他对东方经典书籍和文章的翻译，
在包括《河上一周》、《论公民不服从》，以及他的一些日记和信件中，
都可以看出梭罗阅读过《四书》、《薄伽梵歌》等东方文化典籍，对东
西方文化作过深入的思考和比较研究。他认为东方哲学是保守的，而基
督教则是人道的、实际的，而且广义地说是激进的。梭罗认为如果与东
方哲学家比较，可以说现代欧洲尚未诞生任何一位哲学家。他主张兼容
并蓄，东西交融，把中国、印度、波斯、希伯来等几个民族的经典收在
一起作为人类的《圣经》印成书，以"拓宽人们的信仰"。

　　显然，梭罗自由观的诗学中，蕴含着东西贯通之妙。他的自由观大
视野和超验性、超越性，充分体现了西方文化精神与东方文化精髓的结
合。基督教认识论是二元对立的，诸如罪与罚、灵与肉等，而东方哲学
认识论是互动的、包容的、生生不息的，是你中有我、我中有你的。梭
罗的超验主义诗学思想与中国儒道"天人合一"智慧有诸多的契合点，
梭罗从中国古典文化典籍乃至东方文化中汲取认识人与自然关系的智

---

① ［美］梭罗：《瓦尔登湖》，徐迟译，上海译文出版社 2004 年版，第 214 页。
② 《庄子·则阳》，孙通海译注，中华书局 2007 年版，第 334 页。

慧，对物欲横流和滥用科技掠夺自然的社会的批判，对所谓"文明社会"物质的富有和精神的匮乏之悖论的反思，以及凭借心灵与大自然交融而抵达的天人合一的境界，无不带有浓郁的东方文化的审美特征，从而极大地丰富了梭罗超验主义自由诗学的美学内涵和审美价值。

结　语

　　1862年，梭罗英年早逝之时，梭罗的师长——美国超验主义领袖爱默生，怀着无限悲凉的心情，说出了这样感人肺腑的话："美国还没有知道——至少不知道它失去了多么伟大的一个国民。这似乎是一种罪恶，使他的工作还没有做完就离开，而没有人能替他完成；对于这样高贵的灵魂，又仿佛是一种侮辱。他还没有真正给他的同辈看到他是怎样一个人，就离开了人世。但至少他是满足的。他的灵魂是应该和最高贵的灵魂做伴的；他在短短的一生中学完了这世界上的一切的才技；无论在什么地方，只要有学问，有道德的，爱美的人，一定都是他的忠实读者。"①

　　梭罗生前默默无闻，死后也百般凄凉，这不能不引起爱默生的愤慨，但如果我们仔细推敲，发现在爱默生对梭罗所做的极高的评价中，并没有直接关涉梭罗的文学成就的内容，这或许是导致一百多年来梭罗研究史产生一个很大盲区的原因。时至今日，无论是在美国，还是别的国家，梭罗伟大的文学成就依然处于隐遁状态，并没有引起研究者足够的重视，倘若我们借用爱默生的话来说，对于梭罗这样"高贵的文学灵魂"，任何遮蔽性或忽略性的研究，都"似乎是一种罪恶"。鉴于此，笔者认为，梭罗研究不能只停留在生态学与思想史的领域，更有必要开掘梭罗那待开发的丰富的文学矿藏，而本书的写作也正是基于这样的认知，笔者希望以此为契机，引起更多研究者的重视与参与。

　　某种程度上说，梭罗的文学实践的的确确是与其个性化的生活，或

---

　　① ［美］爱默生：《梭罗》，《爱默生文选》，Mark Van Doren编选，张爱玲译，生活·读书·新知三联书店1986年版，第212页。

者说，梭罗高度贯彻了知行合一的原则，而文学创作正是其"行"的一个重要方面。这种状况亦对他的研究带来某种程度的分裂倾向：或关注了其思想而忽视了其文学，或关注了其文学又忽视了其思想，在已有的关于梭罗的研究中，我们鲜见将两者有机融合在一起的成果。笔者认为，从一方面看，自由观念即他思考人与社会问题的出发点，也是他探索人与社会出路的终点，是贯穿梭罗整个思想体系的一条主线。所以说，抓住了自由观也就抓住了梭罗思想的精髓。梭罗终生都在追求生命与精神的自由境界，但梭罗绝不是一个缺少责任承担的自由主义者，其强烈的忧患意识、救赎意识和对人的终极关怀意识，促使他不断完善其思想体系，而终于使其思想达到了那个时代的可能高度。"自由"就梭罗而言，是具体的而不是抽象的，是完整的而不是零碎的，是入世的而不是出世的，是实践的而不是观念的。从荒野世界中的自由，到道德社会中的自由，再到宗教精神体验中的自由，构成了其自成体系的自由观。

梭罗深刻而独特的自由观不是一种枯燥的说教，而是通过富于灵性和诗意的叙述，呈现在读者面前的，是一种哲理与情思的交融、朴实而深邃的风格。换言之，梭罗关于自由的言说方式，有其特殊的诗学品格。梭罗所崇尚的浪漫主义所关注的社会问题，以及他对生命本真存在和个体自由的关怀，决定了浪漫主义诗学、现实主义诗学和超验主义诗学共同成为他表达自由观的方式和途径，从而形成了其独特的诗学话语体系。尽管浪漫主义诗学、现实主义诗学和超验主义诗学特征在梭罗观察和言说不同的思想主题时各有侧重，但从根本来上说，这三个层面并非简单的并置，而是有机地交融在一起的。毫无疑问，梭罗给予我们的那个诗性盎然的世界，带有强烈的乌托邦色彩，也正像历史上所有富有哲思的文学家创造出的乌托邦一样，对于现实中的人们具有重要的启示意义。

梭罗以其独特的诗学方式所思考和呈现的自由观是在资本主义时代工业化社会背景下展开的，这为身处工业化和后工业化时代的人们，提供了反思自身生存时代的一种价值立场，让我们对诸如文明与人的关系、人存在的终极意义等重大问题深长思之。从这个意义上说，梭罗用诗性智慧为我们构建了一个永恒的精神家园，从而也使这个"荒诞"的世界成为可以诗意栖居的所在。

附　　录

梭罗年谱

1817 年　7 月 12 日出生于美国马萨诸塞州康科德城一个小生产者之家，在四个兄弟姐妹中排行第三。10 月 12 日接受洗礼，取名戴维·亨利·梭罗。

1818 年　举家随父亲经营的杂货店迁往姆斯富特小村。梭罗在一次玩斧头时不慎砍断一截脚趾。

1821 年　迁往波士顿。父亲关闭杂货店，开始在一家中学任教。

1822 年　探望外祖母的时候，第一次游览瓦尔登湖。

1825 年　回到故乡康科德，全家生活拮据，靠制造铅笔生活。先入私立幼儿学校，后进入镇办中心学校就读，受母亲影响，能大段背诵《圣经》。外表严肃的小梭罗被同学称为"法官"。

1828 年　与其兄弟约翰一起进入康科德学院学习。

1833 年　学习多门外语，独钟自然史，喜欢散步和思考，在同学印象中"冷峻而不易动情"。

1836 年　因肺结核离开哈佛，几经休养，最终前往纽约，协助父亲推销铅笔。

1837 年　在爱默生的推荐下，受哈佛公司总裁昆西赞助，使梭罗荣获 25 美元奖学金；毕业后在中心学校任教，后辞职。加入非正式英格兰先验论者组织——"赫奇俱乐部"，不定期在爱默生的书房中聚会。从 10 月 22 日开始起写日记，最终达 200 多万字。研究改进铅笔芯的质量，从哈佛图书馆的苏格兰百科全书中得到启发，用巴伐利亚勃土混合石磨，研制磨粉机，生产出更精细的石墨粉。改原名为亨利·戴维·梭罗。

1838 年 接管康科德学院，发表题为《社会》的演讲，并被选为任期两年的图书馆馆长。

1839 年 7 月，17 岁少女爱伦·西华尔到康科德拜访梭罗一家，梭罗兄弟二人均对其一见钟情。8 月 31 日，梭罗和哥哥约翰登上自造的"马斯克特奎德"号船，开始在康科德和梅里马科河上为期两周的旅行。

1840 年 开始大量发表散文和诗歌。爱伦·西华尔先后拒绝约翰和亨利的求爱。与埃勒里·钱宁结识，钱宁成为梭罗的挚友，并于1873 年率先为梭罗写传记。

1841 年 关闭康科德学院。住进爱默生家中，成为这位思想巨人的助手。

1842 年 1 月 1 日，约翰被剃刀割伤，得了破伤风，1 月 10 日在梭罗怀中死去。夏季，认识纳撒尼尔·霍桑。

1843 年 在《美国杂志和民主评论》上发表批判技术乌托邦思想的《重新获得的天堂》。

1845 年 提着借来的斧头开始在瓦尔登湖畔自建木屋，自力更生，住了两年零两个月。写成康科德和梅里马科河上的乘船游记，以及关于托马斯·卡莱尔的讲稿。

1846 年 开始写作《瓦尔登湖》，期间因逃避人头税而遭警察关押一夜。发表关于《论公民的不服从》演说，并积极参加废奴集会。

1847 年 完成《瓦尔登湖》的初稿以及《在康科德河和梅里马科河上一周》后离开瓦尔登湖，在爱默生家住了 10 个月。

1848 年 在新英格兰巡回演说。大幅度修改《在康科德河和梅里马科河上一周》，并开始《瓦尔登湖》第二版的工作。

1849 年 在同意以版税支付出版费用的情况下，詹姆士·芒罗和波士顿公司出版《科德河和梅里马科河上一周》，读者对该书的评论不一，销售状况不佳。6 月，海伦死于肺结核，家中的铅笔生意转为主要为电铸版提供铅粉。1849 年 10 月，首次去科德角旅游。

1852 年 《瓦尔登湖》第四版的部分摘录发表于《联合杂志》，但几乎没有引起人们注意。

1853 年 从头版的 1000 册《在康科德河和梅里马科河上一周》取

出 706 册，存在家中的阁楼上。他幽默地说："我的藏书近 900 册之多，其中 700 多册是本人所著。"

1854 年　几经修订后的《瓦尔登湖》印行 2000 册，年底销出 1744 册，一部分还远销英国，受到乔治·艾略特的盛赞。

1855 年　出版《科德角》。

1856 年　梭罗与奥尔科特一起拜访惠特曼。

1857 年　和约翰·布朗畅言并成为朋友。7 月 2 日—8 月 7 日横穿缅因州。

1858 年　开始写作《约翰·布朗最后的日子》。

1859 年　父亲去世，梭罗开始担负赡养母亲和供养妹妹的重任。

1860 年　年底患上支气管炎。

1861 年　前往明尼苏达州，收集植物标本，了解印第安人生活，认识了酋长利特尔·格罗。7 月初返回康科德，身体状况恶化。修订《在康科德梅里马科河上一周》，与妹妹一同安排《缅因森林》和《科德角》出版事项，最后一次游览瓦尔登湖。

1862 年　5 月 6 日，因肺结核逝世。

参考文献

英文文献：

Anderson, Charles. *The Magic Circle of Walden*. New York: Holt, Rinehart & Winston, 1968.

Arthur Versluis. *American Transoendentalism and Asian Religions*. New York: Oxford University Press , 1993.

Bennett, Jane. *Thoreau's Nature: Ethics, Politicsand the Wild*. Thousand Oaks, CA: Sage, 1994.

Berger, Michael Benjamin. *Thoreau's Late Career and the Dispersion of Seeds*, Rochester: Camden House, 2000.

Bickman, Martin. *Walden: Volatile Truths*. New York: Twayne, 1992.

Cavell, Stanley. *The Senses of Walden*. New York: Viking, 1972.

Dillman, Richard. *Essays on Henry David Thoreau: Rhetoric, Style, and Audience*. West Cornwall, CT: Locust Hill Press, 1993.

Fleck, Richard F. *Henry Thoreau and John Muir among the Indians*. Hamden, CN: Archon, 1985.

F. O. Mathiessen . *American Renaissance: Artand Expression in the Age of Emerson and Whitman*. London: Oxford University Press, 1941.

Frederick Carber. *Thoreau's Redemptive Imagination*. New York University Press, 1977.

Garber, Frederick. *Thoreau's Redemptive Imagination*. New York University Press, 1977.

Golemba, Henry. *Thoreau's Wild Rhetoric*. New York University Press,

1990.

Gozzi, Raymond D. , ed. *Thoreau's Psychology*: *Eight Essays*. Lanham, Md: University Press of America, 1983.

Hanson, Elizabeth. *Thoreau's Indian of the Mind*. Lewiston, New York: Edwin Mellon Press, 1991.

Harding, Walter and Michael Meyer. *The New Thoreau Handbook*. New York University Press, 1980.

Harding, Walter. *Thoreau*: *Man of Concord*. New York: Holt Rinehart & Winston, 1960.

H. Daniel Peck. *Thoreau's Morning Work* : *Memory and Perception in A Week on the Concord and Merrimack Rivers* , *the* "*Journal* ", *and Walden* . Yale Univereity Press, 1990.

James Mclntosh. *Thoreau as Romantic Naturalist*: *His Shifting Stance toward Nature*. Ithaca: Comell University Press, 1974.

Krutch, Joseph. *Henry David Thoreau*. New York: William Morrow, 1974.

Leo Marx. *The Machine in the Carden* :   *Technology and the Pastoral Ideal in America*. New York: Oxford University Press, 1964.

Iawrence Buell. *Literary Transcenderualism*: *Style and Vision in the American Renaissance*. Ithaca: Comell University Press, 1973.

Lebeaux, Richard. *Young Man Thoreau*. Amherst: University of Massachusetts Press, 1977.

Lebeaux, Richard. *Thoreau's Seasons*. Amherst: University of Massachusetts Press, 1984.

Myerson, Joel, ed. *The Cambridge Campanion to Henry David Thoreau*. Cambridge: Cambridge University Press, 1995.

Mitchell, John Hanson. *Waliking Towards Walden*: *A Pilgrimage in Search of Place*. Reading, Massachusetts: Addison – Wesley, 1995

Moller, Mary Elkins. *Thoreau in the Human Community*. University of Massachusetts Press, 1980.

Milder, Robert. *Reimagining Thoreau*. Cambridge: Cambridge University Press，1995.

Neufeldt，Leonard N. *The Economist*：*Henry Thoreau and Enterprise*. New York：Oxford University Press，1989.

Robert D. Richardson. *Henry Thoreau*：*a life of the mind*. New York：University of California Press，1986

Rosenblum，Nancy L.，ed. *Thoreau*：*Political Writings*. Cambridge：Cambridge University Press，1996.

Robinson，David M. *Natural Life*：*Thoreau's Worldly Transcendentalism*. Ithaca：Cornell University Press，2004.

Robert Milder. *Re - imagining Thoreau* . Cambridge University Press，1995.

Sharon Cameron. *Writing Nature*：*Henry Thoreau's Journal* . New York：Oxford University Press，1985.

Sattelmeyer，Robert. *Thoreau's Reading*：*A Study in Intellectual History*. Princeton：Princeton University Press，1988.

Thoreau，Henry David. *A Week on the Concord and Merrimack Rivers*；*Walden*，*or*，*Life in the Woods*；*The Maine Woods*；*Cape Cod*，ed. R. F. *Sayer*. New York：Library of America ，1985.

Thoreau，Henry David. *Collected Essays and Poems*. ed. Elizabeth Hall Witherell. New York：Literary of America，2001.

Taylor，Bob P. *America's Bachelor Uncle*：*Thoreau and the American Polity*. Lawrence：University Press of Kansas，1996.

Worley，Sam McGuire. *Emerson*，*Thoreau*，*and the Role of the Cultural Critic*. Albany：State University of New York Press，2001.

Walter Harding. *A Thoreau Handbook* . New York University Press，1959.

汉译著作与中文文献：

一 著作：

1. ［美］爱默生：《梭罗》，《爱默生文选》，Mark Van Doren 编选，张爱玲译，生活·读书·新知三联书店 1986 年版。

2．［美］沃浓·帕灵顿：《美国思想史》，陈永国等译，吉林人民出版社 2002 年版。

3．［美］梭罗：《瓦尔登湖》，苏福忠译，人民文学出版社 2004 年版。

4．［美］梭罗：《瓦尔登湖》，徐迟译，上海译文出版社 2004 年版。

5．［美］梭罗：《瓦尔登湖》，王光林译，中国文化出版社 2000 年版。

6．［美］罗伯特·斯比勒：《美国文学的循环》，汤潮译，北京师范大学出版社 1993 年版。

7．《美国的历史文献》，赵一凡编，蒲隆等译，生活·读书·新知三联书店 1989 年版。

8．［美］德利斯：《梭罗》曾永莉译，台北名人出版事业公司 1982 年版。

9．［美］斯蒂芬哈恩：《梭罗》，王艳芳译，中华书局 2002 年版。

10．［美］大卫·弗斯特（David R. Foster）：《康考特牧歌：重回梭罗的华腾湖》，辛巴译，台北，新闻文化事业股份有限公司 2002 年版。

11．［美］梭罗：《孤独的巨人：梭罗的生活哲学》，林玫莹译，台北，小知堂文化事业公司 2002 年版。

12．［美］Joel Myerson：《亨利·戴维·梭罗》，外语教学与研究出版社 2000 年版（英文影印版）。

13．［美］梭罗：《山·湖·海》，中国对外翻译出版公司 2000 年版。

14．［美］爱默生：《爱默生超验主义思想》，刘礼堂、李松译，崇文书局 2007 年版。

15．刘光耀：《超验主义美学引论》，新华出版社 2000 年版。

16．曾进丰：《经验与超验的诗性言说——岩上论》，台北，秀威资讯科技股份有限公司 2008 年版。

17．［美］梭罗：《瓦尔登湖》，田伟华译，上海译文出版社 2003 年版。

18. ［美］梭罗：《科德角》，孙达译，北方文艺出版社 2010 年版。

19. ［美］梭罗：《河上一周》，宇玲译，北方文艺出版社 2010 年版。

20. ［美］梭罗：《瓦尔登湖》，曾黄辉译，当代世界出版社 2002 年版。

21. ［美］梭罗：《梭罗日记》，朱子仪译，北京出版社出版集团、北京十月文艺出版社 2005 年版。

22. ［美］梭罗：《缅因森林》，戴亚杰译，北京出版社出版集团、北京十月文艺出版社 2005 年版。

23. ［美］梭罗：《心灵散步》，林志豪译，北京出版社出版集团、北京十月文艺出版社 2005 年版。

24. ［美］梭罗：《秋色》，董继平译，北京出版社出版集团、北京十月文艺出版社 2005 年版。

25. ［美］梭罗：《种子的信仰》，何广军、焦小菊译，北京出版社出版集团、北京十月文艺出版社 2005 年版。

26. ［美］萨克文·伯科维奇：《剑桥美国文学史》，史志康等译，中央编译出版社 2008 年版。

27. 陈长房：《梭罗与中国》，台北，三民书局 1995 年版。

28. ［美］罗伯特·米尔德：《重塑梭罗》，马会娟、管兴忠译，东方出版社 2002 年版。

29. ［美］罗伯特·塞尔编：《梭罗集》，陈凯、许崇信等译，生活·读书·新知三联书店 1996 年版。

30. ［美］罗伯特·斯比勒：《美国文学的循环》，汤潮译，北京师范大学出版社 1993 年版。

31. ［美］爱默生：《爱默生集》，吉欧·波尔泰编，赵一凡、蒲隆等译，生活·读书·新知三联书店 1993 年版。

32. ［美］小罗伯特·D. 理查森：《爱默生：充满激情的思想家》，石坚、李竹渝译，四川人民出版社 2001 年版。

33. ［德］卡西尔：《神话思维》，黄龙保等译，中国社会科学出版社 1992 年版。

34. 张德明：《人类学诗学》，浙江文艺出版社 1998 年版。

35．〔法〕达维德·方丹：《诗学》，陈静译，天津人民出版社2003 年版。

36．〔德〕尼采：《权力意志》，张念东、凌素心译，商务印书馆1991 年版。

37．C. G. 荣格：《怎样完善你的个性——人格的开发》，刘光彩译，中国国际广播出版社1989 年版。

38．〔美〕H. S. 康马杰：《美国精神》，南木等译，光明日报出版社1988 年版。

39．〔英〕荣格：《荣格文集》，冯川译，改革出版社1997 年版。

40．〔美〕纳尔逊·曼弗雷德·布莱克：《美国社会生活与思想史》，许季鸿等译，商务印书馆1994 年版。

41．〔美〕托克维尔：《论美国的民主》，董果良译，商务印书馆2004 年版。

42．〔美〕卡尔·贝克尔：《启蒙时代哲学家的天城》，何兆武译，江苏教育出版社2005 年版。

43．〔美〕特洛尔奇：《基督教理论与现代》，朱雁冰等译，华夏出版社2004 年版。

44．〔美〕查尔斯·比尔德、玛丽·比尔德：《美国文明的兴起》，许亚芬译，商务印书馆1991 年版。

45．〔美〕史蒂文·威尔肯斯、阿兰·G. 帕杰特：《基督教与西方思想》，刘平译，北京大学出版社2005 年版。

46．启良：《西方自由主义传统》，广东人民出版社2003 年版。

47．〔古罗马〕马可·奥勒留：《沉思录》，何怀宏译，中国社会科学出版社1989 年版。

48．〔法〕卢梭：《忏悔录》，黎星、范希衡译，人民文学出版社1982 年版。

49．〔德〕卡西尔：《人论》，甘阳译，上海译文出版社1985 年版。

50．〔法〕卢梭：《漫步遐思录》，徐继曾译，人民文学出版社1990 年版。

51．〔德〕康德：《纯粹理性批判》，李秋零译，中国人民大学出版社2004 年版。

52. ［英］洛克：《人类理解论》，关文运译，商务印书馆 1991 年版。

53. 徐崇温主编：《存在主义哲学》，中国社会科学出版社 1986 年版。

54. ［德］海德格尔：《海德格尔选集》，孙周兴选编，上海三联书店 1996 年版。

55.《老子》，朱谦之译注，中华书局 1984 年版。

56.《论语》，张燕婴译注，中华书局 2006 年版

57.《庄子》，孙通海译注，中华书局 2007 年版。

58.《孟子》，杨伯峻译注，中华书局 2008 年版。

59.《大学·中庸》，王文锦译注，中华书局 2008 年版。

60. 涂成吉：《梭罗的文学思想与改革意识》，台北，红蚂蚁图书有限公司 2009 年版。

61. ［美］艾布拉姆斯：《镜与灯》，袁洪军、操鸣译，中国社会科学出版社 1991 年版。

62. ［英］阿诺尔德·约瑟·汤因比：《历史研究》，曹未风等译，上海人民出版社 1997 年版。

63. ［德］康德：《实践理性批判》，邓晓芒译，人民出版社 2003 年版。

64. ［德］谢林：《先验唯心论体系》，梁志学、石泉译，商务印书馆 1976 年版。

65. ［德］席勒：《审美教育书简》，冯至、范大灿译，北京大学出版社 1985 年版。

66.《西方公民不服从的传统》，何怀宏编，张晓辉等译，吉林人民出版社 2001 年版。

67. ［丹麦］勃兰兑斯：《十九世纪文学主流》，刘半九等译，人民文学出版社 1997 年版。

68.《西方四大政治名著——君主论、乌托邦、政府论、社会契约论》，州长治主编，天津人民出版社 1998 年版。

69. 涂纪亮：《美国哲学史》，河北教育出版社 2000 年版。

70. ［德］海德格尔：《存在与时间》，陈嘉映、王庆节译，生活·

读书·新知三联书店 1987 年版。

71. 圭多·德·拉吉罗：《欧洲自由主义史》，R. G. 科林伍德英译，杨军译，吉林人民出版社 2001 年版。

72.［英］霍布豪斯：《自由主义》，朱曾汶译，商务印书馆 1996 年版。

73.［美］卢瑟·S. 利德基主编：《美国特性探索》，龙治芳等译，中国社会科学出版社 1991 年版。

74.［德］黑格尔：《美学》，朱光潜译，商务印书馆 1979 年版。

75.《柏拉图全集》（第一卷），王晓朝译，人民出版社 2002 年版。

76.［德］叔本华：《作为意志和表象的世界》，石冲白译，商务印书馆 1982 年版。

77. 刘小枫：《诗化哲学》，山东文艺出版社 1986 年版。

78.［德］赫伯特·马尔库塞：《审美之维》，李小兵译，广西师范大学出版社 2001 年版。

79.［德］卡西尔：《语言与神话》，于晓等译，生活·读书·新知三联书店 1988 年版。

80.［德］卡西尔：《符号·神话·文化》，李小兵译，东方出版社 1988 年版。

81.［德］尼采：《哲学与真理——尼采 1872 – 1876 年笔记选》，田立年译，上海社会科学院出版社 1993 年版。

二　期刊论文：

1. 李洁：《论梭罗与中国的关系》，复旦大学 2008 年博士学位论文。

2. 谢志超：《爱默生、梭罗对〈四书〉的接受》，上海师范大学 2006 年博士学位论文。

3. 程爱民：《〈瓦尔登湖〉：重探梭罗的深层生态学思想》，南京师范大学 2004 年硕士学位论文。

4. 金涛：《梭罗自然观研究》，东北师范大学 2010 年硕士学位论文。

5. 郑慧：《走向瓦尔登湖：人与自然的道德精神家园》，山东师范大学 2010 年硕士学位论文。

6. 施继业：《梭罗与沈从文的生态共鸣》，重庆师范大学 2009 年硕士学位论文。

7. 王继燕：《人与自然的和谐共生——梭罗的生态思想与中国"天人合一"观念比较研究》，内蒙古师范大学 2009 年硕士学位论文。

8. 陈政武：《〈瓦尔登湖〉和梭罗的生态伦理解读》（英文），南京理工大学 2010 年硕士学位论文。

9. 武云：《论梭罗的自然观念及其生态伦理意蕴》，山东大学 2008 年硕士学位论文。

10. 杜新宇：《论梭罗〈瓦尔登湖〉中的儒家与道家思想》，吉林大学 2008 年硕士学位论文。

11. 孙益敏：《自然是一首失传的诗爱默生超验主义自然观与华兹华斯、梭罗自然观比较》，苏州大学 2009 年硕士学位论文。

12. 陈慧：《天人合一——论亨利·大卫·梭罗的〈瓦尔登湖〉所蕴含的环境美德伦理思想》（英文），厦门大学 2009 年硕士学位论文。

13. 胡友红：《回归自然——梭罗的环境伦理思想研究》，南京林业大学 2007 年硕士学位论文。

14. 张伟：《梭罗的〈瓦尔登湖〉中蕴含的深层生态学思想》，中国海洋大学 2007 年硕士学位论文。

15. 池云玲：《对亨利·大卫·梭罗〈瓦尔登湖〉中自然观的研究》（英文），哈尔滨工程大学 2007 年硕士学位论文。

16. 陈初：《梭罗的生态思想研究》，厦门大学 2007 年硕士学位论文。

17. 吕志君：《试论梭罗的环境思想对梭罗〈瓦尔登湖〉的思考》，山东师范大学 2008 年硕士学位论文。

18. 陈明：《〈庄子〉中的自由思想与梭罗〈瓦尔登湖〉中的自由观的比较研究》（英文），浙江大学 2008 年硕士学位论文。

19. 方萍：《欣赏的和谐——以梭罗的自然观反思中国环境教育》，武汉理工大学 2008 年硕士学位论文。

20. 李存安：《重访梭罗——生态批评视角下的〈瓦尔登湖〉研究》，武汉理工大学 2008 年硕士学位论文。

21. 张建静：《追求理想的生活》（英文），山东大学 2007 年硕士学位论文。

22. 王喜绒：《在自然的沉思中相遇——陶渊明与梭罗的自然观比较论》，兰州大学 2007 年硕士学位论文。

23．周雪松：《亨利·大卫·梭罗的双重性》（英文），中国人民解放军外国语学院2007年硕士学位论文。

24．韩海琴：《寻求人与自然的和谐——试析梭罗矛盾的自然观》（英文），河南大学2007年硕士学位论文。

25．粟孝君：《论梭罗的文明观梭罗思想与道家观点之比较》（英文），湖南师范大学2006年硕士学位论文。

26．张群芳：《绿色荒野的生命体悟——论梭罗的自然观和生态思想》，广西师范大学2005年硕士学位论文。

27．黄丹：《从星空到大地——论爱默生、梭罗和惠特曼笔下的"自然"主题》，南京师范大学2005年硕士学位论文。

28．王军明：《瓦尔登湖畔的生态学哲思》，大连理工大学2006年硕士学位论文。

29．李静：《论梭罗的自然观》，南昌大学2006年硕士学位论文。

30．王姗姗：《诗意之生存——论梭罗自然、人生与社会观》，山东大学2006年硕士学位论文。

31．王彦力：《创意人生源于生活教育——梭罗教育思想解析》，《华东师范大学学报》（教育科学版），2004年第4期。

32．童慧雁：《对亨利·梭罗〈瓦尔登湖〉的生态解读》，对外经济贸易大学2005年硕士学位论文。

33．吴琼：《从异化观的角度解读亨利·戴维·梭罗的自然观》，对外经济贸易大学2005年硕士学位论文。

34．王萍：《从中国传统哲学的角度比较陶渊明与梭罗》，天津师范大学2005年硕士学位论文。

35．张伯菁：《回归自然——重访梭罗和他的世界》（英文），陕西师范大学2003年硕士学位论文。

36．李小重：《世界存在于自然之中——论梭罗的环境意识》，华中师范大学2001年硕士学位论文。

37．黄珊：《回归自然——陶渊明与梭罗的自然哲学》（英文），广西师范大学2001年硕士学位论文。

38．程爱民：《论梭罗的自然观》（英文），南京大学1994年博士学位论文。

39．韩德星：《上升的修辞：从人格学角度看梭罗的个人主义和生命诗学》，南开大学 2006 年博士学位论文。

40．何山石：《自然·人性·文化：从生态批评视角看梭罗对爱默生的超越》，北京师范大学 2006 年硕士学位论文。

41．王聪：《从译者主体性的角度分析〈瓦尔登湖〉的几个译本》，北京外国语大学 2005 年硕士学位论文。

42．王光林：《美国的梭罗研究》，《华东师范大学学报》，2006 年第 6 期。

43．曹亚军：《特立独行：在中国的现代语境中接受梭罗》，《深圳大学学报》，2003 年第 5 期。

44．舒奇志：《20 年来中国的爱默生和梭罗研究述评》，《求索》，2007 年第 4 期。

45．陈爱华：《梭罗在中国 1949 至 2005》，《四川外语学院学报》，2007 年第 3 期。

46．刘玉宇：《从〈瓦尔登湖〉中的儒学语录看梭罗的儒家渊源》《外国文学评论》，2009 年第 3 期。

47．王诺、陈初：《梭罗简单生活观的当代意义》，《烟台大学学报》（哲学社会科学版），2009 年第 3 期。

48．倪峰：《梭罗政治思想述评》，《美国研究》，1993 年第 4 期。

49．黄丹：《论爱默生、梭罗和惠特曼笔下"自然"主题的演进》，《鲁东大学学报》（哲学社会科学版），2009 年第 4 期。

50．李永毅：《"自愿贫穷"的传统与梭罗的意义》，《外国语言文学》，2006 年第 3 期。

51．程爱民：《论梭罗自然观中的"天人合一"思想》，《外国文学研究》，2009 年第 2 期。

52．陈杰：《浅析梭罗的文风观》，《当代文坛》，1999 年第 4 期。

53．李学爱：《在荒野中保存世界：梭罗的自然思想研究》，《社会科学论坛》，2010 年第 8 期。

54．刘玉宇：《从〈瓦尔登湖〉中的儒学语录看梭罗的儒家渊源》，《外国文学评论》，2009 年第 8 期。

55．何颖：《梭罗对〈庄子〉的吸收与融通》，《甘肃社会科学》，

2010 年第 5 期。

　　56．崔长青：《简论老子和梭罗》，《国际关系学院学报》，1994 年第 4 期。

　　57．张建国：《庄子和梭罗散文思想内涵之比较》，《河南大学学报》（社科版），2005 年第 5 期。

　　58．冒键：《瓦尔登湖畔的圣贤：梭罗与孔孟之道》，《南京航空航天大学学报》（社科版），2002 年第 3 期。

　　59．于立亭：《梭罗与道家思想》，《长春理工大学学报》（社科版），2005 年第 1 期。

　　60．舒奇志：《从孔孟和梭罗看中美文化中的人文精神》，《湖湘论坛》，2000 年第 3 期。

　　61．杨金才、浦立昕：《梭罗的个人主义理想与个人的道德良心》，《南京师范大学学报》（社科版），2005 年第 4 期。

　　62．韩德星：《瓦尔登湖与梭罗的个体化"变形"——重读〈瓦尔登湖〉》，《名作欣赏》，2009 年 9 月。

　　63．陈凯：《梭罗的〈河上一周〉一书中的跨文化比较和文学评论》，《中国比较文学》，1998 年第 1 期。

　　64．翁德修：《论〈瓦尔登湖〉的篇章结构及象征》，《辽师范大学学报》（社会科学版），2004 年第 1 期。

　　65．张建国：《梭罗〈瓦尔登湖〉的语言风格探析》，《河南商业高等专科学校学报》，2004 年第 3 期。

　　66．李静：《从梭罗看人与自然的关系》，《北京交通大学学报》（社会科学版），2009 年第 1 期。

　　67．陈茂林：《"另一个"：梭罗对人与自然二元对立的解构》，《外国文学研究》，2009 年第 6 期。

　　68．苏贤贵：《梭罗的自然思想及其生态伦理意蕴》，《北京大学学报》（哲学社会科学版），2002 年第 2 期。

　　69．严春友：《澄明的瓦尔登湖》，《太原师范学院学报》，2002 年第 3 期。

　　70．陈凯：《绿色的视野——谈梭罗的自然观》，《外国文学研究》，2004 年第 4 期。

后 记

　　梭罗深邃而丰富的文学作品和理论思想，要想说尽是十分困难的，本书主要就梭罗的自由观诗学进行了阐述。本书由我的博士论文修改而成，在此我要诚挚感谢我的博士生导师陕西师范大学的李西建教授。初稿完成后，得到了南开大学的王立新教授的指导，谨此表示我的敬意。博士论文在初审和评阅以及答辩的过程中，得到了北京师范大学的王向远教授、四川大学的刘亚丁教授、南开大学的王志耕教授、首都师范大学的林精华教授、南京师范大学的杨莉馨教授、西北大学的段建军教授和陕西师范大学的李强教授、陈学超教授、赵学勇教授、霍士富教授、裴亚丽教授等十分有益的指导，在此表示深深的谢意。并以此书缅怀已因病仙逝的我的博士生导师陕西师范大学的韦建国教授。本书得到了宝鸡文理学院重点学科建设专项经费资助和宝鸡文理学院重点科研项目的出版资助，特此鸣谢。书稿几经修改，得以顺利出版，与中国社会科学出版社李炳青编审的辛勤付出与帮助是分不开的，在本书付梓之际，借此表达我的谢意。

孙霄

2014 年初春